Honoré de Balzac

La Femme
de trente ans

Édition présentée,
établie et annotée
par Pierre Barbéris
Professeur
à l'Université de Caen

Gallimard

PRÉFACE

1. Une laborieuse opération de librairie...

Le texte qu'on lit aujourd'hui sous le titre célèbre de
La Femme de trente ans *a été fabriqué par Balzac à
partir de textes disparates, dont la publication s'étage
sur plusieurs années. L'unification, tardive, est loin
d'être parfaite et le lecteur pourra, par exemple,
s'exercer à repérer les difficultés de chronologie (dates
fournies par le texte, âges des personnages, etc.). C'est
là une rançon de la manière dont travaillait Balzac,
fournisseu de copie de droite et de gauche, puis, un
jour, arrangeur comme il pouvait de textes dont il
cherchait à tirer un second prix en librairie. La
dernière étape était* La Comédie humaine, *où s'achevait l'intégration à l'ensemble, et notamment au
système des personnages reparaissants. Pour* La
Femme de trente ans, *la difficulté venait de ce que
l'héroïne unique aujourd'hui – qui assure la conti-
nuité du récit – provient de plusieurs héroïnes
différentes. Mais ce qui importe le plus est évidemment l'unité de problématique et d'inspiration.*

Fin 1829, Balzac, pour compléter et illustrer sa Physiologie du mariage, *entreprend d'écrire une série de nouvelles : les* Scènes de la vie privée. *Par-delà le demi-succès de son roman historique,* Le Dernier Chouan, *paru au début de 1829, il renouait avec de vieilles préoccupations; avec de vieux fantasmes aussi.* Annette et le criminel *(1824),* Wann-Chlore *(1822-1825), une première* Physiologie *(1826), textes de la jeune fille, de la femme et de leur condition dans le monde moderne, avaient constitué tout un premier étage littéraire autour des thèmes de la vie privée. Au moment où le romantisme livrait des batailles décisives au théâtre (Vigny, Hugo, Dumas) et lançait de flamboyants et spectaculaires assauts contre le traditionalisme littéraire, Balzac, lui, lançait une attaque d'un genre particulier : c'est par le quotidien, par l'intime, par le réaliste familier, qu'il tentait sa propre trouée et, sans doute, posait d'autres problèmes que les iconoclastes du drame historique. Il écrit coup sur coup :* La Paix du ménage, Gloire et malheur *(qui deviendra* La Maison du Chat-qui-pelote), Le Bal de Sceaux *et* Le Rendez-vous. *Pour compléter le recueil, en janvier-février 1830, il écrit* La Vendetta *et* Les Dangers de l'inconduite *(qui deviendra* Gobseck). *Mais il s'avise alors que* Le Rendez-vous *est un texte impossible dans le contexte politique (furieuse bataille entre le ministère d'extrême droite Polignac et l'opposition de gauche) : cette nouvelle commence en effet par la description d'une revue de Napoléon en 1814 et contient des notations « bonapartistes » susceptibles de valoir des ennuis à l'auteur et à*

son libraire. Balzac décide alors de retirer Le Rendez-
vous, *qui cependant avait été composé par les protes
de l'imprimerie Barbier et, pour le remplacer, il écrit*
La Femme vertueuse *(qui deviendra* Une double
famille). *Plusieurs mois se passent. Révolution de
Juillet. Entrée de Balzac dans la carrière journalis-
tique. Collaboration à la presse Girardin, à la
mondaine* Revue de Paris, *etc. Balzac publie une
série de contes fantastiques, dont le plus percutant est*
La Peau de chagrin *(août 1831). En septembre-
octobre de cette année, il donne à* La Revue des Deux
Mondes *ce fameux* Rendez-vous, *qu'il avait en portefeuille depuis deux ans. Déjà, en 1830, il en avait
extrait* Une vue de Touraine *pour la revue satirique
et littéraire* La Silhouette *et* La Dernière Revue de
Napoléon *pour* La Caricature. Le Rendez-vous *était
publié par* La Revue des Deux Mondes *avec un
sous-titre très commercial :* Une nouvelle scène de la
vie privée. *Balzac, connu comme journaliste et comme
conteur fantastique, rappelait qu'il avait plusieurs
cordes à son arc. L'aventure de* La Femme de trente
ans *commençait, puisque ce* Rendez-vous *de 1829-
1831 constitue le début du texte que nous lisons
aujourd'hui (jusqu'à la retraite, à Nemours).*

2. ... mais aussi la recherche d'une écriture.

*Qui aurait alors songé à établir un lien avec ces
autres récits parus dans la* Revue de Paris, *en janvier
1831,* Les Deux Rencontres, *puis* Le Doigt de Dieu

en mars 1831? En avril 1832, la même Revue de
Paris *publie* La Femme de trente ans. *Le mois
suivant, chez Mame, paraissent de nouvelles* Scènes
de la vie privée, *où tous ces textes sont réunis et
augmentés de deux inédits :* Enseignement *et* L'Expiation. *On commence visiblement à se poser des
questions. Balzac y fait répondre dans une* Note de
l'éditeur :

J'avais prié l'auteur d'intituler ce dernier volume : *Esquisse d'une vie de femme*, trouvant, dans
l'ensemble et le caractère des cinq épisodes qui le
composent, un plan suivi, un même personnage
déguisé sous des noms différents, une même vie
saisie à son début, conduite à son dénouement et
représentée dans un grand but de moralité.
  Mais, soit que l'auteur n'ait pas voulu se défier de
l'intelligence des lecteurs choisis auxquels il s'est
constamment adressé; soit qu'il ait eu des pensées
plus artistes, en ne coordonnant point avec régularité les effets de cette histoire; soit qu'il ait trouvé
son idée première suffisamment révélée ou plus
poétique au milieu du vague dont elle s'enveloppe,
il a refusé d'adopter mon amendement commercial,
et ne m'a laissé que la faculté de publier cette note.
Elle donne à chacun la liberté d'interpréter l'ouvrage à son gré.

Deux ans plus tard, dans les Études de mœurs,
première édition collective de ses Œuvres, *chez
M*ᵐᵉ *Béchet, Balzac entreprend d'unifier ces divers*

récits en leur donnant un titre commun, Même
histoire, *et une héroïne continue. Rien ne va encore
tout seul, cependant, et il s'en explique dans une
préface où on lit :*

Plusieurs personnes ont demandé si l'héroïne du
Rendez-vous, de *La Femme de trente ans*, du *Doigt de
Dieu*, des *Deux Rencontres* et de *L'Expiation*, n'était
pas, sous divers noms, *le même personnage*. L'auteur
n'a pu faire aucune réponse à ces questions. Mais
peut-être sa pensée sera-t-elle exprimée dans le titre
qui réunit ces différentes Scènes. Le personnage qui
traverse pour ainsi dire les six tableaux dont se
compose *Même histoire* n'est pas une figure; c'est
une pensée. Plus cette pensée y revêt de costumes
dissemblables, mieux elle rend les intentions de
l'auteur. Son ambition est de communiquer à l'âme
le vague d'une rêverie où les femmes puissent
réveiller quelques-unes des vives impressions
qu'elles ont conservées, de ranimer les souvenirs
épars dans la vie, pour en faire surgir quelques
enseignements.

En 1842, dans La Comédie humaine, La Femme
de trente ans *deviendra le titre commun de cet
ensemble laborieux racontant l'histoire, paraît-il, de
M*me *d'Aiglemont.*
*Il est toujours important de comprendre comment
Balzac « travaillait ». Cette fois il n'a jamais eu
vraiment le temps de parachever une œuvre faite de
pièces et de morceaux, où non seulement flottent les*

indications matérielles mais où l'unité de ton est pour le moins problématique : quel rapport entre les analyses et confidences du début puis de l'épisode de Nemours, les morceaux mélodramatiques qui tournent autour du « capitaine parisien » et les pages moralisantes et édifiantes de la fin? Le lecteur saura bien lui-même faire un sort à ces creux d'un texte bricolé. Jamais peut-être il n'a été possible d'aussi bien comprendre quel « industriel » de la littérature a été Balzac.

Reste que La Femme de trente ans *est l'un des textes phares du* XIXe *siècle, l'un des textes les plus fortement structurés de la modernité romantique. Une unité s'y est cherchée, et, finalement, malgré quelques accrocs, trouvée, dans le double mouvement de l'écriture et de la lecture. Retenons la confidence de 1834 : ce n'est pas une figure (un personnage, comme on dirait aussi), c'est une* pensée *qui traverse le texte. Le personnage nominatif, celui dont on peut écrire la douteuse histoire, n'est jamais que commodité pour la communication, pour la lecture. « On » (le public dressé d'une certaine manière) veut de l'unité dans le personnage, parce qu'on veut que le personnage soit comme une personne vivante, réelle. Mais ce n'est pas avec un personnage que l'auteur est en tête à tête. C'est avec des images, des idées. On peut rêver de ce qu'un Godard ferait de ce scénario où reparaîtrait dans une série d'histoires un personnage féminin qui est à la fois lui-même et un autre, avec chaque fois deux ou trois choses que, déjà, on sait d'elle. Le public dressé par Verneuil ou de Funès ne manquerait pas de*

*réclamer l'unification, la clarification du propos.
C'est l'autre aspect de cette histoire du texte* La
Femme de trente ans : *son décousu vient certes des
conditions dans lesquelles Balzac a travaillé. Il vient
aussi de cette grande démarche balzacienne qu'a bien
repérée Proust : des fragments qui, toujours, cherchent
à se rejoindre. Seuls les amateurs paresseux de roman
en prêt-à-porter refuseront de comprendre. De bonne
heure, ce sont eux qui ont sommé Balzac d'appeler ses
personnages* Mme *d'Aiglemont. Soit, nous l'appellerons* Mme *d'Aiglemont. Mais il est passionnant
d'entendre Balzac, en 1834, tenir déjà le langage de
Brecht : ce qui unifie un texte, un personnage, ce n'est
pas la « psychologie » ni les possibilités de s'identifier
à lui, mais bien son pouvoir d'être un lieu de
convergence, un moyen de distanciation. En allant de
ses héroïnes à* Mme *d'Aiglemont, Balzac n'est pas allé
du chaos et du brouillon à l'œuvre. Il a tout au plus
cédé (mais comment faire autrement?) aux pressions
des amateurs de romans bien faits.*

3. Une révolution littéraire.

Avec La Femme de trente ans, *qui est donc l'un des
plus mal bâtis, l'un des plus mal venus, l'un des plus
« mal écrits », comme on dit, de ses romans, Balzac a
réussi une de ces performances fondatrices qui caracté-
risent la littérature comme pratique spécifique :* nommer une réalité, et par là même, en un sens, la faire
vraiment *exister. Après Tartuffe et Figaro, avant*

*Rastignac, Gavroche et Tartarin, la « femme de trente
ans » est devenue une de ces expressions repères qui
font, d'un coup, avancer la conscience qu'on a des
choses. Rien n'est plus jamais comme avant depuis
que se promènent dans l'imaginaire ces personnages
que la raison dit fictifs. Conformément à la tradition
idéaliste, on a dit que Balzac avait « inventé » la
femme de trente ans (comme Parmentier a inventé la
pomme de terre, les Chinois la poudre, ou Pascal le
divertissement), c'est-à-dire la femme qui, à trente
ans, est encore « aimable » comme on disait au grand
siècle; la femme non pas mûre, mais mûrie; plus
riche, plus intéressante que la jeune fille ou la jeune
mariée; la femme « prolongée » jusqu'à un âge à
partir duquel, d'habitude, elle sortait de la littérature
et de la vie. Le mot « inventer » peut cependant ne pas
être une sottise si on lui donne ici son sens étymologi-
que : Balzac a, en effet, découvert, puis il a montré
que la femme, au xixe siècle, n'était plus la même,
qu'elle avait changé. Voilà du réalisme! C'est-à-dire
que la littérature mettait sa montre à l'heure, abordait
des problèmes nouveaux, ou nouvellement vécus, se
détournait des stéréotypes et des montages de la
littérature dominante... A trente ans, une femme
n'était plus qu'épouse et mère. Balzac montre que c'est
faux : à trente ans une femme est plus femme que
jamais, et pourquoi voulez-vous l'enfermer dans sa
condition de mère et d'épouse? Et qui est ce* VOUS *?
La configuration littéraire désormais existe : la femme
mariée, qui s'éloigne de sa jeunesse, mais garde intacts
ses désirs; la femme attirée par le jeune homme; la*

femme blessée par son mari; la femme aussi qui paie cher les illusions de l'amour. Dans l'ombre, le mari : être nul et tyrannique, *que pourtant on avait choisi, et les enfants, tantôt recours, tantôt horreur. Vite, des lectrices se sont reconnues : je suis une femme de trente ans! Et elles ont écrit à Balzac qui avait (au double sens du terme : par un récit, par des déclarations, des tirades éloquentes)* plaidé *leur cause. Il est caractéristique que nulle femme n'avait écrit à Stendhal pour le portrait qui figurait pourtant dans son grand roman de 1830 : « Madame de Rênal paraissait une femme de trente ans... »* C'est que toutes les littératures, même réalistes, ne sont pas semblables *et* n'agissent pas de la même façon. Stendhal, dont Le Rouge et le Noir *n'était pourtant pas passé inaperçu, écrivait d'abord pour lui-même, ensuite pour ces fameux lecteurs de 1890 ou de 1920. Il ne déclarait pas, éloquemment, la guerre au siècle. Il ne montait pas à l'assaut des bastilles. Balzac entend, lui, de bonne heure, avec ses premières* Scènes de la vie privée, *au printemps de 1830, œuvres encore intimistes et discrètes, et surtout avec ses nouvelles* Scènes de la vie privée *en 1834, œuvres, cette fois, d'un journaliste et conteur à succès, qui toutes tournent autour du problème du mariage et des erreurs passionnelles chez la jeune fille et chez la femme, tenir une espèce de tribune, un courrier du cœur supérieur. Il a commencé avec la* Physiologie du mariage. *Il continue. D'aucuns, en ces temps de parlementarisme et de journaux d'opinion, s'adressent aux divers frustrés politiques de la société révolutionnée et restaurée; lui*

s'adresse aux femmes. Ce faisant, il a l'air *de faire de
la* « *morale* » *et de la* « *psychologie* », *voire de la
mondanité. En fait, il fait* aussi *de la politique et
même une terrible politique, qui va plus loin que celle
du libéral* Constitutionnel, *du néo-libéral* Globe, *du*
« *républicain* » National, *de la légitimiste* Quotidienne : *c'est qu'il décèle une ligne de fêlure, une
contradiction, une absurdité fondamentale, constitutive
de cet univers libéré et restauré, dans lequel désormais
règne seul — qu'il soit noble ou bourgeois — le
vertueux et méritoire argent.* Le Constitutionnel, Le
Globe, Le National, La Quotidienne *peuvent bien
s'empoigner sur la Charte (pour les électeurs censi-
taires), la liberté de la presse (pour ceux qui ont de
l'argent et qui peuvent soit fonder des journaux, soit
les acheter), les lois de conversion des rentes (pour
tout le monde)..., il est un point sur lequel ils sont tous
d'accord : le mariage, la famille, sont les bases de la
vie sociale, et la liberté de la femme (une certaine
George Sand commence à se faire entendre) serait la
ruine de ladite vie sociale. Dès lors, si Balzac montre
que, même lorsqu'elle a cru choisir librement, la femme
est promise à la solitude, à l'abandon, à la souffrance,
aux erreurs, aux catastrophes, à la mort, il fait sauter
le couvercle de la marmite. Vous qui avez fait la
Révolution, vos femmes sont esclaves. A vous, femmes
nobles ou bourgeoises, la Révolution n'a rien apporté.
Jeunes, vous ne savez pas encore; vous vous laissez
facilement emporter par cet air de liberté qui souffle
sur la France. Mais, à trente ans, vous jetez en arrière
un regard, et ce regard vous fait peur : tandis que*

s'assurent les nouveaux pouvoirs, les femmes s'en-
foncent. Et cela, personne ne le dit. Non, personne,
car comment les femmes pourraient-elles se reconnaître
dans les sentimentales et élégantes héroïnes des romans
écrits, justement, par des femmes? Mme de Staël, et
que dire alors de Mme de Souza, de Mme Cottin, de
Mme de Duras, etc., ne parlent pas du quotidien, du
sort réel des femmes. Mais M. de Balzac, lui... : ce
qu'il a à dire, il le dit, et il proclame qu'il le dit. Le
réalisme est inséparable de la proclamation, du
commentaire, le roman du pamphlet. Le temps du récit
nu, de l'écriture blanche, ou de l'écriture-écriture, n'est
pas venu encore. On en est encore au roman-
journalisme, au roman propagande, au roman qui
croit à son propre message et n'est pas uniquement
romanesque. La Femme de trente ans, *c'est une*
affiche, un prospectus, un roman-photo, un tract. Les
flaubertiens — surtout ceux d'aujourd'hui — feront la
fine bouche. Et pour cause. La Femme de trente ans
est écrit par un homme qui croit (encore) à quelque
chose, pour un public qui croit (encore) à quelque
chose. Des critiques bien-pensants avaient dit de La
Peau de chagrin, *en 1831, que c'était de la littérature-*
emeute. Curieuse remarque, pour des bourgeois qui
devaient leur pouvoir à une certaine emeute devenue
revolution les 27, 28, 29 juillet 1830. Mais juste-
ment en 1832 les émeutes continuent. Il y en a même
de tres serieuses en juin, pour les obseques du general
Lamarque, et la bourgeoisie parisienne, au cloitre
Saint Merry, affûte ses armes pour juin 48 et pour
certaine semaine de 1871. Chez Balzac aussi les

*emeutes continuent. Et qu'à ce moment même le jeune
loup du roman devienne ou croie devenir royaliste (et
infléchisse en conséquence certains passages de ce qu'il
écrit) n'est que de bien secondaire importance :
l'idéologie constituée court toujours après la littérature : elle n'est pas près de la rattraper ; elle peut, tout
au plus, essayer d'empêcher que, simplement, on la
lise.* La Femme de trente ans, *comme titre, comme
sujet, portait un coup décisif et inattendu à cette image
bien-pensante, bourgeoise de la famille et de ses
origines. Longtemps, on avait dit : ce sont les nobles
libertins (Lovelace) qui empêchent la vertu de devenir
bonheur (Clarissa Harlowe). Force est bien de constater que l'explication était courte : l'idéal patriarcal
bourgeois, qui avait déjà tué Werther, n'était que la
face visible d'une immense machine à aliéner. Alors,
littérature, emeute, femmes qui se reconnaissent dans
ces immorales peintures, mise en cause des pouvoirs
pourtant nés de 1789 : c'est tout cela qu'un jour,
Michelet, chien de garde des valeurs révolutionnées,
appellera, dans* Le Peuple, « se ruer vers le bas ».
*C'est le néo-romantisme d'après 1830, celui qui dit que
la « démocratie modérée », chère à Michelet (décidément, toujours lui...) n'est qu'un immense montage
néo-féodal. Le mondain Balzac, boutefeu instinctif,
n'a aucune raison de ménager la « démocratie modérée », c'est-à-dire la démocratie bien décidée à maintenir hors pouvoir, avec le peuple et les jeunes gens, les
femmes. C'est cela qui fait de lui tout autre chose que
ce qu'on voulut croire alors avec Sainte-Beuve : une
espèce de confesseur laïque pour secrets d'alcôves. Il*

*n'est certes pas suffisant, pour être révolutionnaire, de
parler de la femme. On voit cependant mal comment
on pourrait être révolutionnaire sans parler de la
femme. Comme toutes les révolutions littéraires, la
révolution de la femme de trente ans est une révolution
politique.*

4. Une femme mariée : quelle héroïne littéraire ?

*La jeune mariée, encore toute joyeuse hier de la
liberté qu'elle vient, croit-elle, de se choisir, puis les
lendemains de la mal mariée, les tentations (et les
tentatives) de l'amour, les choix à faire, une fois le
mariage accompli, entre les périls et la sécurité, entre
les plaisirs et la solitude, l'expérience de l'erreur et de
l'illusion, de la souffrance, de la mort morale ou
physique : il n'y a pas si longtemps que, cette
littérature, on avait de quoi l'écrire. Et c'est pourquoi
on ne l'écrivait pas. Elle était en marche cependant,
au travers d'un réalisme à mi-chemin de soi-même.
C'est que la réalité, depuis longtemps, bougeait du côté
des femmes, de la conscience qu'elles avaient d'elles-
mêmes et de l'image que s'en faisaient les hommes.
C'est aussi qu'écrite par des hommes pénétrés de
l'idéologie bourgeoise du « progrès », la littérature ne
pouvait ni ne voulait finalement voir tout le problème. D'où, au long de ce cheminement, ce jeu de
masques, ces non-dits dont il faut chercher le sens
jusqu'au dit balzacien, qui constitue une avancée
décisive.*

Depuis que le mariage, pure affaire de convenances et de fortune, mariait des jeunes filles que commençaient à habiter (du moins les écrivains le disaient-ils : mais « les écrivains n'inventent jamais rien », comme Balzac l'a dit lui-même) de nouveaux désirs de liberté et de dignité, quelque chose s'était passé dans la comédie et, fait à retenir, dans le roman, c'est-à-dire dans les deux genres qui traitaient directement de la réalité moderne. Les jeunes filles étaient d'une qualité nouvelle et, qu'elles aient été mystérieusement instruites par la nature (l'Agnès de Molière) ou qu'elles soient achevées de perfections et diverses leçons (la jeune Mlle de Chartres chez Mme de La Fayette, la Julie de Rousseau), elles étaient, par là même, resignées ou révoltées, de nouvelles chargées de mission et de signification. L'appel de la vie, dans une société qui se modernisait et qui s'ouvrait, qui se référait de plus en plus largement à l'idée de nature et de droit, dans laquelle se multipliaient les possibilités et les raisons de bonheur et d'accomplissement de soi, cet appel de la vie, les femmes aussi l'entendaient et commençaient à devenir, en littérature, des sujets à part entière, non plus seulement des objets de quête. D'où une nouvelle dramaturgie, de nouveaux rôles, ignorés de la tradition héroïque et aristocratique : autour de nouveaux personnages et à propos de nouveaux rapports.

Les jeunes filles de Molière, les jeunes filles de Marivaux, la première Julie de Rousseau (celle d'avant la crise vertueuse et reconstructive de Clarens) accomplissent une révolution. Comme les hommes, en

train de subvertir l'ancienne société féodale et théolo-
gique, elles veulent être elles-mêmes. Elles ont perdu le
sens du péché ; elles ne se sentent pas indignes et rien
ne leur paraît devoir être honteux, pas même leur
désir, pas même leur plaisir, qu'il soit éprouvé ou à
venir. Le cas de Mlle de Chartres est un peu
différent : l'auteur choisit de la montrer soumise
d'abord, distante, frigide, avant de la montrer, une fois
qu'elle est mariée, émue, émouvante, tiède de désir, que
ce soit au bal, sous les yeux du roi, ou à Montargis,
dans la solitude d'une soirée d'été ; mais, à défaut du
personnage (non pas personnage réel mais littéraire,
et donc à interroger comme tel, dans l'ensemble
narratif où il fonctionne), c'est le texte qui revendique
ici pour le droit à la vie.

Or, ces jeunes filles, des tyrans, qu'ils soient
directement odieux ou simplement mystifiés, des
représentants de l'ordre établi entendent les donner, les
vendre. D'où cette idée proclamée, criée, de la respon-
sabilité de qui mariait (ou épousait) une fille sans
amour. Dorine lançait au visage d'Orgon :

Ceux dont partout on montre au doigt le front
Font leurs femmes souvent ce qu'on voit qu'elles
sont

(ce qui pouvait être une allusion à Elmire, guettée par
Tartuffe qui, après tout, savait bien parler d'amour),
puis ceci, qui était un argument ad hominem, *pour un*
dévot :

Et qui donne à sa fille un homme qu'elle haıt
Est responsable au Ciel des fautes qu'elle fait.

*Et Mme de La Fayette com nentait, durement, la
décision de Mme de Chartres : « Elle ne craignit point
de donner sa fille à un mari qu'elle ne pût aimer en
lui donnant le prince de Clèves. » Le roman n'hésitait
pas, à partir de là, à se faire noir, et à dire le fait :
Mme de Clèves s'enfonçait dans le renoncement, refu-
sant même un bonheur permis avec un homme dont
elle se disait qu'il était un homme, après tout, comme
les autres, et que le mariage ne transformerait pas
nécessairement d'amant parfait en mari satisfaisant.
Le théâtre, lui, la « comédie », comme on disait,
n'allait pas aussi loin.*

*Une différence, en effet, saute aux yeux, entre les
deux registres d'expression : alors que dans le roman,
fait pour la lecture individuelle et pour la réflexıon
infinie, naît le thème de la mal mariée et commence le
procès du mariage, dans la comédie, fête sociale où le
public bourgeois vient se ravitailler en bonnes raisons
de croire au possible triomphe de la raison, le mal est
conjuré : les jeunes gens finissent toujours par s'epou-
ser à leur convenance, une fois exclus et punis les
jaloux, les méchants, les obsédes, qui prétendaient les
séparer. Affirmation naïve, d'une croyance libérale
également naïve : il suffit de laisser faire les désirs, la
nature ; les jeunes gens savent, de naissance, ce qu'il
leur faut : empêchons seulement de nuire tous les
empêcheurs d'aimer, aberrants et marginaux dont ıl
faut rire, car, n'est-ce pas, ce ne sont pas ceux-là quı*

gouvernent à mesure que s'assurent les Lumières; sur les jeunes gens et même sur les fragiles jeunes filles, ne pèsent ni fatalités idéologiques ni mystifications; ils ne peuvent se tromper: nul péril, venant d'eux-mêmes, ne les guette; aussi seront-ils heureux et auront-ils beaucoup d'enfants. Agnès s'est fait draguer, de rue à balcon, mais qu'on se rassure: le libertin Horace de l'acte Ier deviendra un amant sincère et un bon mari. Il est déjà curieux qu'on se hâte de baisser le rideau sur ces épousailles à venir entre une jeune fille qui a beaucoup risqué en se jetant à la tête d'un inconnu, et cet inconnu qui, par un décret significatif de l'auteur, est toujours brave et honnête, jamais séducteur aux aguets, et qui n'aura pas le temps, puisqu'on rentre chez soi après le spectacle, de se transformer, peut-être, en un mari tyrannique et décevant. Jamais en effet on ne saura ce que deviennent, dans le temps, dans leur vie conjugale, Agnès et Horace, Valère et Mariane. Point de devenir. Donc point de chance de dégradation. Point de ces découvertes terribles: nous nous étions trompés l'un sur l'autre; nous ne nous connaissions pas; nous ne savions pas de quoi, l'un et l'autre, nous étions, à notre insu, porteurs; nous ne savions pas d'où nous venions, etc. Mais il est aisé de voir que l'innocence présente et à venir du jeune couple hâtivement béni à la fin des comédies, parlait pour l'innocence d'un monde, le monde moderne, avec ses fétiches, ses puissances de séparation, qu'on ne voulait pas mettre en question. L'essentiel du combat d'ailleurs n'était pas encore là et certaines découvertes n'étaient pas encore faites à l'intérieur d'une société *qui commence à être révolutionnée par la raison. C'est pourquoi, si l'on a écrit si souvent la comédie qui conduit au mariage, on n'a jamais écrit la comédie du mariage, ou son drame. C'est qu'instruire le procès du mariage, c'eût été instruire le procès de ce « progrès » même que l'on vantait si fort et dont on était soi-même le bénéficiaire. Ainsi n'y a-t-il pas de femme de trente ans dans la comédie traditionnelle, lorsqu'elle est vraiment la comédie, la pure comédie. Cependant, de bonne heure le système grippait.*

Car il y a Tartuffe et Le Misanthrope, *deux drames sinistres du couple, au moins deux pièces du couple problématique. Dans* Le Misanthrope, *ceux qui s'aiment ne s'épousent pas, non parce qu'une violence les sépare, mais parce que, comme dans la tragédie racinienne, si A aime B, B aime C, qui aime A. Au dénouement(?) Alceste, qui aimait Célimène, s'en va tout seul dans sa nuit, et Philinte, s'il se prépare à épouser Éliante, sait bien qu'elle ne l'aime pas vraiment, puisqu'elle aimait Alceste, qui ne l'aimait pas ; et Célimène de son côté aussi reste seule : punie, peut-être, victime en tout cas. Où sont ici les harmonieux quadrilles des comédies de dépit amoureux? Tout est bancal et, de toute évidence, l'amour ne fait ni ne refait le monde. Même (surtout?) chez ces « honnêtes gens » (y compris Célimène), amour et mariage sont lieux de malentendus et de porte-à-faux. Le dernier acte ainsi a, ou peut avoir quelque chose de shakespearien. Dans* Tartuffe, *à côté des amoureux qui finissent par se retrouver (après cette terrible scène où Orgon a tenté de faire violence à sa fille, et qui est*

*quand même un peu forte pour une comédie; autre
signe de craquement), il y a ce personnage d'Elmire,
jeune femme sensible, mariée à un butor et à un
imbécile. Jamais, entre ces époux, le moindre mot de
tendresse et surtout, le rideau tombé, on pense à la vie
qui attend Elmire près de son mari, dans cette maison
que vont quitter les jeunes gens heureusement mariés.
Le théâtre creuse ici des profondeurs d'ombre, au-delà
de lui-même, et du champ de sa vision pratique :
Elmire vieillira seule et sombre près de cet homme;
peut-être songera-t-elle parfois à cette rhétorique précieuse de Tartuffe, à cet enrubannement de mots, à ces
caresses d'un homme qui connaissait les femmes,
comme, chez Balzac, la vertueuse Constance Birotteau,
au soir de sa vie, relira les lettres d'amour qu'avait osé
lui écrire ce voyou de Du Tillet... Quelque chose ici est
donné à deviner, qu'excluait le théâtre classique : le
temps. Or, comme disait Thibaudet, seul le roman a le
temps. Un événement, en conséquence, devait se
produire.*

*L'événement, le voici : Beaumarchais écrit une
suite à sa comédie du* Barbier de Séville, *qui
reprenait le modèle de la comédie moliéresque. Le
temps fait son entrée au théâtre, et avec lui le problème
du mariage et de la femme mariée. La femme de
trente ans est née. Rosine a épousé son beau cavalier,
son ravisseur. La voici, quelques années plus tard,
dans* Le Mariage de Figaro : *Lindor est devenu le
comte Almaviva. Il néglige sa femme, court les
aventures, l'amoureux est redevenu libertin. Rosine,
comtesse Almaviva, passée de l'individu-nature à un*

*rôle social, s'ennuie, délaissée. Elle est troublée par
Chérubin, le jeune page, son filleul; elle deviendra sa
maîtresse, en aura un enfant : ce sera la troisième
pièce de la trilogie, cette* Mère *coupable, pièce sinistre
dont Balzac n'oubliera pas le titre dans* La Femme de
trente ans. *La trilogie de Beaumarchais a toutes les
couleurs successives d'un roman : bulles de champagne
de la jeunesse et des désirs; première grande crise;
faute; finalement enfoncée amère dans le vieillisse-
ment. A bien noter : Beaumarchais ne plaide pas tant
pour la famille qu'il ne montre le malheur d'un être, le
soleil qui se couche sur une destinée : la femme, en
tant que telle, est devenue littérairement majeure et
occupe tout le champ du drame. Dans* Le Mariage de
Figaro, *la communauté féminine entre la comtesse et
sa camériste Suzanne traversait les différences
sociales, tandis que le personnage de Marceline, mère
abandonnée et porte-parole déjà féministe, parlait,
également, pour toutes les femmes. Un nouveau sujet
était né, les jeunes filles à marier de la tradition
n'ayant d'intérêt, désormais, que dans la mesure où
elles préparaient les femmes confrontées aux problèmes
de la vie. Ajoutons ceci : la femme de trente ans, la
femme mariée attire le jeune homme avec beaucoup
plus de force et de charme que la simple jeune fille;
Chérubin court bien après la fille du jardinier, voire
après Suzanne, mais ce qu'il cherche dans la comtesse,
c'est une autre richesse, une véritable initiation. Un
couple nouveau ici se forme, que va gauchir, parfois,
le problème de l'ambition (comment parvenir? les
femmes y peuvent aider), mais qui, dans le registre*

*purement affectif, dira que si la femme mariée est
seule, le jeune homme, dans un monde qui le rejette ou
le sous-emploie, est orphelin, et donc, dans la femme,
cherche la sœur et la mère. Voilà qui, d'un seul coup,
déclasse tout le libertinage du* XVIIIe *siècle, avec ses
sommaires rapports, et condamne la comédie du
mariera-mariera pas aux bonnes et familiales soirées
d'*Au théâtre ce soir.

5. Une nouvelle situation romanesque.

*Radical changement de front, donc. On le retrouve
ici. C'est vraiment, en effet, une ligne de force de la
pratique fictionnelle de Balzac, de son intervention,
avec les moyens du roman, dans le débat idéologique
contemporain : les jeunes filles des* Scènes de la vie
privée, *dès 1830, avaient toutes choisi librement un
mari, le plus souvent contre leur milieu, contre leurs
parents, d'abord hostiles, puis finalement convaincus
ou vaincus, et toutes avaient trouvé le malheur dans
leur vie de femme. De même, quelques années plus
tard, les deux filles du père Goriot avaient à nouveau
choisi librement, grâce à l'argent de papa, l'une un
grand seigneur, l'autre un banquier, et l'on sait la
suite. Comment oublier enfin qu'Eugénie Grandet
avait choisi non moins librement son mirliflore de
cousin? Où sont ici les parents tyranniques? Aucun
d'entre eux n'a imposé qui ou quoi que ce soit, qu'ils
aient (comme Goriot, comme le père de Julie) consenti
et aidé au projet, fournissant la dot; qu'ils ne s'y*

soient pas opposés (comme le père Guillaume); qu'ils
aient été délibérément mis hors circuit par une fille
majeure et décidée (le baron del Piombo dans La Vendetta, *le père Grandet). Une fois mariées, déçues,*
malheureuses, ces jeunes femmes ne peuvent s'en
prendre qu'à elles-mêmes. Que signifie? Que l'amour
et la passion ont « tort », comme diraient les mora-
listes, et que mieux aurait valu s'en remettre à la
prudence et à l'expérience des parents? Le procès des
illusions passionnelles conclurait-il à l'apologie de
l'autorité? Si tel était le cas, Balzac n'aurait écrit que
de plats récits moralisateurs et l'on comprendrait mal
qu'il ait pu toucher le public et faire révolution. En
fait, le coup de génie ici, l'initiative littéraire, c'est de
faire le procès, plus exactement la critique, de la
pseudo-liberté individuelle sans retomber pour autant
dans le prêchi-prêcha réactionnaire; c'est de faire
marcher ensemble la revendication humaniste et la
destruction de l'illusionnisme sentimental et roman-
tique. En d'autres termes, de sauter, de manière
révolutionnaire (révolutionnaire par l'acte littéraire)
hors du dilemme idéologique dans lequel on prétend
nous enfermer. On rencontre ici, une fois de plus, l'un
de ces couples fatals dans lesquels l'idéologie bour-
geoise entend bloquer l'effort humain vers la liberté,
vers l'authenticité : expansion-inflation ou déflation-
récession; vivre ardemment et mourir, ou vivre selon
l'économie de soi et ne pas vivre; science ou plaisir;
texte ou histoire; ordre moral ou licence mondaine et
pornographie; optimisme technocratique ou pessi-
misme culturel; panhistoricisme ou déshistorisation;

surrationalisme et dérationalisation; scientisme ou récusation de la science; justice sociale ou liberté; etc. Tous ces ponts aux ânes et tous ces roussins plus ou moins de Buridan qui refusent de les franchir disent l'impossibilité pour l'idéologie bourgeoise de s'affranchir de sa contradiction structurelle, générique : développer les rapports de production et entraîner sa propre disparition, son propre dépassement, ou bien les freiner et, alors, creuser d'autre manière sa propre tombe; laisser se développer la vie ou dire non à la vie. C'est la base concrète du nouveau pessimisme laïque tel qu'il s'est constitué après la ruine du vieux pessimisme théologique et religieux : l'humanité est enfermée, non dans le péché originel et ses conséquences, mais dans l'impossibilité pour la bourgeoisie d'être révolutionnaire jusqu'au bout, de parler et de faire entièrement la liberté humaine. Cette grande impasse pratique et théorique, c'est-à-dire expérimentée dans la vie quotidienne puis théorisée au niveau philosophique, Balzac l'avait écrite dans La Peau de chagrin, *texte où se trouve le mythe matriciel et récurrent de toute* La Comédie humaine. *Et cette impasse, la voici à nouveau dans* La Femme de trente ans : *que signifie, en effet, la possibilité de choisir librement si les conditions concrètes de la liberté n'existent pas? Raphaël aussi pouvait choisir librement entre utiliser la peau de chagrin et raccourcir d'autant sa vie et ne pas l'utiliser mais alors ne pas vivre. Qu'est-ce à dire, sinon que les motivations du vécu immédiat ne sont en aucune manière un critère de pertinence, de vérité et d'efficacité? que les désirs sont piégés? que la conscience brute est attirée par les prestiges, les fantômes de la mode, de l'idéologie dominante, par les modèles et les symboles de l'ordre établi? que l'on ne sait pas ce que c'est que ces « autres » dans lesquels on projette ses propres fantasmes et ses propres frustrations? que le désir ne refait pas le monde? qu'il ne saurait être question, dans un monde faussé, voué aux fétiches et au « paroistre », comme aimait à le dire Stendhal, de bâtir quoi que ce soit sur des pulsions, si légitimes soient-elles? bref que, de même que le peuple, lorsqu'il n'est pas instruit, vote toujours pour ses maîtres, les femmes, lorsqu'elles ne sont instruites que par leurs désirs, eux-mêmes sous-produits d'une situation tarée, courent toujours se jeter dans le gouffre qu'elles croyaient éviter? Est-ce là l'éternel féminin? Est-ce là nature humaine? Est-ce là abîme de « psychologie », insondable et fascinant, beau sujet pour écrivain spécialiste des passions et du cœur humain? Est-ce là constante anthropologique? Balzac fait ici le procès du mariage d'amour, du mariage-illusion, dans une société réglée par l'ambition, l'argent, la haine, la guerre intra-humaine, l'absolue nécessité de détruire ou d'être détruit. Il ne « condamne » nullement le mariage d'amour; il montre simplement qu'il est soumis à des risques non pas accidentels mais structurels. Il le montre naître et fonctionner, comme ailleurs il montre la naissance et le fonctionnement de l'ambition, de la science, de la soif de l'absolu, des vertus bourgeoises, etc. Il n'analyse pas des sentiments. Il montre à l'œuvre un processus. .*

Bien entendu, on aura ici l'objection : Balzac ne conclut pas. Eh oui! Balzac ne conclut pas. Il ne donne « tort » ni « raison » à personne. Il ne distribue pas de prix ni de punitions. Ainsi faisant, il déçoit, une fois encore, les assoiffés de recettes, non plus cette fois esthétiques mais morales. Ici, pas de recette. Pourquoi? Tout simplement parce que la littérature n'a pas à conclure, parce que là n'est pas son rôle, qui est de faire éclater les contradictions, de repérer les impasses. La femme de trente ans, qui n'est plus la matrone résignée mais la femme assoiffée d'amour, est née de la jeune fille qui avait cru à la merveilleuse aventure. Balzac donne ici l'une des plus fortes images critiques de la littérature révolutionnée : de quoi sert une liberté toute formelle, proclamée, dans un ensemble domine par des fatalités que la révolution non seulement n'a pas touchées mais qu'elle a renforcées? Tel, dans d'autres romans, croit à la liberté politique, tel autre à la libre entreprise, tel autre au pouvoir des idées et des formes, comme ici Julie d'Aiglemont a cru à l'amour juvénile et aux apparences du héros. Au fond, de même que Balzac n'a jamais cessé d'écrire La Peau de chagrin, *il n'a jamais cessé non plus d'écrire* Illusions perdues. *La liberté, naïvement vécue, conduit à la mort. Il n'y a pas de réalisme vrai sans mythologie. Il est vrai qu'il n'est pas de mythologie vraie, parlante, qui ne vienne du réel. Julie, comme Raphaël de Valentin, comme Lucien de Rubempré, est, à la fois, d'après la destruction des poncifs classiques et d'avant l'aplatissement naturaliste.*

6. Une fois encore : « Les écrivains n'inventent jamais rien » (*La Fille aux yeux d'or*).

*Il est bien connu que Balzac a tiré son roman de la femme d'une double image : celle de sa mère, celle de sa jeune sœur Laurence. La mère avait été mariée très jeune à un quinquagénaire quelque peu maniaque et autoritaire, grand philosophe selon la tradition des Lumières, mais néanmoins fort persuadé de la nécessité des « vertus » familiales ; en un mot, le type même du bourgeois progressiste tant qu'il s'agit d'écraser l'infâme et de discourir sur la civilisation, mais parfaitement conservateur dès qu'il s'agit de cette cellule sociale de base dont il est le chef. M*me *Balzac, qui ne semble guère avoir été heureuse, avait eu des amants lors de la période mondaine de la famille à Tours sous l'Empire : un Espagnol, Heredia, assigné à résidence dans le chef-lieu de l'Indre-et-Loire comme le sera lord Grenville dans* La Femme de trente ans, *et ce M. de Margonne, châtelain de Saché, dont elle eut un fils adultérin, Henry. M*me *Balzac eut toujours pour Henry une préférence affichée, qui passera dans* La Femme de trente ans *et dans* Le Lys dans la vallée. *A Henry, elle joignait Laure, sa fille aînée, fort proche d'elle par l'esprit. Par contre, elle n'aima jamais Honoré ni Laurence, « enfants [n'en doutons pas] du devoir et du hasard », comme le diront* M*me *d'Aiglemont dans* La Femme de trente ans, *puis Félix de Vandenesse à propos de lui-même dans le* Lys. *Voilà des choses aujourd'hui bien connues, des* *blocs de « sources », comme on dit, faciles à repérer.*

De même pour Laurence, mais avec, cette fois, un changement capital. On n'a pas marié Laurence, en effet. On l'a laissée se marier avec ce Montzaigle (tout le monde a déjà lu, bien sûr, d'Aiglemont), couvert de dettes, vérolé, mais avec un de dans son patronyme. Lorsqu'il parut à Villeparisis, en 1821, ce fut le coup de foudre pour ce gendre possible. Il fit sa cour à tout le monde, à la mère sans doute, à la sœur aînée, puis il lorgna vers la cadette. Celle-ci, comme l'explique son frère, se « passionna », elle, la petite recluse de ce village de Brie, pour ce beau parleur. Quelqu'un la mit-il en garde? Honoré, dans ses lettres, fait les plus expresses réserves sur le beau-frère. Ce qui devait arriver arriva. Laurence mourut en 1825, abandonnée, tuberculeuse, ayant tout fait pour ce mari auquel elle avait cru. Sa mère n'avait pas levé le petit doigt pour elle. Balzac écrira plus tard à Mme Hanska à propos de sa mère : « Elle a tué Laurence. »

De pareilles choses se passaient dans bien des familles. L'important est que Balzac ait pensé en faire des romans. Dès 1822, dans Wann-Chlore, qui est le grand roman de sa jeunesse, il montre une mère, Mme d'Arneuse, autrefois mariée à un gentilhomme sans cœur et sans cervelle, se prendre de haine pour sa fille unique Eugénie, qui a provoqué l'amour d'un merveilleux et mystérieux inconnu, Horace Landon. Dans un épisode choc qu'il faut bien connaître pour comprendre La Femme de trente ans, Mme d'Arneuse, folle de jalousie, pousse dans l'Oise Eugénie, qui ne doit la vie qu'au courage de Landon. Acte

manqué ou prémédité, en tout cas acte significatif des
haines privées... Eugénie épousera Landon, qu'elle
aime certes, mais en qui elle voit surtout le moyen
d'échapper à son enfer. Elle ne sait pas, malheureuse-
ment, que Landon traîne un lourd passé; il l'abandon-
nera pour aller retrouver une mystérieuse Irlandaise,
Wann, par qui il s'était cru trahi autrefois. Landon
est certes, lui, à la différence de d'Aiglemont, un héros
positif. Mais du côté d'Eugénie, on a déjà cette
illusion de la liberté, cette impatience de pensionnaire,
puis, bien vite, le désenchantement, la solitude. Dans
le monde moderne, l'héroïne féminine n'est plus
l'amante séparée de l'amant, c'est la jeune mariée
bourgeoise, comme on en rencontre tous les jours, qui a
découvert le réel de l'autre côté de l'hyménée. Le roman
réaliste engendre ici de nouvelles élégies, écrit, lui, le
spécialiste des descriptions prosaïques et patientes, son
propre romantisme. C'est en ce sens qu'il faut
comprendre, fin 1829, cette longue coulée de prose
dans le manuscrit du Rendez-vous. *Le balzacien*
« reconnaît » là, bien sûr, comme le début des futurs
Mémoires de deux jeunes mariées. *Quatre ans après*
la mort de Laurence, on peut y voir, de manière plus
immédiate, le jaillissement de toute la poésie réaliste
de Balzac :

Oh! ma Louisa, pourquoi réclamer tant de fois
l'accomplissement de la plus imprudente promesse
que puissent se faire deux jeunes filles ignorantes et
modestes. Tu te demandes souvent, m'écris-tu,
pourquoi je n'ai répondu, depuis six mois, que par

un morne silence à tes interrogations curieuses? Ma
chère, tu devineras peut-être le secret de mes refus
en apprenant les mystères que je vais trahir. Je les
aurais à jamais ensevelis dans le fond de mon cœur,
si tu ne m'avertissais de ton prochain mariage.

Tu vas te marier, Louisa. Cette pensée me fait
frémir. Pauvre petite, marie-toi; puis, dans
quelques mois, un de tes plus poignants regrets
viendra du souvenir de ce que nous étions naguère,
quand, un soir, à Écouen, parvenues toutes deux
sous les plus grands chênes de la montagne, nous
contemplâmes la belle vallée que nous avions à nos
pieds et que nous y admirâmes les rayons du soleil
couchant dont les reflets nous enveloppaient.

Nous nous assîmes sur un quartier de roche, et
tombâmes dans un ravissement auquel succéda la
plus douce mélancolie. Tu trouvas la première que
ce soleil lointain nous parlait d'avenir. Nous étions
bien curieuses et bien folles, alors. Te souviens-tu de
toutes nos extravagances? Nous nous embrassâmes
comme deux amants, disions-nous. Nous nous
jurâmes que la première mariée de nous deux
raconterait fidèlement à l'autre ces secrets d'hyménée, ces joies que nos âmes enfantines nous peignaient si délicieuses. Cette soirée fera ton désespoir, Louisa, car alors, tu étais jeune, belle, insouciante, sinon heureuse; un mari te rendra en peu de
jours ce que je suis déjà, laide, souffrante et vieille.
Te dire combien j'étais fière, vaine et joyeuse
d'épouser le colonel d'Aiglemont, ce serait une folie!
Et même, comment te le dirai-je, je ne me souviens

plus de moi-même. En peu d'instants, mon enfance
est devenue comme un songe. Ma gaieté, mon vrai
bonheur, ont fui sans retour. Tout me ramène à des
regrets, tout, jusqu'à la vue de ce mari que j'aime...
Mais chassons ces idées qui me serrent le cœur, qui
mettent un voile sur mon intelligence et un crêpe à
toutes les choses de la vie. Ma contenance pendant
la journée solennelle qui consacrait un lien dont
j'ignorais l'étendue, n'a pas été exempte de
reproches. Ma mère m'a dit plus d'une fois qu'une
mariée ne devait pas être aussi gaie que je l'étais. Je
témoignais des joies qu'elle trouvait inconvenantes.
Mes discours révélaient de la malice parce qu'ils
étaient sans malice. Je faisais mille enfantillages
avec ce voile nuptial, avec cette robe, avec ces
fleurs. Aujourd'hui, je me compare avec cet enfant
qui jouait avec les instruments de son supplice
[*premier jet barré :* les feuillages de son bûcher].
Encore un peu, j'eusse été comme cette fiancée de
Florence me cacher dans un coffre pour laisser
Victor me chercher par toute la maison. Que ne me
suis-je pas ensevelie comme elle au sein de toutes
mes espérances! Que ne suis-je morte en rêvant le
bonheur qui me rendait curieuse comme un rossi-
gnol! Quand j'entrai dans cette chambre parée qui
ressemblait à un boudoir, au lieu d'écouter ma
mère, je regardai ces draperies ravissantes, je
respirai ces parfums délicieux, j'admirai ces élégantes broderies, ces joyaux qui m'appartenaient et
cette lumière douce enfermée dans une belle coupe
d'albâtre. L'apparat avec lequel on m'avait

conduite et le luxe oriental dont j'étais entourée, ajoutait à l'ivresse dans laquelle me plongeaient mes sentiments exaltés. Je jugeais de la fête par les apprêts. Quand je restai seule, je méditai quelque espièglerie pour intriguer Victor; en attendant qu'il vînt, j'avais des palpitations de cœur semblables à celles qui me saisissaient autrefois en ces jours solennels du 31 décembre, quand, sans être aperçue, je me glissais dans le salon où les étrennes étaient entassées. Lorsque mon mari entra, qu'il me chercha, le rire étouffé que je fis entendre sous les mousselines qui m'enveloppaient a été le dernier éclat de cette gaieté douce qui anima le jeu de notre enfance [1].

On comparera avec le texte définitif (p. 86-88) : on remarquera la persistance d'un matériel élégiaque, avec certains allégements. Mais on remarquera surtout que Balzac continue ici à régler ses comptes avec sa mère, comme le prouve bien le premier jet : « Ma mère m'a dit plus d'une fois qu'une mariée ne devait pas être aussi gaie que je l'étais. Je témoignais des joies qu'elle trouvait inconvenantes [...]. Quand j'entrai dans cette chambre parée qui ressemblait à un boudoir, au lieu d'écouter ma mère, je regardai ces draperies ravissantes. » *Dans le texte définitif, Julie n'ayant plus de mère, c'est bien évidemment* son père *qui lui donne des conseils de retenue, comme il a, naguère, essayé de la mettre en garde contre ce mariage. Nul*

1. Collection Lovenjoul, A 77, f⁰ 15

*doute qu'en 1829 déjà, Julie était orpheline de mère.
Mais c'est quand même la mère qui, avant le mari,
meurtrit la jeune fille. Au mépris des données de sa
propre fiction, quelque chose de profond parle ici en
Balzac. Ce passage est à verser au dossier de toutes les
substitutions qui, dans* La Comédie humaine *rusent
avec le désir de nommer les vrais responsables : ici la
mère, victime et bourreau, à la fois, de la société
bourgeoise. Voici un second exemple.*

Dans la version originale du Doigt de Dieu *(Revue
de Paris, 27 mars 1831), le narrateur aperçoit sur le
bord de la Bièvre un couple donnant la main à un
charmant enfant; quelques pas derrière marche « un
autre enfant, mécontent, boudeur, et qui leur tournait
le dos [...] ses yeux vifs, dénués de cette humide vapeur
qui donne tant de charme aux regards des enfants,
semblaient avoir été, comme ceux des courtisans,
séchés par un feu intérieur ». Profitant d'un moment
d'inattention des parents, il pousse du haut de la berge
le frère préféré. Celui-ci s'enfonce dans la boue. Le
texte suit alors : « Francisque avait peut-être vengé son
père. Sa jalousie était peut-être le glaive de Dieu. »
Par la suite, Balzac a remplacé Francisque par
Hélène, ce qui parlait moins pour un vieux désir
infantile de tuer Henry. Le premier jet, une fois
encore (mais celui-ci imprimé) éclaire le sens du texte
définitif et montre Balzac, si l'on ose dire, cette fois,
au travail. Cet épisode clé fournit d'autre part une
justification pour un autre épisode, qui avait fait
crier par son invraisemblance : celui où Hélène,
devenue jeune fille, s'enfuit avec un criminel pour-*

chassé par la police. Balzac s'en est expliqué avec une terrible clarté dans un ajout manuscrit à la préface de 1834. Parlant des « apparentes bizarreries » des Deux Rencontres. *il explique ,*

Mais il est au fond de cette scène une pensée que l'auteur avait gardée pour lui seul, un secret dont on se moquerait en France, et qui ne peut avoir de succès qu'en Allemagne ou près de certaines âmes féminines. Il le dévoile aujourd'hui, tant il est insoucieux des critiques. En France, personne ne lit un livre avec l'intention de le creuser, et bien des gens vont s'étonner de n'avoir pas *vu ça.*

Hélène est dans l'âge où la pureté même de l'âme fait que les fautes ont la proportion des crimes, et où la conscience a je ne sais quoi d'acide. Chargée d'un fratricide, elle succombe sous les remords ; elle ne se croit digne de personne ; elle se voit en pensée la camarade des forçats. Son mariage avec un criminel est pour elle un ordre du ciel, une fatalité. Si elle avait eu six ans de plus, elle aurait épousé un agent de change et serait devenue le plus bel ornement de la civilisation.

On sort ainsi des facilités du mélodrame pour entrer dans le labyrinthe des traumatismes, de la mauvaise conscience et des censures : la littérature est vraiment le moyen, à la fois, de dire ces dramatiques et complexes relations de la vie privée, et d'en sortir. On aura noté, dans les dernières lignes, cette vive attaque contre celles (et ceux) qui s'arrangent très bien de

*l'ordre établi, y prennent si facilement leur place et ne
porteront jamais témoignage. Avoir tué son frère mais
épouser un agent de change et devenir le plus bel
ornement de la civilisation (on est sous Louis-
Philippe, et le mariage qui sauve et consacre n'est plus
le mariage aristocratique; peu importe, désormais, un
de) : solution facile pour les esprits d'ordre (n'en
doutons pas, dans l'esprit de Balzac, comme Laure);
solution impossible pour les esprits exigeants et vrais.
Hélène, comme Laurence, est ici une figure de
l'absolu, qui n'a pas sa place dans le système à la fois
invivable et imposé, fatal, nécessaire, de la mère
meurtrière. Laurence n'avait plus qu'à mourir.
Hélène, elle, est partie, et ce vaisseau corsaire sur
lequel son père la retrouve, il joue, dans la fantasma-
tique balzacienne, le même rôle que cette autre image
récurrente de l'île : île de la Loire pour Raphaël dans*
La Peau de chagrin, *île de la Vienne pour Véronique
Graslin dans* Le Curé de village. *Univers clos,
préservé, hors de tout, seul endroit où une femme
puisse faire heureusement l'amour avec son mari, qui
est aussi son amant, où disparaissent les conflits, les
problèmes de l'univers, là-bas, où souffrent et meurent
les femmes de trente ans. Hélène jamais n'aura cet âge
littéraire: elle continue, là-bas, ailleurs. Laurence
aussi? Balzac, n'en doutons pas, lui a donné cette
revanche sur sa mère, sur sa sœur aînée Laure, et si
jamais le mot* utopie *peut avoir un sens fort et plein
(ce qui ne veut pas dire nécessairement* directement
politique*), c'est ici, sur cette eau-mère retrouvée, hors
de la « civilisation ». Les lecteurs « raisonnables »,*

*bien entendu, une fois de plus accuseront l'auteur
d'« exagération »... Mais* all is true, *comme dit* Le Père
Goriot. *Non seulement tout est vrai parce que les
événements fictifs ont pour origine et modèle des
événements réels, mais parce que tout, dans l'écriture,
ses « réussites » comme ses manques et repentirs, est
signifiant.*

7. La femme de trente ans et le romantisme de la
nouvelle vague.

On a vu qu'en 1830, Le Rendez-vous *avec les
autres* Scènes de la vie privée, *c'était tout autre chose
qu'*Hernani *et les* Contes d'Espagne et d'Italie : *
prose, prosaïsme. Juillet, la déroute de la vieille
réaction, la liberté toute neuve, les grands espoirs
démocratiques et « industriels », on le sait par* La
Peau de chagrin, *n'ont nullement changé la vie en ses
profondeurs. Le jeune homme pauvre et la « femme
sans cœur », par exemple, sont encore au centre du
paysage de la civilisation. Julie d'Aiglemont aussi.
Dans les mois qui suivent Juillet, Balzac, après le
fantastique, « revient » (mais quel sens a ce mot?) à la
vie privée. C'est-à-dire aux problèmes directs de la
société bourgeoise. En mai 1832, plus d'un an après
l'installation du ministère réactionnaire Casimir
Perier, à la veille de la dure répression des émeutes
républicaines et populaires de juin. Julie passe de
Victor d'Aiglemont à Grenville puis à Vandenesse :
vieilles ou nouvelles histoires? Le texte répond seul, et*

*les lectrices. Deux ans plus tard, alors que toutes les
portes sont refermées, Balzac écrit* Souffrances inconnues, *second récit du texte actuel, et véritable bilan de
cette* Même histoire *des* Études de mœurs. *Cette fois,
on est bien éloigné, et pour longtemps, des illusions de
1830. « Pour moi, dit Julie, retirée à Nemours, le jour
est plein de ténèbres. » (Vigny avait écrit, en
octobre 1830 : « Tu diras pour longtemps le monde est
dans la nuit. ») Suivent alors des reprises, mais sur
un ton beaucoup plus violent que la* Physiologie du
mariage *de 1829 : le mariage est soit « une prostitution publique et la honte », soit « une prostitution
secrète et le malheur ». Non, rien n'a changé et Marx
peut venir, parlant de ces bourgeois, défenseurs de la
morale. qui prostituent leurs filles et se cocufient les
uns les autres. Le brave curé de Nemours essaie bien
de mettre en cause. tout banalement. les « enfants de ce
siècle sans croyance »: il fait appel. en Julie, au sens
des responsabilités sociales; mais la voix de ce prêtre
bien intentionné et bien-pensant est faible et passe
mal. C'est que Balzac n'a pas encore inventé son curé
de village. prêtre non conformiste et ménaisien, qui.
lui. comprendra Véronique Graslin. alors même
qu'elle avait été la maîtresse de l'ouvrier Tascheron. A
cette époque, Balzac patauge encore un peu, et
l'histoire de Julie ne comporte nul envers, nul ailleurs.
D'où. sans doute, son sens : Julie est impitoyablement
condamnée à l'ici, à l'aujourd'hui, sans plus, désormais. cette porte de sortie que d'aucuns avaient
longtemps crue ouverte. par-delà la fin des absurdités
bourboniennes. Il est capital que la principale figure*

*d'être enfermé, au moment où s'assure la monarchie
bourgeoise, soit, avec le jeune homme blessé, vieilli
prématurément, la femme de trente ans, jeune malgré
son âge. Que toute l'histoire se passe sous la Restauration ne saurait en aucun cas être lu comme : voilà ce
qu'*était *la vie, et ce qu'elle n'est plus. Tout au
contraire : pouvoir intéresser des lecteurs et des
lectrices de 1832-1834 à des histoires qui se passent
formellement en 1814-1825, est bien la preuve que tout
continue et que le monde est le même. Mais il faut
aller plus loin.*

*La jeune fille, telle que la donnait à lire toute une
littérature romantique, et telle que va l'exploiter, en
l'affaiblissant, le théâtre digestif de Scribe et Labiche,
était une figure, sinon sans problème, du moins
d'avant les problèmes. La femme de trente ans, elle,
telle que les textes, année après année, la font chez
Balzac s'enfoncer dans la solitude ou dans l'erreur, est
une somme d'échecs constatés, de regards jetés en
arrière avec toujours aussi l'idée que tout pourrait
repartir encore une fois. La littérature de la jeune fille
était une littérature d'intrigue, beaucoup plus qu'une
littérature de mise en question ou d'analyse. La jeune
fille avait un avenir, elle n'avait pas de passé, et le
temps pour elle était ouverture et promesse. Or la
société bourgeoise commence à s'apercevoir que,
quoique jeune, pour elle le temps est une fatalité ;
qu'elle a un passé, celui où elle croyait que tout serait
simple et facile parce que la Révolution avait résolu,
effacé, les problèmes. Et c'est ici qu'apparaît le sens
du début du récit : pourquoi Balzac a-t-il éprouvé le*

*besoin de lier les premiers émois de la jeune fille à
cette dernière revue de Napoléon? Julie peut aujourd'hui repenser à ces temps où le siècle était jeune et
fort, ou du moins croyait l'être encore. Aujourd'hui,
Julie peut repenser à la fois aux splendeurs effondrées
du siècle et à ses illusions mortes. Cela au moment où
le régime issu de Juillet puise à pleines mains pour
son personnel politique, dans les réserves de l'Empire,
au moment où Soult, le voleur, est ministre, ce Soult
dont Victor d'Aiglemont faisait l'éloge. Qu'est-ce que
cet Empire-là? La femme de trente ans ne peut être
séparée du grognard du mythe napoléonien, et toutes
les légendes sont sœurs. La littérature de la femme de
trente ans est une littérature d'anciens combattants,
seules figures de vraie jeunesse dans ce siècle jeune qui
rancit. N'est-ce pas le sens de l'épisode Charles de
Vandenesse? Charles, jeune et blasé, cherche l'amour
et* surtout la compagnie de Mme *d'Aiglemont,
Charles qui n'a plus rien à voir avec les ardents
enfants du siècle, si différent de Julien Sorel... Balzac
entend-il nous signifier que Charles n'est qu'une
figure « rétro » de l'époque Villèle? Qui oserait le
soutenir?* Aux cœurs blessés l'ombre et le silence : *Balzac avait fait cette découverte en 1832, au moment
du* Médecin de campagne, *lui, l'homme de la loge
infernale à l'Opéra, l'homme à la canne et au tilbury.
Recherche de l'asile, recherche du nid; l'explication
par les jeunes amours d'Honoré Balzac avec la
mûrissante* Mme *de Berny ne saurait suffire. Le
prométhéisme bourgeois a accouché d'une société
orpheline, où de vieux enfants cherchent leur mère. Où*

sont ici les « éternelles passions » de l'« éternel fémi-
nin »? En 1832-1834, au moment où la chambre
conjugale du roi des Français, avec son lit à deux
places, est devenu symbole et monument national, la
femme de trente ans, innocente et coupable, apparaît
chargée de mission par une certaine idée qu'on se fait
(encore) du monde : le droit au bonheur; elle dit que,
si s'est ouverte toute grande une certaine liberté
d'entreprendre et de s'enrichir, s'est aussi refermée
pour longtemps, sur toutes les valeurs authentiques, la
trappe de la société civile. Ainsi achève de se préciser
cette idée : la femme de trente ans n'est pas une simple
découverte psychologique et morale; c'est une machine
de guerre. Balzac a découvert la femme de trente ans
comme Marx a découvert le prolétariat.

Pierre Barbéris.

La Femme de trente ans

Dédié à Louis Boulanger, peintre[1].

I

PREMIÈRES FAUTES

Au commencement du mois d'avril 1813, il y eut un dimanche dont la matinée promettait un de ces beaux jours où les Parisiens voient pour la première fois de l'année leurs pavés sans boue et leur ciel sans nuages. Avant midi, un cabriolet à pompe attelé de deux chevaux fringants déboucha dans la rue de Rivoli par la rue Castiglione, et s'arrêta derrière plusieurs équipages stationnés à la grille nouvellement ouverte au milieu de la terrasse des Feuillants. Cette leste voiture était conduite par un homme en apparence soucieux et maladif; des cheveux grisonnants couvraient à peine son crâne jaune et le faisaient vieux avant le temps; il jeta les rênes au laquais à cheval qui suivait sa voiture, et descendit pour prendre dans ses bras une jeune fille dont la beauté mignonne attira l'attention des oisifs en promenade sur la terrasse. La petite personne se laissa complaisamment saisir par la taille quand elle fut debout sur le bord de la voiture, et passa ses bras autour du cou de son guide, qui la posa sur le trottoir, sans avoir chiffonné la garniture de sa robe

en reps vert. Un amant n'aurait pas eu tant de soin.
L'inconnu devait être le père de cette enfant qui,
sans le remercier, lui prit familièrement le bras et
l'entraîna brusquement dans le jardin. Le vieux
père remarqua les regards émerveillés de quelques
jeunes gens[2], et la tristesse empreinte sur son
visage s'effaça pour un moment. Quoiqu'il fût
arrivé depuis longtemps à l'âge où les hommes
doivent se contenter des trompeuses jouissances que
donne la vanité[3], il se mit à sourire.

— L'on te croit ma femme, dit-il à l'oreille de la
jeune personne en se redressant et marchant avec
une lenteur qui la désespéra.

Il semblait avoir de la coquetterie pour sa fille, et
jouissait peut-être plus qu'elle des œillades que les
curieux lançaient sur ses petits pieds chaussés de
brodequins en prunelle puce, sur une taille délicieuse dessinée par une robe à guimpe, et sur le cou
frais qu'une collerette brodée ne cachait pas entièrement. Les mouvements de la marche relevaient par
instants la robe de la jeune fille, et permettaient de
voir, au-dessus des brodequins, la rondeur d'une
jambe finement moulée par un bas de soie à jours.
Aussi, plus d'un promeneur dépassa-t-il le couple
pour admirer ou pour revoir la jeune figure autour
de laquelle se jouaient quelques rouleaux de
cheveux bruns, et dont la blancheur et l'incarnat
étaient rehaussés autant par les reflets du satin rose
qui doublait une élégante capote, que par le désir et
l'impatience qui pétillaient dans tous les traits de
cette jolie personne. Une douce malice animait ses

beaux yeux noirs, fendus en amande, surmontés de sourcils bien arqués, bordés de longs cils, et qui nageaient dans un fluide pur. La vie et la jeunesse étalaient leurs trésors sur ce visage mutin et sur un buste, gracieux encore, malgré la ceinture alors placée sous le sein[4]. Insensible aux hommages[5], la jeune fille regardait avec une espèce d'anxiété le château des Tuileries, sans doute le but de sa pétulante promenade. Il était midi moins un quart. Quelque matinale que fût cette heure, plusieurs femmes, qui toutes avaient voulu se montrer en toilette, revenaient du château, non sans retourner la tête d'un air boudeur, comme si elles se repentaient d'être venues trop tard pour jouir d'un spectacle désiré. Quelques mots échappés à la mauvaise humeur de ces belles promeneuses désappointées et saisis au vol par la jolie inconnue, l'avaient singulièrement inquiétée. Le vieillard épiait d'un œil plus curieux que moqueur les signes d'impatience et de crainte qui se jouaient sur le charmant visage de sa compagne, et l'observait peut-être avec trop de soin pour ne pas avoir quelque arrière-pensée paternelle.

Ce dimanche était le treizième de l'année 1813. Le surlendemain, Napoléon partait pour cette fatale campagne[6] pendant laquelle il allait perdre successivement Bessières et Duroc, gagner les mémorables batailles de Lutzen et de Bautzen, se voir trahi par l'Autriche, la Saxe, la Bavière, par Bernadotte, et disputer la terrible bataille de Leipzig. La magnifique parade commandée par l'empereur devait être

la dernière de celles qui excitèrent si longtemps
l'admiration des Parisiens et des étrangers. La
vieille garde allait exécuter pour la dernière fois les
savantes manœuvres dont la pompe et la précision
étonnèrent quelquefois jusqu'à ce géant lui-même,
qui s'apprêtait alors à son duel avec l'Europe. Un
sentiment triste amenait aux Tuileries une brillante
et curieuse population. Chacun semblait deviner
l'avenir, et pressentait peut-être que plus d'une fois
l'imagination aurait à retracer le tableau de cette
scène, quand ces temps héroïques de la France
contracteraient, comme aujourd'hui, des teintes
presque fabuleuses [7].

— Allons donc plus vite, mon père, disait la
jeune fille avec un air de lutinerie en entraînant le
vieillard. J'entends les tambours.

— C'est les troupes qui entrent aux Tuileries,
répondit-il.

— Ou qui défilent, tout le monde revient !
répliqua-t-elle avec une enfantine amertume qui fit
sourire le vieillard.

— La parade ne commence qu'à midi et demi, dit
le père qui marchait presque en arrière de son
impétueuse fille.

A voir le mouvement qu'elle imprimait à son bras
droit, vous eussiez dit qu'elle s'en aidait pour
courir. Sa petite main, bien gantée, froissait impatiemment un mouchoir, et ressemblait à la rame
d'une barque qui fend les ondes. Le vieillard
souriait par moments ; mais parfois aussi des
expressions soucieuses attristaient passagèrement sa

figure desséchée. Son amour pour cette belle créature lui faisait autant admirer le présent que
craindre l'avenir. Il semblait se dire :   Elle est
heureuse aujourd'hui, le sera-t-elle toujours ? Car les
vieillards sont assez enclins à doter de leurs
chagrins l'avenir des jeunes gens. Quand le père et
la fille arrivèrent sous le péristyle du pavillon au
sommet duquel flottait le drapeau tricolore [8], et par
où les promeneurs vont et viennent du jardin des
Tuileries dans le Carrousel, les factionnaires leur
crièrent d'une voix grave : — On ne passe plus!

L'enfant se haussa sur la pointe des pieds, et put
entrevoir une foule de femmes parées qui encom-
brait les deux côtés de la vieille arcade en marbre
par où l'empereur devait sortir.

— Tu le vois bien, mon père, nous sommes partis
trop tard.

Sa petite moue chagrine trahissait l'importance
qu'elle avait mise à se trouver à cette revue.

— Eh! bien, Julie, allons-nous-en, tu n'aimes pas
à être foulée.

— Restons, mon père. D'ici je puis encore
apercevoir l'empereur; s'il périssait pendant la
campagne, je ne l'aurais jamais vu.

Le père tressaillit en entendant ces égoïstes
paroles, sa fille avait des larmes dans la voix; il la
regarda, et crut remarquer sous ses paupières
abaissées quelques pleurs causés moins par le dépit
que par un de ces premiers chagrins dont le secret
est facile à deviner pour un vieux père. Tout à coup
Julie rougit, et jeta une exclamation dont le sens ne

fut compris ni par les sentinelles. ni par le vieillard.
A ce cri. un officier qui s'élançait de la cour vers
l'escalier se retourna vivement. s'avança jusqu'à
l'arcade du jardin. reconnut la jeune personne un
moment cachée par les gros bonnets à poil des
grenadiers, et fit fléchir aussitôt. pour elle et pour
son père. la consigne qu'il avait donnée lui-même;
puis. sans se mettre en peine des murmures de la
foule élégante qui assiégeait l'arcade. il attira
doucement à lui l'enfant enchantée.

— Je ne m'étonne plus de sa colère ni de son
empressement, puisque tu étais de service. dit le
vieillard à l'officier d'un air aussi sérieux que
railleur.

— Monsieur le duc, répondit le jeune homme. si
vous voulez être bien placés, ne nous amusons point
à causer. L'empereur n'aime pas à attendre, et je
suis chargé par le grand maréchal d'aller l'avertir.

Tout en parlant, il avait pris. avec une sorte de
familiarité, le bras de Julie, et l'entraînait rapidement vers le Carrousel. Julie aperçut avec étonnement une foule immense qui se pressait dans le petit
espace compris entre les murailles grises du palais et
les bornes réunies par des chaînes qui dessinent de
grands carrés sablés au milieu de la cour des
Tuileries. Le cordon de sentinelles, établi pour
laisser un passage libre à l'empereur et à son état-
major. avait beaucoup de peine à ne pas être
débordé par cette foule empressée et bourdonnant
comme un essaim.

Cela sera donc bien beau, demanda Julie en souriant.

Prenez donc garde, s'écria l'officier qui saisit Julie par la taille et la souleva avec autant de vigueur que de rapidité pour la transporter près d'une colonne.

Sans ce brusque enlèvement, sa curieuse parente allait être froissée par la croupe du cheval blanc, harnaché d'une selle en velours vert et or, que le Mameluck de Napoléon tenait par la bride, presque sous l'arcade, à dix pas en arrière de tous les chevaux qui attendaient les grands-officiers, compagnons de l'empereur. Le jeune homme plaça le père et la fille près de la première borne de droite, devant la foule, et les recommanda par un signe de tête aux deux vieux grenadiers entre lesquels ils se trouvèrent. Quand l'officier revint au palais, un air de bonheur et de joie avait succédé sur sa figure au subit effroi que la reculade du cheval y avait imprimé; Julie lui avait serré mystérieusement la main, soit pour le remercier du petit service qu'il venait de lui rendre, soit pour lui dire : — Enfin je vais donc vous voir! Elle inclina même doucement la tête en réponse au salut respectueux que l'officier lui fit, ainsi qu'à son père, avant de disparaître avec prestesse. Le vieillard, qui semblait avoir exprès laissé les deux jeunes gens ensemble, restait dans une attitude grave, un peu en arrière de sa fille; mais il l'observait à la dérobée, et tâchait de lui inspirer une fausse sécurité en paraissant absorbé dans la contemplation du magnifique spectacle qu'offrait le Carrousel. Quand Julie reporta sur son père le regard d'un écolier inquiet de son maître, le vieillard lui répondit même par un sourire de gaieté bienveillante; mais son œil perçant avait suivi l'officier jusque sous l'arcade, et aucun événement de cette scène rapide ne lui avait échappé.

— Quel beau spectacle! dit Julie à voix basse en pressant la main de son père.

L'aspect pittoresque et grandiose que présentait en ce moment le Carrousel faisait prononcer cette exclamation par des milliers de spectateurs dont toutes les figures étaient béantes d'admiration. Une autre rangée de monde, tout aussi pressée que celle où le vieillard et sa fille se tenaient, occupait, sur une ligne parallèle au château, l'espace étroit et pavé qui longe la grille du Carrousel. Cette foule achevait de dessiner fortement, par la variété des toilettes de femmes, l'immense carré long que forment les bâtiments des Tuileries et cette grille alors nouvellement posée. Les régiments de la vieille garde qui allaient être passés en revue remplissaient ce vaste terrain, où ils figuraient en face du palais d'imposantes lignes bleues de dix rangs de profondeur. Au-delà de l'enceinte, et dans le Carrousel, se trouvaient, sur d'autres lignes parallèles, plusieurs régiments d'infanterie et de cavalerie prêts à défiler sous l'arc triomphal qui orne le milieu de la grille, et sur le faîte duquel se voyaient, à cette époque, les magnifiques chevaux de Venise[9]. La musique des régiments placée au bas des galeries du Louvre, était masquée par les lanciers polonais de service.

Une grande partie du carré sablé restait vide
comme une arène préparée pour les mouvements de
ces corps silencieux dont les masses, disposées avec
la symétrie de l'art militaire, réfléchissaient les
rayons du soleil dans les feux triangulaires de dix
mille baïonnettes. L'air, en agitant les plumets des
soldats, les faisait ondoyer comme les arbres d'une
forêt courbés sous un vent impétueux. Ces vieilles
bandes, muettes et brillantes, offraient mille
contrastes de couleurs dus à la diversité des
uniformes, des parements, des armes et des aiguil-
lettes. Cet immense tableau, miniature d'un champ
de bataille avant le combat, était poétiquement
encadré, avec tous ses accessoires et ses accidents
bizarres, par les hauts bâtiments majestueux, dont
l'immobilité semblait imitée par les chefs et les
soldats. Le spectateur comparait involontairement
ces murs d'hommes à ces murs de pierre. Le soleil
du printemps, qui jetait profusément sa lumière sur
les murs blancs bâtis de la veille et sur les murs
séculaires, éclairait pleinement ces innombrables
figures basanées qui toutes racontaient des périls
passés et attendaient gravement les périls à venir.
Les colonels de chaque régiment allaient et venaient
seuls devant les fronts que formaient ces hommes
héroïques. Puis, derrière les masses de ces troupes
bariolées d'argent, d'azur, de pourpre et d'or, les
curieux pouvaient apercevoir les banderoles trico-
lores attachées aux lances de six infatigables cavaliers polonais, qui, semblables aux chiens conduisant un troupeau le long d'un champ, voltigeaient

sans cesse entre les troupes et les curieux, pour
empêcher ces derniers de dépasser le petit espace de
terrain qui leur était concédé auprès de la grille
impériale. A ces mouvements près, on aurait pu se
croire dans le palais de la Belle au bois dormant. La
brise du printemps, qui passait sur les bonnets à
longs poils des grenadiers, attestait l'immobilité des
soldats, de même que le sourd murmure de la foule
accusait leur silence. Parfois seulement le retentissement d'un chapeau chinois[10], ou quelque léger coup
frappé par inadvertance sur une grosse caisse et
répété par les échos du palais impérial, ressemblait
à ces coups de tonnerre lointains qui annoncent un
orage. Un enthousiasme indescriptible éclatait dans
l'attente de la multitude. La France allait faire ses
adieux à Napoléon, à la veille d'une campagne dont
les dangers étaient prévus par le moindre citoyen[11].
Il s'agissait, cette fois, pour l'Empire Français,
d'être ou de ne pas être. Cette pensée semblait
animer la population citadine et la population
armée qui se pressaient, également silencieuses,
dans l'enceinte où planaient l'aigle et le génie de
Napoléon. Ces soldats, espoir de la France, ces
soldats, sa dernière goutte de sang, entraient aussi
pour beaucoup dans l'inquiète curiosité des spectateurs. Entre la plupart des assistants et des militaires, il se disait des adieux peut-être éternels;
mais tous les cœurs, même les plus hostiles à
l'empereur, adressaient au ciel des vœux ardents
pour la gloire de la patrie. Les hommes les plus
fatigués de la lutte commencée entre l'Europe et la

France avaient tous déposé leurs haines en passant
sous l'arc de triomphe, comprenant qu'au jour du
danger Napoléon était toute la France. L'horloge
du château sonna une demi-heure. En ce moment
les bourdonnements de la foule cessèrent, et le
silence devint si profond, que l'on eût entendu la
parole d'un enfant. Le vieillard et sa fille, qui
semblaient ne vivre que par les yeux, distinguèrent
alors un bruit d'éperons et un cliquetis d'épées qui
retentirent sous le sonore péristyle du château.

Un petit homme assez gras, vêtu d'un uniforme
vert, d'une culotte blanche, et chaussé de bottes à
l'écuyère, parut tout à coup en gardant sur sa tête
un chapeau à trois cornes aussi prestigieux que
l'homme lui-même; le large ruban rouge de la
Légion d'honneur flottait sur sa poitrine, une petite
épée était à son côté. L'Homme fut aperçu par tous
les yeux, et à la fois, de tous les points dans la
place. Aussitôt, les tambours battirent aux champs,
les deux orchestres débutèrent par une phrase dont
l'expression guerrière fut répétée sur tous les
instruments, depuis la plus douce des flûtes jusqu'à
la grosse caisse. A ce belliqueux appel, les âmes
tressaillirent, les drapeaux saluèrent, les soldats
présentèrent les armes par un mouvement unanime
et régulier qui agita les fusils depuis le premier rang
jusqu'au dernier dans le Carrousel. Des mots de
commandement s'élancèrent de rang en rang
comme des échos. Des cris de : Vive l'empereur!
furent poussés par la multitude enthousiasmée.
Enfin tout frissonna, tout remua, tout s'ébranla.

Napoléon était monté à cheval. Ce mouvement
avait imprimé la vie à ces masses silencieuses, avait
donné une voix aux instruments, un élan aux aigles
et aux drapeaux, une émotion à toutes les figures.
Les murs des hautes galeries de ce vieux palais
semblaient crier aussi : Vive l'empereur! Ce ne fut
pas quelque chose d'humain, ce fut une magie, un
simulacre de la puissance divine, ou mieux une
fugitive image de ce règne si fugitif. L'homme
entouré de tant d'amour, d'enthousiasme, de
dévouement, de vœux, pour qui le soleil avait
chassé les nuages du ciel, resta sur son cheval, à
trois pas en avant du petit escadron doré qui le
suivait, ayant le grand-maréchal à sa gauche, le
maréchal de service à sa droite. Au sein de tant
d'émotions excitées par lui, aucun trait de son
visage ne parut s'émouvoir.

— Oh! mon Dieu, oui. A Wagram au milieu du
feu, à la Moskova parmi les morts, il est toujours
tranquille comme Baptiste, *lui!*

Cette réponse à de nombreuses interrogations
était faite par le grenadier qui se trouvait auprès de
la jeune fille. Julie fut pendant un moment absorbée par la contemplation de cette figure, dont le
calme indiquait une si grande sécurité de puissance.
L'empereur aperçut mademoiselle de Chatillonest,
et se pencha vers Duroc pour lui dire une phrase
courte qui fit sourire le grand-maréchal. Les
manœuvres commencèrent. Si jusqu'alors la jeune
personne avait partagé son attention entre la figure
impassible de Napoléon et les lignes bleues, vertes

et rouges des troupes, en ce moment elle s'occupa
presque exclusivement, au milieu des mouvements
rapides et réguliers exécutés par ces vieux soldats,
d'un jeune officier qui courait à cheval parmi les
lignes mouvantes, et revenait avec une infatigable
activité vers le groupe à la tête duquel brillait le
simple Napoléon. Cet officier montait un superbe
cheval noir, et se faisait distinguer, au sein de cette
multitude chamarrée, par le bel uniforme bleu de
ciel des officiers d'ordonnance de l'empereur. Ses
broderies pétillaient si vivement au soleil, et l'ai-
grette de son schako étroit et long en recevait de si
fortes lueurs, que les spectateurs durent le comparer
à un feu follet, à une âme invisible chargée par
l'empereur d'animer, de conduire ces bataillons
dont les armes ondoyantes jetaient des flammes,
quand, sur un seul signe de ses yeux, ils se brisaient,
se rassemblaient, tournoyaient comme les ondes
d'un gouffre, ou passaient devant lui comme ces
lames longues, droites et hautes que l'Océan cour-
roucé dirige sur ses rivages.

Quand les manœuvres furent terminées, l'officier
d'ordonnance accourut à bride abattue, et s'arrêta
devant l'empereur pour en attendre les ordres. En
ce moment, il était à vingt pas de Julie, en face du
groupe impérial, dans une attitude assez semblable
à celle que Gérard a donnée au général Rapp dans
le tableau de la Bataille d'Austerlitz[12]. Il fut
permis alors à la jeune fille d'admirer son amant[13]
dans toute sa splendeur militaire. Le colonel Victor
d'Aiglemont à peine âgé de trente ans, était grand,

bien fait, svelte: et ses heureuses proportions ne
ressortaient jamais mieux que quand il employait
sa force à gouverner un cheval dont le dos élégant
et souple paraissait plier sous lui. Sa figure mâle et
brune possédait ce charme inexplicable qu'une
parfaite régularité de traits communique à de
jeunes visages. Son front était large et haut. Ses
yeux de feu, ombragés de sourcils épais et bordés de
longs cils, se dessinaient comme deux ovales blancs
entre deux lignes noires. Son nez offrait la gracieuse
courbure d'un bec d'aigle. La pourpre de ses lèvres
était rehaussée par les sinuosités de l'inévitable
moustache noire. Ses joues larges et fortement
colorées offraient des tons bruns et jaunes qui
dénotaient une vigueur extraordinaire. Sa figure,
une de celles que la bravoure a marquées de son
cachet, offrait le type que cherche aujourd'hui
l'artiste quand il songe à représenter un des héros
de la France impériale. Le cheval trempé de sueur,
et dont la tête agitée exprimait une extrême
impatience, les deux pieds de devant écartés et
arrêtés sur une même ligne sans que l'un dépassât
l'autre, faisait flotter les longs crins de sa queue
fournie: et son dévouement offrait une matérielle
image de celui que son maître avait pour l'empereur. En voyant son amant si occupé de saisir les
regards de Napoléon, Julie éprouva un moment de
jalousie en pensant qu'il ne l'avait pas encore
regardée. Tout à coup, un mot est [14] prononcé par le
souverain, Victor presse les flancs de son cheval, et
part au galop: mais l'ombre d'une borne projetée

sur le sable effraie l'animal qui s'effarouche, recule,
se dresse, et si brusquement que le cavalier semble
en danger. Julie jette un cri, elle pâlit; chacun la
regarde avec curiosité; elle ne voit personne; ses
yeux sont attachés sur ce cheval trop fougueux, que
l'officier châtie tout en courant redire les ordres de
Napoléon. Ces étourdissants tableaux absorbaient si
bien Julie, qu'à son insu elle s'était cramponnée au
bras de son père à qui elle révélait involontairement
ses pensées par la pression plus ou moins vive de ses
doigts. Quand Victor fut sur le point d'être renversé
par le cheval, elle s'accrocha plus violemment
encore à son père, comme si elle-même eût été en
danger de tomber. Le vieillard contemplait avec
une sombre et douloureuse inquiétude le visage
épanoui de sa fille, et des sentiments de pitié, de
jalousie, des regrets même, se glissèrent dans toutes
ses rides contractées. Mais quand l'éclat inaccou-
tumé des yeux de Julie, le cri qu'elle venait de
pousser et le mouvement convulsif de ses doigts,
achevèrent de lui dévoiler un amour secret[15],
certes, il dut avoir quelques tristes révélations de
l'avenir, car sa figure offrit alors une expression
sinistre. En ce moment, l'âme de Julie semblait
avoir passe dans celle de l'officier. Une pensée plus
cruelle que toutes celles qui avaient effrayé le
vieillard crispa les traits de son visage souffrant,
quand il vit d'Aiglemont échangeant, en passant
devant eux, un regard d'intelligence avec Julie dont
les yeux étaient humides, et dont le teint avait

contracté une vivacité extraordinaire. Il emmena
brusquement sa fille dans le jardin des Tuileries.

— Mais, mon père, disait-elle, il y a encore sur la
place du Carrousel des régiments qui vont manœu-
vrer.

— Non, mon enfant, toutes les troupes défilent.

— Je pense, mon père, que vous vous trompez.
Monsieur d'Aiglemont a dû les faire avancer...

— Mais, ma fille, je souffre et ne veux pas rester.

Julie n'eut pas de peine à croire son père quand
elle eut jeté les yeux sur ce visage, auquel de
paternelles inquiétudes donnaient un air abattu.

— Souffrez-vous beaucoup ? demanda-t-elle avec
indifférence, tant elle était préoccupée.

— Chaque jour n'est-il pas un jour de grâce pour
moi ? répondit le vieillard.

— Vous allez donc encore m'affliger en me
parlant de votre mort. J'étais si gaie ! Voulez-vous
bien chasser vos vilaines idées noires.

— Ah ! s'écria le père en poussant un soupir.
enfant gâté ! les meilleurs cœurs sont quelquefois
bien cruels. Vous consacrer notre vie, ne penser
qu'à vous, préparer votre bien-être, sacrifier nos
goûts à vos fantaisies, vous adorer, vous donner
même notre sang, ce n'est donc rien ? Hélas ! oui,
vous acceptez tout avec insouciance. Pour toujours
obtenir vos sourires et votre dédaigneux amour, il
faudrait avoir la puissance de Dieu. Puis enfin un
autre arrive ! un amant, un mari nous ravissent vos
cœurs [16].

Julie étonnée regarda son père qui marchait

lentement, et qui jetait sur elle des regards sans
lueur.

— Vous vous cachez même de nous, reprit-il,
mais peut-être aussi de vous-même...

— Que dites-vous donc, mon père?

— Je pense, Julie, que vous avez des secrets
pour moi. — Tu aimes, reprit vivement le vieillard
en s'apercevant que sa fille venait de rougir. Ah!
j'espérais te voir fidèle à ton vieux père jusqu'à sa
mort, j'espérais te conserver près de moi heureuse
et brillante! t'admirer comme tu étais encore
naguère. En ignorant ton sort, j'aurais pu croire à
un avenir tranquille pour toi; mais maintenant il
est impossible que j'emporte une espérance de
bonheur pour ta vie, car tu aimes encore plus le
colonel que tu n'aimes le cousin. Je n'en puis plus
douter.

— Pourquoi me serait-il interdit de l'aimer?
s'écria-t-elle avec une vive expression de curiosité.

— Ah! ma Julie, tu ne me comprendrais pas,
répondit le père en soupirant.

— Dites toujours, reprit-elle en laissant échapper
un mouvement de mutinerie.

— Eh! bien, mon enfant, écoute-moi. Les jeunes
filles se créent souvent de nobles, de ravissantes
images, des figures tout idéales, et se forgent des
idées chimériques sur les hommes, sur les sentiments, sur le monde; puis elles attribuent innocem-
ment à un caractère les perfections qu'elles ont
rêvées, et s'y confient; elles aiment dans l'homme
de leur choix cette créature imaginaire; mais plus

5

tard, quand il n'est plus temps de s'affranchir du
malheur, la trompeuse apparence qu'elles ont
embellie, leur première idole enfin se change en un
squelette odieux. Julie, j'aimerais mieux te savoir
amoureuse d'un vieillard que de te voir aimant le
colonel. Ah! si tu pouvais te placer à dix ans d'ici
dans la vie, tu rendrais justice à mon expérience. Je
connais Victor : sa gaieté est une gaieté sans esprit,
une gaieté de caserne, il est sans talent et dépen-
sier [17]. C'est un de ces hommes que le ciel a créés
pour prendre et digérer quatre repas par jour,
dormir, aimer la première venue et se battre. Il
n'entend pas la vie. Son bon cœur, car il a bon
cœur, l'entraînera peut-être à donner sa bourse à un
malheureux, à un camarade ; mais il est insouciant,
mais il n'est pas doué de cette délicatesse de cœur
qui nous rend esclaves du bonheur d'une femme ;
mais il est ignorant, égoïste... Il y a beaucoup de
mais.

— Cependant, mon père, il faut bien qu'il ait de
l'esprit et des moyens pour avoir été fait colonel...

— Ma chère, Victor restera colonel toute sa
vie [18]. Je n'ai encore vu personne qui m'ait paru
digne de toi, reprit le vieux père avec une sorte
d'enthousiasme. Il s'arrêta un moment, contempla
sa fille, et ajouta : Mais, ma pauvre Julie, tu es
encore trop jeune, trop faible, trop délicate pour
supporter les chagrins et les tracas du mariage.
D'Aiglemont a été gâté par ses parents, de même
que tu l'as été par ta mère et par moi. Comment
espérer que vous pourrez vous entendre tous deux

avec des volontés différentes dont les tyrannies seront inconciliables? Tu seras ou victime ou tyran[19]. L'une ou l'autre alternative apporte une égale somme de malheurs dans la vie d'une femme. Mais tu es douce et modeste, tu plieras d'abord. Enfin tu as, dit-il d'une voix altérée, une grâce de sentiment qui sera méconnue, et alors... Il n'acheva pas, les larmes le gagnèrent. — Victor, reprit-il après une pause, blessera les naïves qualités de ta jeune âme. Je connais les militaires, ma Julie; j'ai vécu aux armées. Il est rare que le cœur de ces gens-là puisse triompher des habitudes produites ou par les malheurs au sein desquels ils vivent, ou par les hasards de leur vie aventurière[20].

— Vous voulez donc, mon père, répliqua Julie d'un ton qui tenait le milieu entre le sérieux et la plaisanterie, contrarier mes sentiments, me marier pour vous et non pour moi?

— Te marier pour moi! s'écria le père avec un mouvement de surprise. pour moi, ma fille, de qui tu n'entendras bientôt plus la voix si amicalement grondeuse. J'ai toujours vu les enfants attribuant à un sentiment personnel les sacrifices que leur font les parents! Épouse Victor, ma Julie. Un jour tu déploreras amèrement sa nullité, son défaut d'ordre, son égoïsme, son indélicatesse, son ineptie en amour, et mille autres chagrins qui te viendront par lui. Alors, souviens-toi que, sous ces arbres, la voix prophétique de ton vieux père a retenti vainement à tes oreilles!

Le vieillard se tut, il avait surpris sa fille agitant

la tête d'une manière mutine. Tous deux firent quelques pas vers la grille où leur voiture était arrêtée. Pendant cette marche silencieuse, la jeune fille examina furtivement le visage de son père et quitta par degrés sa mine boudeuse. La profonde douleur gravée sur ce front penché vers la terre lui fit une vive impression.

— Je vous promets, mon père, dit-elle d'une voix douce et altérée, de ne pas vous parler de Victor avant que vous ne soyez revenu de vos préventions contre lui.

Le vieillard regarda sa fille avec étonnement. Deux larmes qui roulaient dans ses yeux tombèrent le long de ses joues ridées. Il ne put embrasser Julie devant la foule qui les environnait, mais il lui pressa tendrement la main. Quand il remonta en voiture, toutes les pensées soucieuses qui s'étaient amassées sur son front avaient complètement disparu. L'attitude un peu triste de sa fille l'inquiétait alors bien moins que la joie innocente dont le secret avait échappé pendant la revue à Julie.

Dans les premiers jours du mois de mars 1814 [21], un peu moins d'un an après cette revue de l'empereur, une calèche roulait sur la route d'Amboise à Tours [22]. En quittant le dôme vert des noyers sous lesquels se cachait la poste de la Frillière, cette voiture fut entraînée avec une telle rapidité qu'en un moment elle arriva au pont bâti sur la Cise, à l'embouchure de cette rivière dans la Loire, et s'y arrêta. Un trait venait de se briser par suite du mouvement impétueux que, sur l'ordre de

son maître, un jeune postillon avait imprimé à
quatre des plus vigoureux chevaux du relais. Ainsi,
par un effet du hasard, les deux personnes qui se
trouvaient dans la calèche eurent le loisir de
contempler à leur réveil un des plus beaux sites que
puissent présenter les séduisantes rives de la Loire.
A sa droite, le voyageur embrasse d'un regard
toutes les sinuosités de la Cise, qui se roule, comme
un serpent argenté, dans l'herbe des prairies auxquelles les premières pousses du printemps donnaient alors les couleurs de l'émeraude. A gauche, la
Loire apparaît dans toute sa magnificence. Les
innombrables facettes de quelques *roulées*, produites
par une brise matinale un peu froide, réfléchissaient
les scintillements du soleil sur les vastes nappes que
déploie cette majestueuse rivière. Çà et là des îles
verdoyantes se succèdent dans l'étendue des eaux,
comme les chatons d'un collier. De l'autre côté du
fleuve, les plus belles campagnes de la Touraine
déroulent leurs trésors à perte de vue. Dans le
lointain, l'œil ne rencontre d'autres bornes que les
collines du Cher, dont les cimes dessinaient en ce
moment des lignes lumineuses sur le transparent
azur du ciel. A travers le tendre feuillage des îles, au
fond du tableau, Tours semble, comme Venise,
sortir du sein des eaux. Les campaniles de sa vieille
cathédrale s'élancent dans les airs, où ils se confon-
daient alors avec les créations fantastiques de
quelques nuages blanchâtres. Au-delà du pont sur
lequel la voiture était arrêtée, le voyageur aperçoit
devant lui, le long de la Loire jusqu'à Tours, une

chaîne de rochers qui, par une fantaisie de la
nature, paraît avoir été posée pour encaisser le
fleuve dont les flots minent incessamment la pierre,
spectacle qui fait toujours l'étonnement du voyageur. Le village de Vouvray se trouve comme niché
dans les gorges et les éboulements de ces roches, qui
commencent à décrire un coude devant le pont de la
Cise. Puis, de Vouvray jusqu'à Tours, les
effrayantes anfractuosités de cette colline déchirée
sont habitées par une population de vignerons. En
plus d'un endroit il existe trois étages de maisons,
creusées dans le roc et réunies par de dangereux
escaliers taillés à même la pierre. Au sommet d'un
toit, une jeune fille en jupon rouge court à son
jardin. La fumée d'une cheminée s'élève entre les
sarments et le pampre naissant d'une vigne. Des
closiers labourent des champs perpendiculaires. Une
vieille femme, tranquille sur un quartier de roche
éboulée, tourne son rouet sous les fleurs d'un
amandier, et regarde passer les voyageurs à ses
pieds en souriant de leur effroi. Elle ne s'inquiète
pas plus des crevasses du sol que de la ruine
pendante d'un vieux mur dont les assises ne sont
plus retenues que par les tortueuses racines d'un
manteau de lierre. Le marteau des tonneliers fait
retentir les voûtes de caves aériennes. Enfin, la
terre est partout cultivée et partout féconde, là où
la nature a refusé de la terre à l'industrie humaine.
Aussi rien n'est-il comparable, dans le cours de la
Loire, au riche panorama que la Touraine présente
alors aux yeux du voyageur. Le triple tableau de

cette scène, dont les aspects sont à peine indiqués, procure à l'âme un de ces spectacles qu'elle inscrit a jamais dans son souvenir; et, quand un poète en a joui, ses rêves viennent souvent lui en reconstruire fabuleusement les effets romantiques. Au moment où la voiture parvint sur le pont de la Cise, plusieurs voiles blanches débouchèrent entre les îles de la Loire, et donnèrent une nouvelle harmonie à ce site harmonieux. La senteur des saules qui bordent le fleuve ajoutait de pénétrants parfums au goût de la brise humide. Les oiseaux faisaient entendre leurs prolixes concerts; le chant monotone d'un gardeur de chèvres y joignait une sorte de mélancolie, tandis que les cris des mariniers annonçaient une agitation lointaine. De molles vapeurs, capricieusement arrêtées autour des arbres épars dans ce vaste paysage, y imprimaient une dernière grâce. C'était la Touraine dans toute sa gloire, le printemps dans toute sa splendeur. Cette partie de la France, la seule que les armées étrangères ne devaient point troubler, était en ce moment la seule qui fût tranquille, et l'on eût dit qu'elle défiait l'Invasion.

Une tête coiffée d'un bonnet de police se montra hors de la calèche aussitôt qu'elle ne roula plus; bientôt un militaire impatient en ouvrit lui-même la portière, et sauta sur la route comme pour aller quereller le postillon. L'intelligence avec laquelle ce Tourangeau raccommodait le trait cassé rassura le colonel comte d'Aiglemont, qui revint vers la portière en étendant ses bras comme pour détirer

ses muscles endormis; il bâilla, regarda le paysage,
et posa la main sur le bras d'une jeune femme
soigneusement enveloppée dans un vitchoura.

— Tiens, Julie, lui dit-il d'une voix enrouée,
réveille-toi donc pour examiner le pays! Il est
magnifique.

Julie avança la tête hors de la calèche. Un bonnet
de martre lui servait de coiffure, et les plis du
manteau fourré dans lequel elle était enveloppée
déguisaient si bien ses formes qu'on ne pouvait plus
voir que sa figure. Julie d'Aiglemont ne ressemblait
déjà plus à la jeune fille qui courait naguère avec
joie et bonheur à la revue des Tuileries. Son visage,
toujours délicat, était privé des couleurs roses qui
jadis lui donnaient un si riche éclat. Les touffes
noires de quelques cheveux défrisés par l'humidité
de la nuit faisaient ressortir la blancheur mate de sa
tête, dont la vivacité semblait engourdie. Cependant ses yeux brillaient d'un feu surnaturel; mais
au-dessous de leurs paupières, quelques teintes
violettes se dessinaient sur les joues fatiguées. Elle
examina d'un œil indifférent les campagnes du
Cher, la Loire et ses îles, Tours et les longs rochers
de Vouvray [23]; puis, sans vouloir regarder la ravissante vallée de la Cise, elle se rejeta promptement
dans le fond de la calèche, et dit d'une voix qui en
plein air paraissait d'une extrême faiblesse : — Oui,
c'est admirable. Elle avait, comme on le voit, pour
son malheur, triomphé de son père.

— Julie, n'aimerais-tu pas à vivre ici?

— Oh! là ou ailleurs, dit-elle avec insouciance.

— Souffres-tu ? lui demanda le colonel d'Aiglemont.

— Pas du tout, répondit la jeune femme avec
une vivacité momentanée. Elle contempla son mari
en souriant et ajouta : — J'ai envie de dormir.

Le galop d'un cheval retentit soudain. Victor
d'Aiglemont laissa la main de sa femme, et tourna
la tête vers le coude que la route fait en cet endroit.
Au moment où Julie ne fut plus vue par le colonel,
l'expression de gaieté qu'elle avait imprimée à son
pâle visage disparut comme si quelque lueur eût
cessé de l'éclairer. N'éprouvant ni le désir de revoir
le paysage ni la curiosité de savoir quel était le
cavalier dont le cheval galopait si furieusement, elle
se replaça dans le coin de la calèche, et ses yeux se
fixèrent sur la croupe des chevaux sans trahir
aucune espèce de sentiment. Elle eut un air aussi
stupide que peut l'être celui d'un paysan breton
écoutant le prône de son curé. Un jeune homme,
monté sur un cheval de prix, sortit tout à coup d'un
bouquet de peupliers et d'aubépines en fleur.

— C'est un Anglais, dit le colonel.

— Oh! mon Dieu oui, mon général, répliqua le
postillon. Il est de la race des gars qui veulent, dit-
on, manger la France.

L'inconnu était un de ces voyageurs qui se
trouvèrent sur le continent lorsque Napoléon arrêta
tous les Anglais en représailles de l'attentat commis
envers le droit des gens par le cabinet de Saint-
James lors de la rupture du traité d'Amiens [24].
Soumis au caprice du pouvoir impérial, ces prison-

niers ne restèrent pas tous dans les résidences où ils
furent saisis, ni dans celles qu'ils eurent d'abord la
liberté de choisir. La plupart de ceux qui habitaient
en ce moment la Touraine y furent transférés de
divers points de l'empire, où leur séjour avait paru
compromettre les intérêts de la politique continen-
tale. Le jeune captif qui promenait en ce moment son
ennui matinal était une victime de la puissance
bureaucratique. Depuis deux ans, un ordre parti du
ministère des Relations Extérieures l'avait arraché
au climat de Montpellier, où la rupture de la paix le
surprit autrefois cherchant à se guérir d'une affection de poitrine. Du moment où ce jeune homme
reconnut un militaire dans la personne du comte
d'Aiglemont, il s'empressa d'en éviter les regards
en tournant assez brusquement la tête vers les
prairies de la Cise.

— Tous ces Anglais sont insolents comme si le
globe leur appartenait, dit le colonel en murmurant.
Heureusement Soult va leur donner les étrivières [25].

Quand le prisonnier passa devant la calèche, il y
jeta les yeux. Malgré la brièveté de son regard, il
put alors admirer l'expression de mélancolie qui
donnait à la figure pensive de la comtesse je ne
sais quel attrait indéfinissable. Il y a beaucoup
d'hommes dont le cœur est puissamment ému par la
seule apparence de la souffrance chez une femme :
pour eux la douleur semble être une promesse de
constance où d'amour. Entièrement absorbée dans
la contemplation d'un coussin de sa calèche, Julie
ne fit attention ni au cheval ni au cavalier. Le trait

avait été solidement et promptement rajusté. Le
comte remonta en voiture. Le postillon s'efforça de
regagner le temps perdu, et mena rapidement les
deux voyageurs sur la partie de la levée que
bordent les rochers suspendus au sein desquels
mûrissent les vins de Vouvray, d'où s'élancent tant
de jolies maisons, où apparaissent dans le lointain
les ruines de cette si célèbre abbaye de Marmou-
tiers, la retraite de saint Martin.

      Que nous veut donc ce milord diaphane?
s'écria le colonel en tournant la tête pour s'assurer
que le cavalier qui depuis le pont de la Cise suivait
sa voiture était le jeune Anglais.

Comme l'inconnu ne violait aucune convenance
de politesse en se promenant sur la berme [26] de la
levée, le colonel se remit dans le coin de sa calèche
après avoir jeté un regard menaçant sur l'Anglais.
Mais il ne put, malgré son involontaire inimitié,
s'empêcher de remarquer la beauté du cheval et la
grâce du cavalier. Le jeune homme avait une de ces
figures britanniques dont le teint est si fin, la peau
si douce et si blanche, qu'on est quelquefois tenté
de supposer qu'elles appartiennent au corps délicat
d'une jeune fille. Il était blond, mince et grand. Son
costume avait ce caractère de recherche et de
propreté [27] qui distingue les fashionables de la
prude Angleterre. On eût dit qu'il rougissait plus
par pudeur que par plaisir à l'aspect de la comtesse.
Une seule fois Julie leva les yeux sur l'étranger;
mais elle y fut en quelque sorte obligée par son mari
qui voulait lui faire admirer les jambes d'un cheval

de race pure. Les yeux de Julie rencontrèrent alors
ceux du timide Anglais. Dès ce moment le gentilhomme, au lieu de faire marcher son cheval près de
la calèche, la suivit à quelques pas de distance. A
peine la comtesse regarda-t-elle l'inconnu. Elle
n'aperçut aucune des perfections humaines et
chevalines qui lui étaient signalées, et se rejeta au
fond de la voiture après avoir laissé échapper un
léger mouvement de sourcils comme pour approu-
ver son mari. Le colonel se rendormit, et les deux
époux arrivèrent à Tours sans s'être dit une seule
parole et sans que les ravissants paysages de la
changeante scène au sein de laquelle ils voyageaient
attirassent une seule fois l'attention de Julie.
Quand son mari sommeilla, madame d'Aiglemont le
contempla à plusieurs reprises. Au dernier regard
qu'elle lui jeta, un cahot fit tomber sur les genoux
de la jeune femme un médaillon suspendu à son cou
par une chaîne de deuil, et le portrait de son père
lui apparut soudain. A cet aspect, des larmes,
jusque-là réprimées, roulèrent dans ses yeux. L'Anglais vit peut-être les traces humides et brillantes
que ces pleurs laissèrent un moment sur les joues
pâles de la comtesse, mais que l'air sécha promptement. Chargé par l'empereur de porter des ordres
au maréchal Soult, qui avait à défendre la France
de l'invasion faite par les Anglais dans le Béarn, le
colonel d'Aiglemont profitait de sa mission pour
soustraire sa femme aux dangers qui menaçaient
alors Paris, et la conduisait à Tours chez une vieille
parente a lui. Bientôt la voiture roula sur le pave de

Tours, sur le pont, dans la Grande-Rue, et s'arrêta devant l'hôtel antique où demeurait la ci-devant comtesse de Listomère-Landon [28].

La comtesse de Listomère-Landon était une de ces belles vieilles femmes au teint pâle, à cheveux blancs, qui ont un sourire fin, qui semblent porter des paniers, et sont coiffées d'un bonnet dont la mode est inconnue. Portraits septuagénaires du siècle de Louis XV, ces femmes sont presque toujours caressantes, comme si elles aimaient encore; moins pieuses que dévotes, et moins dévotes qu'elles n'en ont l'air; toujours exhalant la poudre à la maréchale, contant bien, causant mieux, et riant plus d'un souvenir que d'une plaisanterie. L'actualité leur déplaît. Quand une vieille femme de chambre vint annoncer à la comtesse (car elle devait bientôt reprendre son titre [29]) la visite d'un neveu qu'elle n'avait pas vu depuis le commencement de la guerre d'Espagne [30], elle ôta vivement ses lunettes, ferma la *Galerie de l'ancienne cour*, son livre favori; puis elle retrouva une sorte d'agilité pour arriver sur son perron au moment où les deux époux en montaient les marches.

La tante et la nièce se jetèrent un rapide coup d'œil.

— Bonjour, ma chère tante, s'écria le colonel en saisissant la vieille femme et l'embrassant avec précipitation. Je vous amène une jeune personne à garder. Je viens vous confier mon trésor. Ma Julie n'est ni coquette ni jalouse; elle a une douceur d'ange... Mais elle ne se gâtera pas ici, j'espère, dit-il en s'interrompant.

— Mauvais sujet! répondit la comtesse en lui lançant un regard moqueur.

Elle s'offrit, la première, avec une certaine grâce aimable, à embrasser Julie qui restait pensive et paraissait plus embarrassée que curieuse.

— Nous allons donc faire connaissance, mon cher cœur? reprit la comtesse. Ne vous effrayez pas trop de moi, je tâche de n'être jamais vieille avec les jeunes gens.

Avant d'arriver au salon, la marquise [31] avait déjà, suivant l'habitude des provinces, commandé à déjeuner pour ses deux hôtes; mais le comte arrêta l'éloquence de sa tante en lui disant d'un ton sérieux qu'il ne pouvait pas lui donner plus de temps que la poste n'en mettrait à relayer. Les trois parents entrèrent donc au plus vite dans le salon, et le colonel eut à peine le temps de raconter à sa grand-tante les événements politiques et militaires qui l'obligeaient à lui demander un asile pour sa jeune femme. Pendant ce récit, la tante regardait alternativement et son neveu qui parlait sans être interrompu, et sa nièce dont la pâleur et la tristesse lui parurent causées par cette séparation forcée. Elle avait l'air de se dire : — Hé! hé! ces jeunes gens-là s'aiment.

En ce moment, des claquements de fouet retentirent dans la vieille cour silencieuse dont les pavés étaient dessinés par des bouquets d'herbes, Victor embrassa derechef la comtesse, et s'élança hors du logis.

— Adieu, ma chère, dit-il en embrassant sa femme qui l'avait suivi jusqu'à la voiture.

— Oh! Victor, laisse-moi t'accompagner plus loin encore, dit-elle d'une voix caressante, je ne voudrais pas te quitter...

— Y penses-tu?

— Eh! bien, répliqua Julie, adieu, puisque tu le veux.

La voiture disparut.

— Vous aimez donc bien mon pauvre Victor? demanda la comtesse à sa nièce en l'interrogeant par un de ces savants regards que les vieilles femmes jettent aux jeunes.

— Hélas! madame, répondit Julie, ne faut-il pas bien aimer un homme pour l'épouser?

Cette dernière phrase fut accentuée par un ton de naïveté qui trahissait tout à la fois un cœur pur ou de profonds mystères. Or, il était bien difficile à une femme amie de Duclos et du maréchal de Richelieu[32] de ne pas chercher à deviner le secret de ce jeune ménage. La tante et la nièce étaient en ce moment sur le seuil de la porte cochère, occupées à regarder la calèche qui fuyait. Les yeux de la comtesse n'exprimaient pas l'amour comme la marquise le comprenait. La bonne dame était Provençale, et ses passions avaient été vives.

— Vous vous êtes donc laissé prendre par mon vaurien de neveu? demanda-t-elle à sa nièce.

La comtesse tressaillit involontairement, car

l'accent et le regard de cette vieille coquette
semblèrent lui annoncer une connaissance du caractère de Victor plus approfondie peut-être que ne
l'était la sienne. Madame d'Aiglemont, inquiète,
s'enveloppa donc dans cette dissimulation mala-
droite, premier refuge des cœurs naïfs et souffrants.
Madame de Listomère se contenta des réponses de
Julie ; mais elle pensa joyeusement que sa solitude
allait être réjouie par quelque secret d'amour, car sa
nièce lui parut avoir quelque intrigue amusante à
conduire. Quand madame d'Aiglemont se trouva
dans un grand salon, tendu de tapisseries encadrées
par des baguettes dorées, qu'elle fut assise devant
un grand feu, abritée des bises *fenestrales* par un
paravent chinois, sa tristesse ne put guère se
dissiper. Il était difficile que la gaieté naquît sous
de si vieux lambris, entre des meubles séculaires.
Néanmoins la jeune Parisienne prit une sorte de
plaisir à entrer dans cette solitude profonde, et dans
le silence solennel de la province. Après avoir
échangé quelques mots avec cette tante, à laquelle
elle avait écrit naguère une lettre de nouvelle
mariée, elle resta silencieuse comme si elle eût
écouté la musique d'un opéra. Ce ne fut qu'après
deux heures d'un calme digne de la Trappe qu'elle
s'aperçut de son impolitesse envers sa tante, elle se
souvint de ne lui avoir fait que de froides réponses.
La vieille femme avait respecté le caprice de sa
nièce par cet instinct plein de grâce qui caracterise
les gens de l'ancien temps. En ce moment la
douairière tricotait. Elle s'était, à la vérité, absen-

tée plusieurs fois pour s'occuper d'une certaine
chambre *verte* où devait coucher la comtesse et où
les gens de la maison plaçaient les bagages; mais
alors elle avait repris sa place dans un grand
fauteuil, et regardait la jeune femme à la dérobée.
Honteuse de s'être abandonnée à son irrésistible
méditation, Julie essaya de se la faire pardonner en
s'en moquant.

— Ma chère petite, nous connaissons la douleur
des veuves, répondit la tante.

Il fallait avoir quarante ans pour deviner l'ironie
qu'exprimèrent les lèvres de la vieille dame. Le
lendemain, la comtesse fut beaucoup mieux, elle
causa. Madame de Listomère ne désespéra plus
d'apprivoiser cette nouvelle mariée, qu'elle avait
d'abord jugée comme un être sauvage et stupide;
elle l'entretint des joies du pays, des bals et des
maisons où elles pouvaient aller. Toutes les questions de la marquise furent, pendant cette journée,
autant de pièges que, par une ancienne habitude de
cour, elle ne put s'empêcher de tendre à sa nièce
pour en deviner le caractère. Julie résista à toutes
les instances qui lui furent faites pendant quelques
jours d'aller chercher des distractions au-dehors.
Aussi, malgré l'envie qu'avait la vieille dame de
promener orgueilleusement sa jolie nièce, finit-elle
par renoncer à vouloir la mener dans le monde. La
comtesse avait trouvé un prétexte à sa solitude et à
sa tristesse dans le chagrin que lui avait causé la
mort de son père, de qui elle portait encore le deuil.
Au bout de huit jours, la douairière admira la

douceur angélique, les grâces modestes, l'esprit
indulgent de Julie, et s'intéressa, dès lors, prodi-
gieusement à la mystérieuse mélancolie qui rongeait
ce jeune cœur. La comtesse était une de ces femmes
nées pour être aimables, et qui semblent apporter
avec elles le bonheur. Sa société devint si douce et si
précieuse à madame de Listomère, qu'elle s'affola
de sa nièce, et désira ne plus la quitter. Un mois
suffit pour établir entre elles une éternelle amitié.
La vieille dame remarqua, non sans surprise, les
changements qui se firent dans la physionomie de
madame d'Aiglemont. Les couleurs vives qui
embrasaient le teint s'éteignirent insensiblement, et
la figure prit des tons mats et pâles. En perdant son
éclat primitif, Julie devenait moins triste. Parfois la
douairière réveillait chez sa jeune parente des élans
de gaieté, ou des rires folâtres bientôt réprimés par
une pensée importune. Elle devina que ni le
souvenir paternel ni l'absence de Victor n'étaient la
cause de la mélancolie profonde qui jetait un voile
sur la vie de sa nièce; puis elle eut tant de mauvais
soupçons, qu'il lui fut difficile de s'arrêter à la
véritable cause du mal, car nous ne rencontrons
peut-être le vrai que par hasard. Un jour, enfin,
Julie fit briller aux yeux de sa tante étonnée un
oubli complet du mariage, une folie de jeune fille
étourdie, une candeur d'esprit, un enfantillage
digne du premier âge, tout cet esprit délicat, et
parfois si profond, qui distingue les jeunes personnes en France. Madame de Listomère résolut
alors de sonder les mystères de cette âme dont le

naturel extrême équivalait à une impénétrable
dissimulation. La nuit approchait, les deux dames
étaient assises devant une croisée qui donnait sur la
rue. Julie avait repris un air pensif, un homme à
cheval vint à passer.

— Voilà une de vos victimes, dit la vieille dame.

Madame d'Aiglemont regarda sa tante en mani-
festant un étonnement mêlé d'inquiétude.

— C'est un jeune Anglais, un gentilhomme,
l'honorable Arthur Ormond, fils aîné de lord Grenville. Son histoire est intéressante. Il est venu à
Montpellier en 1802, espérant que l'air de ce pays,
où il était envoyé par les médecins, le guérirait
d'une maladie de poitrine à laquelle il devait
succomber. Comme tous ses compatriotes, il a été
arrêté par Bonaparte lors de la guerre, car ce
monstre-là ne peut se passer de guerroyer. Par
distraction, ce jeune Anglais s'est mis à étudier sa
maladie, que l'on croyait mortelle. Insensiblement,
il a pris goût à l'anatomie, à la médecine; il s'est
passionné pour ces sortes d'arts, ce qui est fort
extraordinaire chez un homme de qualité; mais le
Régent s'est bien occupé de chimie! Bref, monsieur
Arthur a fait des progrès étonnants, même pour les
professeurs de Montpellier; l'étude l'a consolé de sa
captivité, et, en même temps, il s'est radicalement
guéri. On prétend qu'il est resté deux ans sans
parler, respirant rarement, demeurant couché dans
une étable, buvant du lait d'une vache venue de
Suisse, et vivant de cresson [33]. Depuis qu'il est à
Tours, il n'a vu personne, il est fier comme un

paon; mais vous avez certainement fait sa
conquête, car ce n'est probablement pas pour moi
qu'il passe sous nos fenêtres deux fois par jour
depuis que vous êtes ici... Certes, il vous aime.

Ces derniers mots réveillèrent la comtesse comme
par magie. Elle laissa échapper un geste et un
sourire qui surprirent la marquise. Loin de témoigner cette satisfaction instinctive ressentie même
par la femme la plus sévère quand elle apprend
qu'elle fait un malheureux, le regard de Julie fut
terne et froid. Son visage indiquait un sentiment de
répulsion voisin de l'horreur. Cette proscription
n'était pas celle qu'une femme aimante frappe sur
le monde entier au profit d'un seul être; elle sait
alors rire et plaisanter; non, Julie était en ce
moment comme une personne à qui le souvenir d'un
danger trop vivement présent en fait ressentir
encore la douleur. La tante, bien convaincue que sa
nièce n'aimait pas son neveu, fut stupéfaite en
découvrant qu'elle n'aimait personne. Elle trembla
d'avoir à reconnaître en Julie un cœur désenchanté,
une jeune femme à qui l'expérience d'un jour, d'une
nuit peut-être, avait suffi pour apprécier la nullité
de Victor[34].

— Si elle le connaît, tout est dit, pensa-t-elle,
mon neveu subira bientôt les inconvénients du
mariage.

Elle se proposait alors de convertir Julie aux
doctrines monarchiques du siècle de Louis XV;
mais, quelques heures plus tard, elle apprit, ou
plutôt elle devina la situation assez commune dans

le monde à laquelle la comtesse devait sa mélancolie. Julie, devenue tout à coup pensive, se retira chez elle plus tôt que de coutume. Quand sa femme de chambre l'eut déshabillée et l'eut laissée prête à se coucher, elle resta devant le feu, plongée dans une duchesse de velours jaune, meuble antique, aussi favorable aux affligés qu'aux gens heureux ; elle pleura, elle soupira, elle pensa ; puis elle prit une petite table, chercha du papier, et se mit à écrire. Les heures passèrent rapidement, la confidence que Julie faisait dans cette lettre paraissait lui coûter beaucoup, chaque phrase amenait de longues rêveries ; tout à coup la jeune femme fondit en larmes et s'arrêta. En ce moment les horloges sonnèrent deux heures. Sa tête, aussi lourde que celle d'une mourante, s'inclina sur son sein ; puis, quand elle la releva, Julie vit sa tante surgie tout à coup, comme un personnage qui se serait détaché de la tapisserie tendue sur les murs.

— Qu'avez-vous donc, ma petite ? lui dit la tante. Pourquoi veiller si tard, et surtout pourquoi pleurer seule, à votre âge ?

Elle s'assit sans autre cérémonie près de sa nièce et dévora des yeux la lettre commencée.

— Vous écriviez à votre mari ?

— Sais-je où il est ? reprit la comtesse.

La tante prit le papier et le lut. Elle avait apporté ses lunettes, il y avait préméditation. L'innocente créature laissa prendre la lettre sans faire la moindre observation. Ce n'était ni un défaut de dignité, ni quelque sentiment de culpabilité

secrète qui lui ôtait ainsi toute énergie; non, sa
tante se rencontra là dans un de ces moments de
crise où l'âme est sans ressort, où tout est indifférent, le bien comme le mal, le silence aussi bien
que la confiance. Semblable à une jeune fille
vertueuse qui accable un amant de dédains, mais
qui, le soir, se trouve si triste, si abandonnée,
qu'elle le désire, et veut un cœur où déposer ses
souffrances, Julie laissa violer sans mot dire le
cachet que la délicatesse imprime à une lettre
ouverte, et resta pensive pendant que la marquise
lisait.

« Ma chère Louisa, pourquoi réclamer tant de fois
l'accomplissement de la plus imprudente promesse
que puissent se faire deux jeunes filles ignorantes[35]? Tu te demandes souvent, m'écris-tu, pourquoi je n'ai pas répondu depuis six mois à tes
interrogations. Si tu n'as pas compris mon silence,
aujourd'hui tu en devineras peut-être la raison en
apprenant les mystères que je vais trahir. Je les
aurais à jamais ensevelis dans le fond de mon cœur,
si tu ne m'avertissais de ton prochain mariage. Tu
vas te marier, Louisa. Cette pensée me fait frémir.
Pauvre petite, marie-toi; puis, dans quelques mois,
un de tes plus poignants regrets viendra du souvenir de ce que nous étions naguère, quand un soir, à
Écouen[36], parvenues toutes deux sous les plus
grands chênes de la montagne, nous contemplâmes
la belle vallée que nous avions à nos pieds, et que
nous y admirâmes les rayons du soleil couchant
dont les reflets nous enveloppaient. Nous nous

assîmes sur un quartier de roche, et tombâmes dans
un ravissement auquel succéda la plus douce
mélancolie. Tu trouvas la première que ce soleil
lointain nous parlait d'avenir. Nous étions bien
curieuses et bien folles alors! Te souviens-tu de
toutes nos extravagances? Nous nous embrassâmes
comme deux amants, disions-nous. Nous nous
jurâmes que la première mariée de nous deux
raconterait fidèlement à l'autre ces secrets d'hyménée, ces joies que nos âmes enfantines nous peignaient si délicieuses. Cette soirée fera ton désespoir, Louisa. Dans ce temps, tu étais jeune, belle,
insouciante, sinon heureuse; un mari te rendra, en
peu de jours, ce que je suis déjà, laide, souffrante et
vieille. Te dire combien j'étais fière, vaine et
joyeuse d'épouser le colonel Victor d'Aiglemont, ce
serait une folie! Et même comment te le dirai-je? je
ne me souviens plus de moi-même. En peu d'instants mon enfance est devenue comme un songe.
Ma contenance pendant la journée solennelle qui
consacrait un lien dont l'étendue m'était cachée n'a
pas été exempte de reproches. Mon père a plus
d'une fois tâché de réprimer ma gaieté, car je
témoignais des joies qu'on trouvait inconvenantes,
et mes discours révélaient de la malice, justement
parce qu'ils étaient sans malice. Je faisais mille
enfantillages avec ce voile nuptial, avec cette robe
et ces fleurs. Restée seule, le soir, dans la chambre
où j'avais été conduite avec apparat, je méditai
quelque espièglerie pour intriguer Victor; et, en
attendant qu'il vînt, j'avais des palpitations de

cœur semblables à celles qui me saisissaient autrefois en ces jours solennels du 31 décembre, quand,
sans être aperçue, je me glissais dans le salon où les
étrennes étaient entassées. Lorsque mon mari entra,
qu'il me chercha[37], le rire étouffé que je fis
entendre sous les mousselines qui m'enveloppaient a
été le dernier éclat de cette gaieté douce qui anima
les jeux de notre enfance... »

Quand la douairière eut achevé de lire cette
lettre, qui, commençant ainsi, devait contenir de
bien tristes observations, elle posa lentement ses
lunettes sur la table, y remit aussitôt la lettre, et
arrêta sur sa nièce deux yeux verts dont le feu clair
n'était pas encore affaibli par son âge.

— Ma petite, dit-elle, une femme mariée ne
saurait écrire ainsi à une jeune personne sans
manquer aux convenances...

— C'est ce que je pensais, répondit Julie en
interrompant sa tante, et j'avais honte de moi
pendant que vous la lisiez...

— Si à table un mets ne nous semble pas bon, il
n'en faut dégoûter personne, mon enfant, reprit la
vieille avec bonhomie, surtout lorsque, depuis Ève
jusqu'à nous, le mariage a paru chose si excellente...

— Vous n'avez plus de mère? dit la vieille femme.

La comtesse tressaillit; puis elle leva doucement
la tête et dit : — J'ai déjà regretté plus d'une fois
ma mère depuis un an; mais j'ai eu le tort de ne pas
avoir écouté la répugnance de mon père qui ne
voulait pas de Victor pour gendre.

Elle regarda sa tante, et un frisson de joie sécha

ses larmes quand elle aperçut l'air de bonté qui
animait cette vieille figure. Elle tendit sa jeune
main à la marquise qui semblait la solliciter; et
quand leurs doigts se pressèrent, ces deux femmes
achevèrent de se comprendre.

— Pauvre orpheline! ajouta la marquise.

Ce mot fut un dernier trait de lumière pour Julie.
Elle crut entendre encore la voix prophétique de
son père.

— Vous avez les mains brûlantes! Sont-elles
toujours ainsi? demanda la vieille femme.

— La fièvre ne m'a quittée que depuis sept ou
huit jours, répondit-elle.

— Vous aviez la fièvre et vous me le cachiez!

— Je l'ai depuis un an, dit Julie avec une sorte
d'anxiété pudique.

— Ainsi, mon bon petit ange, reprit sa tante, le
mariage n'a été jusqu'à présent pour vous qu'une
longue douleur [38]?

La jeune femme n'osa répondre; mais elle fit un
geste affirmatif qui trahissait toutes ses souffrances.

— Vous êtes donc malheureuse?

— Oh! non, ma tante. Victor m'aime à l'idolâtrie, et je l'adore, il est si bon!

— Oui, vous l'aimez; mais vous le fuyez, n'est-ce
pas?

— Oui... quelquefois... Il me cherche trop souvent [39].

— N'êtes-vous pas souvent troublée dans la
solitude par la crainte qu'il ne vienne vous y
surprendre?

— Hélas! oui, ma tante. Mais je l'aime bien, je vous assure.

— Ne vous accusez-vous pas en secret vous-même de ne pas savoir ou de ne pouvoir partager ses plaisirs [40]? Parfois ne pensez-vous point que l'amour légitime est plus dur à porter que ne le serait une passion criminelle?

— Oh! c'est cela, dit-elle en pleurant. Vous devinez donc tout [41], là où tout est énigme pour moi. Mes sens sont engourdis, je suis sans idées, enfin, je vis difficilement. Mon âme est oppressée par une indéfinissable appréhension qui glace mes sentiments et me jette dans une torpeur continuelle. Je suis sans voix pour me plaindre et sans paroles pour exprimer ma peine. Je souffre, et j'ai honte de souffrir en voyant Victor heureux de ce qui me tue.

— Enfantillages, niaiseries que tout cela! s'écria la tante dont le visage desséché s'anima tout à coup par un gai sourire, reflet des joies de son jeune âge.

— Et vous aussi vous riez! dit avec désespoir la jeune femme.

— J'ai été ainsi, reprit promptement la marquise. Maintenant que Victor vous a laissée seule, n'êtes-vous pas redevenue jeune fille, tranquille, sans plaisirs, mais sans souffrances [42]?

Julie ouvrit de grands yeux hébétés.

Enfin, mon ange, vous adorez Victor, n'est-ce pas? mais vous aimeriez mieux être sa sœur que sa femme, et le mariage enfin ne vous réussit point.

Hé! bien, oui, ma tante. Mais pourquoi sourire?

Oh! vous avez raison, ma pauvre enfant. Il n'y a, dans tout ceci, rien de bien gai. Votre avenir serait gros de plus d'un malheur si je ne vous prenais sous ma protection, et si ma vieille expérience ne savait pas deviner la cause bien innocente de vos chagrins. Mon neveu ne méritait pas son bonheur, le sot! Sous le règne de notre bien-aimé Louis XV, une jeune femme qui se serait trouvée dans la situation où vous êtes aurait bientôt puni son mari de se conduire en vrai lansquenet [43]. L'égoïste! Les militaires de ce tyran impérial sont tous de vilains ignorants. Ils prennent la brutalité pour de la galanterie, ils ne connaissent pas plus les femmes qu'ils ne savent aimer; ils croient que d'aller à la mort le lendemain les dispense d'avoir, la veille, des égards et des attentions pour nous. Autrefois, l'on savait aussi bien aimer que mourir à propos. Ma nièce, je vous le formerai. Je mettrai fin au triste désaccord, assez naturel, qui vous conduirait à vous haïr l'un et l'autre, à souhaiter un divorce, si toutefois vous n'étiez pas morte avant d'en venir au désespoir.

Julie écoutait sa tante avec autant d'étonnement que de stupeur, surprise d'entendre des paroles dont la sagesse était plutôt pressentie que comprise par elle, et très effrayée de retrouver dans la bouche d'une parente pleine d'expérience, mais sous une forme plus douce, l'arrêt porté par son père sur Victor. Elle eut peut-être une vive intuition de son avenir, et sentit sans doute le poids des malheurs qui devaient l'accabler; car elle fondit en larmes, et se jeta dans les bras de la vieille dame en lui disant :

Soyez ma mère! La tante ne pleura pas, car la Révolution a laissé aux femmes de l'ancienne monarchie peu de larmes dans les yeux [44]. Autrefois l'amour et plus tard la Terreur les ont familiarisées avec les plus poignantes péripéties, en sorte qu'elles conservent au milieu des dangers de la vie une dignité froide, une affection sincère, mais sans expansion, qui leur permet d'être toujours fidèles à l'étiquette et à une noblesse de maintien que les mœurs nouvelles ont eu le grand tort de répudier. La douairière prit la jeune femme dans ses bras, la baisa au front avec une tendresse et une grâce qui souvent se trouvent plus dans les manières et les habitudes de ces femmes que dans leur cœur; elle cajola sa nièce par de douces paroles, lui promit un heureux avenir, la berça par des promesses d'amour en l'aidant à se coucher, comme si elle eût été sa fille, une fille chérie dont l'espoir et les chagrins devenaient les siens propres: elle se revoyait jeune, se retrouvait inexpériente [45] et jolie en sa nièce. La comtesse s'endormit, heureuse d'avoir rencontré une amie, une mère à qui désormais elle pourrait tout dire. Le lendemain matin, au moment où la tante et la nièce s'embrassaient avec cette cordialité profonde et cet air d'intelligence qui prouvent un progrès dans le sentiment, une cohésion plus parfaite entre deux âmes, elles entendirent le pas d'un cheval, tournèrent la tête en même temps, et virent le jeune Anglais qui passait lentement, selon son habitude. Il paraissait avoir fait une certaine étude

de la vie que menaient ces deux femmes solitaires,
et ne manquait jamais à se trouver à leur déjeuner
ou à leur dîner. Son cheval ralentissait le pas sans
avoir besoin d'être averti; puis, pendant le temps
qu'il mettait à franchir l'espace pris par les deux
fenêtres de la salle à manger, Arthur y jetait un
regard mélancolique, la plupart du temps dédaigné
par la comtesse, qui n'y faisait aucune attention.
Mais accoutumée à ces curiosités mesquines qui
s'attachent aux plus petites choses afin d'animer la
vie de province, et dont se garantissent difficilement les esprits supérieurs, la marquise s'amusait
de l'amour timide et sérieux, si tacitement exprimé
par l'Anglais. Ces regards périodiques étaient devenus comme une habitude pour elle, et chaque jour
elle signalait le passage d'Arthur par de nouvelles
plaisanteries. En se mettant à table, les deux
femmes regardèrent simultanément l'insulaire. Les
yeux de Julie et d'Arthur se rencontrèrent cette fois
avec une telle précision de sentiment, que la jeune
femme rougit. Aussitôt l'Anglais pressa son cheval
et partit au galop.

— Mais, madame, dit Julie à sa tante, que faut-il
faire? Il doit être constant pour les gens qui voient
passer cet Anglais que je suis...

Oui, répondit la tante en l'interrompant.

Hé! bien, ne pourrais-je pas lui dire de ne pas
se promener ainsi?

Ne serait-ce pas lui donner à penser qu'il est
dangereux? Et d'ailleurs pouvez-vous empêcher un
homme d'aller et venir où bon lui semble? Demain

nous ne mangerons plus dans cette salle; quand il
ne nous y verra plus, le jeune gentilhomme disconti-
nuera de vous aimer par la fenêtre. Voilà, ma chère
enfant, comment se comporte une femme qui a
l'usage du monde.

Mais le malheur de Julie devait être complet. A
peine les deux femmes se levaient-elles de table, que
le valet de chambre de Victor arriva soudain. Il
venait de Bourges à franc étrier, par des chemins
détournés, et apportait à la comtesse une lettre de
son mari. Victor, qui avait quitté l'empereur, annonçait à sa femme la chute du régime impérial, la prise
de Paris, et l'enthousiasme qui éclatait en faveur
des Bourbons sur tous les points de la France [46];
mais ne sachant comment pénétrer jusqu'à Tours, il
la priait de venir en toute hâte à Orléans où il
espérait se trouver avec des passeports pour elle. Ce
valet de chambre, ancien militaire, devait accompagner Julie de Tours à Orléans, route que Victor
croyait libre encore.

— Madame, vous n'avez pas un instant à perdre,
dit le valet de chambre, les Prussiens les Autri-
chiens et les Anglais vont faire leur jonction à Blois
ou à Orléans...

En quelques heures la jeune femme fut prête, et
partit dans une vieille voiture de voyage que lui
prêta sa tante.

— Pourquoi ne viendriez-vous pas à Paris avec
nous? dit-elle en embrassant sa tante. Maintenant
que les Bourbons se rétablissent, vous y trouve-
riez...

Sans ce retour inespéré j'y serais encore allée, ma pauvre petite, car mes conseils vous sont trop nécessaires, et à Victor et à vous. Aussi vais-je faire toutes mes dispositions pour vous y rejoindre.

Julie partit accompagnée de sa femme de chambre et du vieux militaire, qui galopait à côté de la chaise en veillant à la sécurité de sa maîtresse. A la nuit, en arrivant à un relais en avant de Blois, Julie inquiète d'entendre une voiture qui marchait derrière la sienne et ne l'avait pas quittée depuis Amboise, se mit à la portière afin de voir quels étaient ses compagnons de voyage. Le clair de lune lui permit d'apercevoir Arthur, debout, à trois pas d'elle, les yeux attachés sur sa chaise. Leurs regards se rencontrèrent. La comtesse se rejeta vivement au fond de sa voiture, mais avec un sentiment de peur qui la fit palpiter. Comme la plupart des jeunes femmes réellement innocentes et sans expérience, elle voyait une faute dans un amour involontairement inspiré à un homme. Elle ressentait une terreur instinctive, que lui donnait peut-être la conscience de sa faiblesse devant une si audacieuse agression. Une des plus fortes armes de l'homme est ce pouvoir terrible d'occuper de lui-même une femme dont l'imagination naturellement mobile s'effraie ou s'offense d'une poursuite. La comtesse se souvint du conseil de sa tante, et résolut de rester pendant le voyage au fond de sa chaise de poste, sans en sortir. Mais à chaque relais elle entendait l'Anglais qui se promenait autour des deux voitures; puis sur la route, le bruit importun de sa

calèche retentissait incessamment aux oreilles de
Julie. La jeune femme pensa bientôt qu'une fois
réunie à son mari, Victor saurait la défendre contre
cette singulière persécution.

— Mais si ce jeune homme ne m'aimait pas
cependant [47] ?

Cette réflexion fut la dernière de toutes celles
qu'elle fit. En arrivant à Orléans, sa chaise de poste
fut arrêtée par les Prussiens, conduite dans la cour
d'une auberge, et gardée par des soldats. La
résistance était impossible. Les étrangers expli-
quèrent aux trois voyageurs, par des signes impéra-
tifs, qu'ils avaient reçu la consigne de ne laisser
sortir personne de la voiture. La comtesse resta
pleurant pendant deux heures environ prisonnière
au milieu des soldats qui fumaient, riaient, et
parfois la regardaient avec une insolente curiosité;
mais enfin elle les vit s'écartant de la voiture avec
une sorte de respect en entendant le bruit de
plusieurs chevaux. Bientôt une troupe d'officiers
supérieurs étrangers, à la tête desquels était un
général autrichien, entoura la chaise de poste.

— Madame, lui dit le général, agréez nos
excuses; il y a eu erreur, vous pouvez continuer
sans crainte votre voyage, et voici un passeport qui
vous évitera désormais toute espèce d'avanie...

La comtesse prit le papier en tremblant, et
balbutia de vagues paroles. Elle voyait près du
général et en costume d'officier anglais, Arthur à
qui sans doute elle devait sa prompte délivrance.
Tout à la fois joyeux et mélancolique, le jeune

Anglais détourna la tête, et n'osa regarder Julie
qu'à la dérobée. Grâce au passeport, madame
d'Aiglemont parvint à Paris sans aventure
fâcheuse. Elle y retrouva son mari, qui, délié de son
serment de fidélité à l'empereur, avait reçu le
plus flatteur accueil du comte d'Artois nommé
lieutenant-général du royaume par son frère
Louis XVIII [48]. Victor eut dans les gardes du corps
un grade éminent qui lui donna le rang de général.
Cependant, au milieu des fêtes qui marquèrent le
retour des Bourbons, un malheur bien profond, et
qui devait influer sur sa vie, assaillit la pauvre
Julie : elle perdit la comtesse de Listomère-Landon.
La vieille dame mourut de joie et d'une goutte
remontée au cœur, en revoyant à Tours le duc
d'Angoulême. Ainsi, la personne à laquelle son âge
donnait le droit d'éclairer Victor, la seule qui, par
d'adroits conseils, pouvait rendre l'accord de la
femme et du mari plus parfait, cette personne était
morte. Julie sentit toute l'étendue de cette perte. Il
n'y avait plus qu'elle-même entre elle et son mari.
Mais, jeune et timide, elle devait préférer d'abord la
souffrance à la plainte. La perfection même de son
caractère s'opposait à ce qu'elle osât se soustraire à
ses devoirs, ou tenter de rechercher la cause de ses
douleurs; car les faire cesser eût été chose trop
délicate : Julie aurait craint d'offenser sa pudeur
de jeune fille.

Un mot sur les destinées de monsieur d'Aiglemont sous la Restauration.

Ne se rencontre-t-il pas beaucoup d'hommes dont

la nullité profonde est un secret pour la plupart des
gens qui les connaissent? Un haut rang, une illustre
naissance, d'importantes fonctions, un certain ver-
nis de politesse, une grande réserve dans la
conduite, ou les prestiges de la fortune sont, pour
eux, comme des gardes qui empêchent les critiques
de pénétrer jusqu'à leur intime existence. Ces gens
ressemblent aux rois dont la véritable taille, le
caractère et les mœurs ne peuvent jamais être ni
bien connus ni justement appréciés, parce qu'ils
sont vus de trop loin ou de trop près. Ces
personnages à mérite factice interrogent au lieu de
parler, ont l'art de mettre les autres en scène pour
éviter de poser devant eux; puis, avec une heureuse
adresse, ils tirent chacun par le fil de ses passions ou
de ses intérêts, et se jouent ainsi des hommes qui
leur sont réellement supérieurs, en font des marion-
nettes et les croient petits pour les avoir rabaissés
jusqu'à eux. Ils obtiennent alors le triomphe naturel d'une pensée mesquine, mais fixe, sur la mobilité
des grandes pensées. Aussi pour juger ces têtes
vides, et peser leurs valeurs négatives, l'observateur
doit-il posséder un esprit plus subtil que supérieur,
plus de patience que de portée dans la vue, plus de
finesse et de tact que d'élévation et de grandeur
dans les idées. Néanmoins, quelque habileté que
déploient ces usurpateurs en défendant leurs côtés
faibles, il leur est bien difficile de tromper leurs
femmes, leurs mères, leurs enfants ou l'ami de la
maison; mais ces personnes leur gardent presque
toujours le secret sur une chose qui touche, en

quelque sorte, à l'honneur commun; et souvent
même elles les aident à en imposer au monde. Si,
grâce à ces conspirations domestiques, beaucoup de
niais passent pour des hommes supérieurs, ils
compensent le nombre d'hommes supérieurs qui
passent pour des niais, en sorte que l'état social a
toujours la même masse de capacités apparentes.
Songez maintenant au rôle que doit jouer une
femme d'esprit et de sentiment en présence d'un
mari de ce genre, n'apercevez-vous pas des existences pleines de douleurs et de dévouement dont
rien ici-bas ne saurait récompenser certains cœurs
pleins d'amour et de délicatesse? Qu'il se rencontre
une femme forte dans cette horrible situation, elle
en sort par un crime, comme fit Catherine II,
néanmoins nommée *la Grande* [49]. Mais comme
toutes les femmes ne sont pas assises sur un trône,
elles se vouent, la plupart, à des malheurs domestiques qui, pour être obscurs, n'en sont pas moins
terribles. Celles qui cherchent ici-bas des consolations immédiates à leurs maux ne font souvent
que changer de peines lorsqu'elles veulent rester
fidèles à leurs devoirs, ou commettent des fautes si
elles violent les lois au profit de leurs plaisirs.
Ces réflexions sont toutes applicables à l'histoire
secrète [50] de Julie. Tant que Napoléon resta debout,
le comte d'Aiglemont, colonel comme tant d'autres,
bon officier d'ordonnance, excellant à remplir une
mission dangereuse, mais incapable d'un commandement de quelque importance, n'excita nulle
envie, passa pour un des braves que favorisait

l'empereur, et fut ce que les militaires nomment vulgairement *un bon enfant*. La Restauration, qui lui rendit le titre de marquis, ne le trouva pas ingrat : il suivit les Bourbons à Gand [51]. Cet acte de logique et de fidélité fit mentir l'horoscope que jadis tirait son beau-père en disant de son gendre qu'il resterait colonel. Au second retour, nommé lieutenant-général et redevenu marquis, monsieur d'Aiglemont eut l'ambition d'arriver à la pairie, il adopta les maximes et la politique du *Conservateur* [52], s'enveloppa d'une dissimulation qui ne cachait rien, devint grave, interrogateur, peu parleur, et fut pris pour un homme profond. Retranché sans cesse dans les formes de la politesse, muni de formules, retenant et prodiguant les phrases toutes faites qui se frappent régulièrement à Paris pour donner en petite monnaie aux sots le sens des grandes idées ou des faits, les gens du monde le réputèrent homme de goût et de savoir. Entêté dans ses opinions aristocratiques, il fut cité comme ayant un beau caractère. Si, par hasard, il devenait insouciant ou gai comme il l'était jadis, l'insignifiance et la niaiserie de ses propos avaient pour les autres des sous-entendus diplomatiques. — Oh! il ne dit que ce qu'il veut dire, pensaient de très honnêtes gens. Il était aussi bien servi par ses qualités que par ses défauts. Sa bravoure lui valait une haute réputation militaire que rien ne démentait, parce qu'il n'avait jamais commandé en chef. Sa figure mâle et noble exprimait des pensées larges, et sa physionomie n'était une imposture que

pour sa femme. En entendant tout le monde rendre
justice à ses talents postiches, le marquis d'Aiglemont finit par se persuader à lui-même qu'il était
un des hommes les plus remarquables de la cour où,
grâce à ses dehors, il sut plaire, et où ses différentes
valeurs furent acceptées sans protêt. Néanmoins,
monsieur d'Aiglemont était modeste au logis, il y
sentait instinctivement la supériorité de sa femme,
quelque jeune qu'elle fût; et, de ce respect involontaire, naquit un pouvoir occulte que la marquise se trouva forcée d'accepter, malgré tous ses
efforts pour en repousser le fardeau. Conseil de
son mari, elle en dirigea les actions et la fortune.
Cette influence contre nature fut pour elle une
espèce d'humiliation et la source de bien des peines
qu'elle ensevelissait dans son cœur. D'abord, son
instinct si délicatement féminin lui disait qu'il est
bien plus beau d'obéir à un homme de talent que de
conduire un sot, et qu'une jeune épouse, obligée de
penser et d'agir en homme, n'est ni femme ni
homme, abdique toutes les grâces de son sexe en en
perdant les malheurs, et n'acquiert aucun des
privilèges que nos lois ont remis aux plus forts. Son
existence cachait une bien amère dérision. N'était-
elle pas obligée d'honorer une idole creuse, de
protéger son protecteur, pauvre être qui, pour
salaire d'un dévouement continu, lui jetait l'amour
égoïste des maris, ne voyait en elle que la femme, ne
daignait ou ne savait pas, injure tout aussi profonde, s'inquiéter de ses plaisirs, ni d'où venaient sa

tristesse et son dépérissement ? Comme la plupart
des maris qui sentent le joug d'un esprit supérieur.
le marquis sauvait son amour-propre en concluant
de la faiblesse physique, à la faiblesse morale de
Julie qu'il se plaisait à plaindre en demandant
compte au sort de lui avoir donné pour épouse une
jeune fille maladive. Enfin. il se faisait la victime
tandis qu'il était le bourreau. La marquise, chargée
de tous les malheurs de cette triste existence, devait
sourire encore à son maître imbécile. parer de fleurs
une maison de deuil, et afficher le bonheur sur un
visage pâli par des secrets supplices. Cette responsabilité d'honneur, cette abnégation magnifique donnèrent insensiblement à la jeune marquise une
dignité de femme, une conscience de vertu qui lui
servirent de sauvegarde contre les dangers du
monde. Puis, pour sonder ce cœur à fond, peut-être
le malheur intime et caché par lequel son premier.
son naïf amour de jeune fille était couronné, lui fit-
il prendre en horreur les passions ; peut-être n'en
conçut-elle ni l'entraînement, ni les joies illicites
mais délirantes qui font oublier à certaines femmes
les lois de sagesse, les principes de vertu sur lesquels
la société repose. Renonçant, comme à un songe,
aux douceurs, à la tendre harmonie que la vieille
expérience de madame de Listomère-Landon lui
avait promise, elle attendit avec résignation la fin
de ses peines en espérant mourir jeune. Depuis son
retour de Touraine, sa santé s'était chaque jour
affaiblie, et la vie semblait lui être mesurée par la
souffrance ; souffrance élégante d'ailleurs, maladie

presque voluptueuse en apparence, et qui pouvait passer aux yeux des gens superficiels pour une fantaisie de petite maîtresse. Les médecins avaient condamné la marquise à rester couchée sur un divan, où elle s'étiolait au milieu des fleurs qui l'entouraient, en se fanant comme elle. Sa faiblesse lui interdisait la marche et le grand air; elle ne sortait qu'en voiture fermée. Sans cesse environnée de toutes les merveilles de notre luxe et de notre industrie modernes, elle ressemblait moins à une malade qu'à une reine indolente. Quelques amis, amoureux peut-être de son malheur et de sa faiblesse, sûrs de toujours la trouver chez elle, et spéculant sans doute aussi sur sa bonne santé future, venaient lui apporter les nouvelles et l'instruire de ces mille petits événements qui rendent à Paris l'existence si variée. Sa mélancolie, quoique grave et profonde, était donc la mélancolie de l'opulence. La marquise d'Aiglemont ressemblait à une belle fleur dont la racine est rongée par un insecte noir. Elle allait parfois dans le monde, non par goût, mais pour obéir aux exigences de la position à laquelle aspirait son mari. Sa voix et la perfection de son chant pouvaient lui permettre d'y recueillir des applaudissements qui flattent presque toujours une jeune femme; mais à quoi lui servaient des succès qu'elle ne rapportait ni à des sentiments ni à des espérances? Son mari n'aimait pas la musique. Enfin, elle se trouvait presque toujours gênée dans les salons où sa beauté lui attirait des hommages intéressés. Sa situation y

excitait une sorte de compassion cruelle, une
curiosité triste. Elle était atteinte d'une inflamma-
tion assez ordinairement mortelle, que les femmes
se confient à l'oreille, et à laquelle notre néologie
n'a pas encore su trouver de nom. Malgré le silence
au sein duquel sa vie s'écoulait, la cause de sa
souffrance n'était un secret pour personne. Toujours jeune fille, en dépit du mariage[53], les moindres
regards la rendaient honteuse. Aussi, pour éviter de
rougir, n'apparaissait-elle jamais que riante, gaie;
elle affectait une fausse joie, se disait toujours bien
portante, ou prévenait les questions sur sa santé par
de pudiques mensonges. Cependant, en 1817, un
événement contribua beaucoup à modifier l'état
déplorable dans lequel Julie avait été plongée jusqu'alors. Elle eut une fille[54], et voulut la nourrir.
Pendant deux années, les vives distractions et les
inquiets plaisirs que donnent les soins maternels lui
firent une vie moins malheureuse. Elle se sépara
nécessairement de son mari[55]. Les médecins lui
pronostiquèrent une meilleure santé: mais la marquise ne crut point à ces présages hypothétiques.
Comme toutes les personnes pour lesquelles la vie
n'a plus de douceur, peut-être voyait-elle dans la
mort un heureux dénouement.

Au commencement de l'année 1819, la vie lui fut
plus cruelle que jamais. Au moment où elle s'ap-
plaudissait du bonheur négatif qu'elle avait su
conquérir, elle entrevit d'effroyables abîmes : son
mari s'était, par degrés, déshabitué d'elle[56]. Ce
refroidissement d'une affection déjà si tiède et tout

égoïste pouvait amener plus d'un malheur que son
tact fin et sa prudence lui faisaient prévoir.
Quoiqu'elle fût certaine de conserver un grand
empire sur Victor et d'avoir obtenu son estime pour
toujours, elle craignait l'influence des passions sur
un homme si nul et si vaniteusement irréfléchi.
Souvent ses amis surprenaient Julie livrée à de
longues méditations; les moins clairvoyants lui en
demandaient le secret en plaisantant, comme si une
jeune femme pouvait ne songer qu'à des frivolités,
comme s'il n'existait pas presque toujours un sens
profond dans les pensées d'une mère de famille.
D'ailleurs, le malheur aussi bien que le bonheur vrai
nous mène à la rêverie. Parfois, en jouant avec son
Hélène, Julie la regardait d'un œil sombre, et
cessait de répondre à ces interrogations enfantines
qui font tant de plaisir aux mères, pour demander
compte de sa destinée au présent et à l'avenir. Ses
yeux se mouillaient alors de larmes, quand soudain
quelque souvenir lui rappelait la scène de la revue
aux Tuileries. Les prévoyantes paroles de son père
retentissaient derechef à son oreille, et sa conscience
lui reprochait d'en avoir méconnu la sagesse. De
cette désobéissance folle venaient tous ses malheurs; et souvent elle ne savait, entre tous, lequel
était le plus difficile à porter. Non seulement les
doux trésors de son âme restaient ignorés, mais elle
ne pouvait jamais parvenir à se faire comprendre de
son mari, même dans les choses les plus ordinaires
de la vie. Au moment où la faculté d'aimer se
développait en elle plus forte et plus active[57],

l'amour permis, l'amour conjugal s'évanouissait au
milieu de graves souffrances physiques et morales.
Puis elle avait pour son mari cette compassion
voisine du mépris qui flétrit à la longue tous les
sentiments. Enfin, si ses conversations avec
quelques amis, si les exemples, ou si certaines
aventures du grand monde ne lui eussent pas appris
que l'amour apportait d'immenses bonheurs, ses
blessures lui auraient fait deviner les plaisirs profonds et purs qui doivent unir des âmes fraternelles.
Dans le tableau que sa mémoire lui traçait du passé,
la candide figure d'Arthur s'y dessinait chaque jour
plus pure et plus belle, mais rapidement; car elle
n'osait s'arrêter à ce souvenir. Le silencieux et
timide amour du jeune Anglais était le seul événement qui, depuis le mariage, eût laissé quelques
doux vestiges dans ce cœur sombre et solitaire.
Peut-être toutes les espérances trompées, tous les
désirs avortés qui, graduellement, attristaient l'esprit de Julie, se reportaient-ils, par un jeu naturel
de l'imagination, sur cet homme, dont les manières,
les sentiments et le caractère paraissaient offrir tant
de sympathies avec les siens. Mais cette pensée
avait toujours l'apparence d'un caprice, d'un songe.
Après ce rêve impossible, toujours clos par des
soupirs, Julie se réveillait plus malheureuse, et
sentait encore mieux ses douleurs latentes quand
elle les avait endormies sous les ailes d'un bonheur
imaginaire. Parfois, ses plaintes prenaient un caractère de folie et d'audace, elle voulait des plaisirs à
tout prix; mais, plus souvent encore, elle restait en

proie à je ne sais quel engourdissement stupide,
écoutait sans comprendre, ou concevait des pensées
si vagues, si indécises, qu'elle n'eût pas trouvé de
langage pour les rendre. Froissée dans ses plus
intimes volontés, dans les mœurs que, jeune fille,
elle avait rêvées jadis, elle était obligée de dévorer
ses larmes. A qui se serait-elle plainte? de qui
pouvait-elle être entendue? Puis, elle avait cette
extrême délicatesse de la femme. cette ravissante
pudeur de sentiment qui consiste à taire une plainte
inutile, à ne pas prendre un avantage quand le
triomphe doit humilier le vainqueur et le vaincu.
Julie essayait de donner sa capacité, ses propres
vertus à monsieur d'Aiglemont, et se vantait de
goûter le bonheur qui lui manquait. Toute sa finesse
de femme était employée en pure perte à des ména-
gements ignorés de celui-là même dont ils perpé-
tuaient le despotisme. Par moments. elle était ivre
de malheur, sans idée, sans frein; mais, heureusement, une piété vraie la ramenait toujours à une
espérance suprême : elle se réfugiait dans la vie
future, admirable croyance qui lui faisait accepter
de nouveau sa tâche douloureuse. Ces combats si
terribles, ces déchirements intérieurs étaient sans
gloire, ces longues mélancolies étaient inconnues;
nulle créature ne recueillait ses regards ternes, ses
larmes amères jetées au hasard et dans la solitude.

Les dangers de la situation critique à laquelle la
marquise était insensiblement arrivée par la force
des circonstances se révélèrent à elle dans toute leur
gravité pendant une soirée du mois de janvier 1820.

Quand deux époux se connaissent parfaitement et ont pris une longue habitude d'eux-mêmes, lorsqu'une femme sait interpréter les moindres gestes d'un homme et peut pénétrer les sentiments ou les choses qu'il lui cache, alors des lumières soudaines éclatent souvent après des réflexions ou des remarques précédentes, dues au hasard, ou primitivement faites avec insouciance. Une femme se réveille souvent tout à coup sur le bord ou au fond d'un abîme. Ainsi la marquise, heureuse d'être seule depuis quelques jours, devina le secret de sa solitude. Inconstant ou lassé, généreux ou plein de pitié pour elle, son mari ne lui appartenait plus. En ce moment, elle ne pensa plus à elle, ni à ses souffrances, ni à ses sacrifices; elle ne fut plus que mère, et vit la fortune, l'avenir, le bonheur de sa fille; sa fille, le seul être d'où lui vînt quelque félicité; son Hélène, seul bien qui l'attachât à la vie. Maintenant, Julie voulait vivre pour préserver son enfant du joug effroyable sous lequel une marâtre[58] pouvait étouffer la vie de cette chère créature. A cette nouvelle prévision d'un sinistre avenir, elle tomba dans une de ces méditations ardentes qui dévorent des années entières. Entre elle et son mari, désormais, il devait se trouver tout un monde de pensées, dont le poids porterait sur elle seule. Jusqu'alors, sûre d'être aimée par Victor, autant qu'il pouvait aimer, elle s'était dévouée à un bonheur qu'elle ne partageait pas; mais, aujourd'hui, n'ayant plus la satisfaction de savoir que ses larmes faisaient la joie de son mari, seule dans le

monde, il ne lui restait plus que le choix des
malheurs [59]. Au milieu du découragement qui, dans
le calme et le silence de la nuit, détendit toutes ses
forces; au moment où, quittant son divan et son feu
presque éteint, elle allait, à la lueur d'une lampe,
contempler sa fille d'un œil sec, monsieur d'Aiglemont rentra plein de gaieté. Julie lui fit admirer le
sommeil d'Hélène; mais il accueillit l'enthousiasme
de sa femme par une phrase banale.

— A cet âge, dit-il, tous les enfants sont gentils.

Puis, après avoir insouciamment baisé le front de
sa fille, il baissa les rideaux du berceau, regarda
Julie, lui prit la main, et l'amena près de lui sur ce
divan où tant de fatales pensées venaient de surgir.

— Vous êtes bien belle ce soir, madame d'Aiglemont! s'écria-t-il avec cette insupportable gaieté
dont le vide était si connu de la marquise.

— Où avez-vous passé la soirée? lui demanda-
t-elle en feignant une profonde indifférence.

— Chez madame de Sérizy [60].

Il avait pris sur la cheminée un écran, et il en
examinait le transparent avec attention, sans avoir
aperçu la trace des larmes versées par sa femme.
Julie frissonna. Le langage ne suffirait pas à
exprimer le torrent de pensées qui s'échappa de son
cœur et qu'elle dut y contenir.

— Madame de Sérizy donne un concert lundi
prochain, et se meurt d'envie de t'avoir. Il suffit
que depuis longtemps tu n'aies paru dans le monde
pour qu'elle désire te voir chez elle. C'est une bonne

femme qui t'aime beaucoup. Tu me feras plaisir d'y
venir. J'ai presque répondu de toi [61]...

   – J'irai, répondit Julie.

   Le son de la voix, l'accent et le regard de la
marquise eurent quelque chose de si pénétrant, de si
particulier que, malgré son insouciance, Victor
regarda sa femme avec étonnement. Ce fut tout.
Julie avait deviné que madame de Sérizy était la
femme qui lui avait enlevé le cœur de son mari. Elle
s'engourdit dans une rêverie de désespoir, et parut
très occupée à regarder le feu. Victor faisait tourner
l'écran dans ses doigts avec l'air ennuyé d'un
homme qui, après avoir été heureux ailleurs,
apporte chez lui la fatigue du bonheur [62]. Quand il
eut bâillé plusieurs fois, il prit un flambeau d'une
main, de l'autre alla chercher languissamment le
cou de sa femme, et voulut l'embrasser ; mais Julie
se baissa, lui présenta son front, et y reçut le baiser
du soir, ce baiser machinal, sans amour, espèce de
grimace qui lui parut alors odieuse. Quand Victor
eut fermé la porte, la marquise tomba sur un siège :
ses jambes chancelèrent, elle fondit en larmes. Il
faut avoir subi le supplice de quelque scène ana-
logue pour comprendre tout ce que celle-ci cache de
douleurs, pour deviner les longs et terribles drames
auxquels elle donne lieu. Ces simples et niaises
paroles, ces silences entre les deux époux, les gestes,
les regards, la manière dont le marquis s'était assis
devant le feu, l'attitude qu'il eut en cherchant à
baiser le cou de sa femme, tout avait servi à faire,
de cette heure, un tragique dénouement à la vie

solitaire et douloureuse menée par Julie. Dans sa
folie, elle se mit à genoux devant son divan, s'y
plongea le visage pour ne rien voir, et pria le ciel, en
donnant aux paroles habituelles de son oraison un
accent intime, une signification nouvelle qui eussent
déchiré le cœur de son mari, s'il l'eût entendue. Elle
demeura pendant huit jours préoccupée de son
avenir, en proie à son malheur, qu'elle étudiait en
cherchant les moyens de ne pas mentir à son cœur,
de regagner son empire sur le marquis, et de vivre
assez longtemps pour veiller au bonheur de sa fille.
Elle résolut alors de lutter avec sa rivale, de
reparaître dans le monde, d'y briller; de feindre
pour son mari un amour qu'elle ne pouvait plus
éprouver, de le séduire; puis, lorsque par ses
artifices elle l'aurait soumis à son pouvoir, d'être
coquette avec lui comme le sont ces capricieuses
maîtresses qui se font un plaisir de tourmenter leurs
amants [63]. Ce manège odieux était le seul remède
possible à ses maux. Ainsi, elle deviendrait maîtresse de ses souffrances, elle les ordonnerait selon
son bon plaisir, et les rendrait plus rares tout en
subjuguant son mari, tout en le domptant sous un
despotisme terrible. Elle n'eut plus aucun remords
de lui imposer une vie difficile. D'un seul bond, elle
s'élança dans les froids calculs de l'indifférence.
Pour sauver sa fille, elle devina tout à coup les
perfidies, les mensonges des créatures qui n'aiment
pas, les tromperies de la coquetterie, et ces ruses
atroces qui font haïr si profondément la femme chez
qui les hommes supposent alors des corruptions

innées. A l'insu de Julie, sa vanité féminine, son intérêt et un vague désir de vengeance s'accordèrent avec son amour maternel pour la faire entrer dans une voie où de nouvelles douleurs l'attendaient. Mais elle avait l'âme trop belle, l'esprit trop délicat, et surtout trop de franchise pour être longtemps complice de ces fraudes. Habituée à lire en elle-même, au premier pas dans le vice, car ceci était du vice [64], le cri de sa conscience devait étouffer celui des passions et de l'égoïsme. En effet, chez une jeune femme dont le cœur est encore pur, et où l'amour est resté vierge, le sentiment de la maternité même est soumis à la voix de la pudeur. La pudeur n'est-elle pas toute la femme ? Mais Julie ne voulut apercevoir aucun danger, aucune faute dans sa nouvelle vie. Elle vint chez madame de Sérizy. Sa rivale comptait voir une femme pâle, languissante ; la marquise avait mis du rouge, et se présenta dans tout l'éclat d'une parure qui rehaussait encore sa beauté.

Madame la comtesse de Sérizy était une de ces femmes qui prétendent exercer à Paris une sorte d'empire sur la mode et sur le monde ; elle dictait des arrêts, qui, reçus dans le cercle où elle régnait, lui semblaient universellement adoptés ; elle avait la prétention de faire des mots ; elle était souverainement *jugeuse*. Littérature, politique, hommes et femmes, tout subissait sa censure ; et madame de Sérizy semblait défier celle des autres. Sa maison était, en toute chose, un modèle de bon goût. Au milieu de ces salons remplis de femmes élégantes et

belles, Julie triompha de la comtesse. Spirituelle,
vive, semillante, elle eut autour d'elle les hommes
les plus distingues de la soiree. Pour le désespoir des
femmes, sa toilette était irreprochable, et toutes lui
envierent une coupe de robe, une forme de corsage
dont l'effet fut attribue géneralement à quelque
genie de couturière inconnue, car les femmes aiment
mieux croire à la science des chiffons qu'à la grâce
et a la perfection de celles qui sont faites de manière
à les bien porter. Lorsque Julie se leva pour aller au
piano chanter la romance de Desdemone [65], les
hommes accoururent de tous les salons pour
entendre cette célèbre voix, muette depuis si
longtemps, et il se fit un profond silence. La
marquise eprouva de vives emotions en voyant les
têtes pressees aux portes et tous les regards
attaches sur elle. Elle chercha son mari, lui lança
une œillade pleine de coquetterie, et vit avec plaisir
qu'en ce moment son amour-propre était extraordinairement flatté. Heureuse de ce triomphe, elle
ravit l'assemblée dans la première partie d'*al pie*
d'un salice. Jamais ni la Malibran, ni la Pasta [66]
n'avaient fait entendre des chants si parfaits de
sentiment et d'intonation, mais, au moment de la
reprise, elle regarda dans les groupes, et aperçut
Arthur dont le regard fixe ne la quittait pas. Elle
tressaillit vivement, et sa voix s'altera Madame de
Serizy s'élança de sa place vers la marquise.

Qu'avez-vous ma chère, Oh! pauvre petite,
elle est si souffrante! Je tremblais en lui voyant
entreprendre une chose au-dessus de ses forces.

La romance fut interrompue. Julie, dépitée, ne se sentit plus le courage de continuer et subit la compassion perfide de sa rivale. Toutes les femmes chuchotèrent: puis, à force de discuter cet incident, elles devinèrent la lutte commencée entre la marquise et madame de Sérizy, qu'elles n'épargnèrent pas dans leurs médisances. Les bizarres pressentiments qui avaient si souvent agité Julie se trouvaient tout à coup réalisés. En s'occupant d'Arthur, elle s'était complu à croire qu'un homme, en apparence si doux, si délicat, devait être resté fidèle à son premier amour. Parfois elle s'était flattée d'être l'objet de cette belle passion, la passion pure et vraie d'un homme jeune, dont toutes les pensées appartiennent à sa bien-aimée, dont tous les moments lui sont consacrés, qui n'a point de détours, qui rougit de ce qui fait rougir une femme, pense comme une femme, ne lui donne point de rivales, et se livre à elle sans songer à l'ambition, ni à la gloire, ni à la fortune. Elle avait rêvé tout cela d'Arthur, par folie, par distraction: puis tout à coup elle crut voir son rêve accompli. Elle lut sur le visage presque féminin du jeune Anglais les pensées profondes, les mélancolies douces, les résignations douloureuses dont elle-même était la victime. Elle se reconnut en lui. Le malheur et la mélancolie sont les interprètes les plus éloquents de l'amour, et correspondent entre deux êtres souffrants avec une incroyable rapidité. La vue intime et l'intussusception[67] des choses ou des idées sont chez eux complètes et justes. Aussi la violence du choc que

reçut la marquise lui révéla-t-elle tous les dangers
de l'avenir. Trop heureuse de trouver un prétexte à
son trouble dans son état habituel de souffrance,
elle se laissa volontiers accabler par l'ingénieuse
pitié de madame de Sérizy. L'interruption de la
romance était un événement dont s'entretenaient
assez diversement plusieurs personnes. Les unes
déploraient le sort de Julie, et se plaignaient de ce
qu'une femme si remarquable fût perdue pour le
monde : les autres voulaient savoir la cause de ses
souffrances et de la solitude dans laquelle elle
vivait.

— Eh ! bien, mon cher Ronquerolles [68], disait le
marquis au frère de madame de Sérizy, tu enviais
mon bonheur en voyant madame d'Aiglemont, et tu
me reprochais de lui être infidèle ? Va, tu trouverais
mon sort bien peu désirable, si tu restais comme
moi en présence d'une jolie femme pendant une ou
deux années, sans oser lui baiser la main, de peur de
la briser. Ne t'embarrasse jamais de ces bijoux
délicats, bons seulement à mettre sous verre, et que
leur fragilité, leur cherté nous oblige à toujours
respecter. Sors-tu souvent ton beau cheval pour
lequel tu crains, m'a-t-on dit, les averses et la
neige ? Voilà mon histoire. Il est vrai que je suis sûr
de la vertu de ma femme ; mais mon mariage est
une chose de luxe ; et si tu me crois marié, tu te
trompes. Aussi mes infidélités sont-elles en quelque
sorte légitimes. Je voudrais bien savoir comment
vous feriez a ma place, messieurs les rieurs ?
Beaucoup d'hommes auraient moins de ménage

ments que je n'en ai pour ma femme. Je suis sûr,
ajouta-t-il à voix basse, que madame d'Aiglemont
ne se doute de rien. Aussi, certes, aurais-je grand
tort de me plaindre, je suis très heureux... Seulement, rien n'est plus ennuyeux pour un homme
sensible, que de voir souffrir une pauvre créature à
laquelle on est attache...

— Tu as donc beaucoup de sensibilité? répondit
monsieur de Ronquerolles, car tu es rarement chez
toi.

Cette amicale epigramme fit rire les auditeurs;
mais Arthur resta froid et imperturbable, en gentleman qui a pris la gravité pour base de son
caractère. Les étranges paroles de ce mari firent
sans doute concevoir quelques espérances au jeune
Anglais, qui attendit avec patience le moment où il
pourrait se trouver seul avec monsieur d'Aiglemont,
et l'occasion s'en présenta bientôt.

— Monsieur, lui dit-il, je vois avec une peine
infinie l'etat de madame la marquise, et si vous
saviez que, faute d'un régime particulier, elle doit
mourir miserablement, je pense que vous ne plai-
santeriez pas sur ses souffrances. Si je vous parle
ainsi, j'y suis en quelque sorte autorisé par la
certitude que j'ai de sauver madame d'Aiglemont,
et de la rendre à la vie et au bonheur. Il est peu
naturel qu'un homme de mon rang soit médecin[69];
et, neanmoins, le hasard a voulu que j'étudiasse la
medecine. Or, je m'ennuie assez, dit-il en affectant
un froid égoïsme qui devait servir ses desseins, pour
qu'il me soit indifférent de dépenser mon temps et

mes voyages au profit d'un être souffrant, au lieu
de satisfaire quelques sottes fantaisies. Les guéri-
sons de ces sortes de maladies sont rares parce
qu'elles exigent beaucoup de soins, de temps et de
patience; il faut surtout avoir de la fortune,
voyager, suivre scrupuleusement des prescriptions
qui varient chaque jour, et n'ont rien de désagréable. Nous sommes deux gentilshommes, dit-il
en donnant à ce mot l'acception du mot anglais
gentleman, et nous pouvons nous entendre. Je vous
préviens que si vous acceptez ma proposition, vous
serez à tout moment le juge de ma conduite. Je
n'entreprendrai rien sans vous avoir pour conseil,
pour surveillant, et je vous réponds du succès si
vous consentez à m'obéir. Oui, si vous voulez ne pas
être pendant longtemps le mari de madame d'Aiglemont [70], lui dit-il à l'oreille.

— Il est sûr, milord, dit le marquis en riant,
qu'un Anglais pouvait seul me faire une proposition
si bizarre. Permettez-moi de ne pas la repousser et
de ne pas l'accueillir, j'y songerai. Puis, avant tout,
elle doit être soumise à ma femme.

En ce moment, Julie avait reparu au piano. Elle
chanta l'air de Sémiramide, *Son regina, son guer-
riera* [71]. Des applaudissements unanimes, mais des
applaudissements sourds, pour ainsi dire, les acclamations polies du faubourg Saint-Germain, témoi-
gnèrent de l'enthousiasme qu'elle excita.

Lorsque d'Aiglemont ramena sa femme à son
hôtel, Julie vit avec une sorte de plaisir inquiet le
prompt succès de ses tentatives. Son mari, réveillé

par le rôle qu'elle venait de jouer. voulut l'honorer
d'une fantaisie. et la prit en goût. comme il eût fait
d'une actrice[72]. Julie trouva plaisant d'être traitée
ainsi. elle vertueuse et mariée: elle essaya de jouer
avec son pouvoir. et dans cette première lutte sa
bonté la fit succomber encore une fois. mais ce fut
la plus terrible de toutes les leçons que lui gardait le
sort. Vers deux ou trois heures du matin, Julie était
sur son séant, sombre et rêveuse. dans le lit
conjugal[73] : une lampe à lueur incertaine éclairait
faiblement la chambre, le silence le plus profond y
régnait : et, depuis une heure environ, la marquise
livrée à de poignants remords. versait des larmes
dont l'amertume ne peut être comprise que des
femmes qui se sont trouvées dans la même situation. Il fallait avoir l'âme de Julie pour sentir
comme elle l'horreur d'une caresse calculée, pour se
trouver autant froissée par un baiser froid : aposta-
sie du cœur encore aggravée par une douloureuse
prostitution. Elle se mésestimait elle-même, elle
maudissait le mariage, elle aurait voulu être morte :
et, sans un cri jeté par sa fille, elle se serait peut-
être précipitée par la fenêtre sur le pavé. Monsieur
d'Aiglemont dormait paisiblement près d'elle, sans
être réveillé par les larmes chaudes que sa femme
laissait tomber sur lui. Le lendemain Julie sut être
gaie. Elle trouva des forces pour paraître heureuse
et cacher, non plus sa mélancolie, mais une invincible horreur. De ce jour elle ne se regarda plus
comme une femme irréprochable. Ne s'était-elle pas
menti à elle-même, dès lors n'était-elle pas capable

de dissimulation, et ne pouvait-elle pas plus tard
déployer une profondeur étonnante dans les délits
conjugaux? Son mariage était cause de cette
perversité *a priori* qui ne s'exerçait encore sur rien.
Cependant elle s'était déjà demandé pourquoi résister à un amant aimé quand elle se donnait, contre
son cœur et contre le vœu de la nature, à un mari
qu'elle n'aimait plus. Toutes les fautes, et les crimes
peut-être, ont pour principe un mauvais raisonnement ou quelque excès d'égoïsme. La société ne
peut exister que par les sacrifices individuels
qu'exigent les lois. En accepter les avantages, n'est-
ce pas s'engager à maintenir les conditions qui la
font subsister? Or, les malheureux sans pain,
obligés de respecter la propriété, ne sont pas moins
à plaindre que les femmes blessées dans les vœux et
la délicatesse de leur nature [74]. Quelques jours après
cette scène, dont les secrets furent ensevelis dans le
lit conjugal, d'Aiglemont présenta lord Grenville à
sa femme. Julie reçut Arthur avec une politesse
froide qui faisait honneur à sa dissimulation. Elle
imposa silence à son cœur, voila ses regards, donna
de la fermeté à sa voix, et put ainsi rester maîtresse
de son avenir. Puis, après avoir reconnu par ces
moyens, innés pour ainsi dire chez les femmes, toute
l'étendue de l'amour qu'elle avait inspiré, madame
d'Aiglemont sourit à l'espoir d'une prompte guéri-
son, et n'opposa plus de résistance a la volonté de
son mari, qui la violentait pour lui faire accepter les
soins du jeune docteur. Néanmoins, elle ne voulut
se fier à lord Grenville qu'après en avoir assez

étudié les paroles et les manières pour être sûre qu'il aurait la générosité de souffrir en silence. Elle avait sur lui le plus absolu pouvoir, elle en abusait déjà : n'était-elle pas femme ?

Montcontour[75] est un ancien manoir situé sur un de ces blonds rochers au bas desquels passe la Loire, non loin de l'endroit où Julie s'était arrêtée en 1814. C'est un de ces petits châteaux de Touraine, blancs, jolis, à tourelles sculptées, brodés comme une dentelle de Malines; un de ces châteaux mignons, pimpants qui se mirent dans les eaux du fleuve avec leurs bouquets de mûriers, leurs vignes, leurs chemins creux, leurs longues balustrades à jour, leurs caves en rocher, leurs manteaux de lierre et leurs escarpements. Les toits de Montcontour pétillent sous les rayons du soleil, tout y est ardent. Mille vestiges de l'Espagne poétisent cette ravissante habitation : les genêts d'or, les fleurs à clochettes embaument la brise; l'air est caressant, la terre sourit partout, et partout de douces magies enveloppent l'âme, la rendent paresseuse, amoureuse, l'amollissent et la bercent. Cette belle et suave contrée endort les douleurs et réveille les passions. Personne ne reste froid sous ce ciel pur, devant ces eaux scintillantes. Là meurt plus d'une ambition, là vous vous couchez au sein d'un tranquille bonheur, comme chaque soir le soleil se couche dans ses langes de pourpre et d'azur.

Par une douce soirée du mois d'août, en 1821[76], deux personnes gravissaient les chemins pierreux qui découpent les rochers sur lesquels est assis le

château, et se dirigeaient vers les hauteurs pour y
admirer sans doute les points de vue multipliés
qu'on y découvre. Ces deux personnes étaient Julie
et lord Grenville; mais cette Julie semblait être une
nouvelle femme. La marquise avait les franches
couleurs de la santé. Ses yeux, vivifiés par une
féconde puissance, étincelaient à travers une
humide vapeur, semblable au fluide qui donne à
ceux des enfants d'irrésistibles attraits. Elle souriait
à plein, elle était heureuse de vivre, et concevait la
vie. A la manière dont elle levait ses pieds mignons,
il était facile de voir que nulle souffrance n'alourdis-
sait comme autrefois ses moindres mouvements,
n'alanguissait ni ses regards, ni ses paroles, ni ses
gestes. Sous l'ombrelle de soie blanche qui la
garantissait des chauds rayons du soleil, elle ressemblait à une jeune mariée sous son voile, à une vierge
prête à se livrer aux enchantements de l'amour.
Arthur la conduisait avec un soin d'amant, il la
guidait comme on guide un enfant, la mettait dans
le meilleur chemin, lui faisait éviter les pierres, lui
montrait une échappée de vue ou l'amenait devant
une fleur, toujours mû par un perpétuel sentiment
de bonté, par une intention délicate, par une
connaissance intime du bien-être de cette femme,
sentiments qui semblaient être innés en lui, autant
et plus peut-être que le mouvement nécessaire à sa
propre existence. La malade et son médecin mar-
chaient du même pas sans être étonnés d'un accord
qui paraissait avoir existé dès le premier jour où ils
marchèrent ensemble; ils obéissaient à une même

volonté, s'arrêtaient, impressionnés par les mêmes
sensations; leurs regards, leurs paroles correspon-
daient à des pensées mutuelles. Parvenus tous deux
en haut d'une vigne, ils voulurent aller se reposer
sur une de ces longues pierres blanches que l'on
extrait continuellement des caves pratiquées dans le
rocher; mais avant de s'y asseoir, Julie contempla
le site.

— Le beau pays! s'écria-t-elle. Dressons une
tente et vivons ici. Victor, cria-t-elle, venez donc,
venez donc!

Monsieur d'Aiglemont répondit d'en bas par un
cri de chasseur, mais sans hâter sa marche; seulement il regardait sa femme de temps en temps
lorsque les sinuosités du sentier le lui permettaient. Julie aspira l'air avec plaisir en levant la
tête et en jetant à Arthur un de ces coups d'œil fins
par lesquels une femme d'esprit dit toute sa pensée.

Oh! reprit-elle, je voudrais rester toujours ici.
Peut-on jamais se lasser d'admirer cette belle
vallée? Savez-vous le nom de cette jolie rivière
milord?

— C'est la Cise.

La Cise, répéta-t-elle. Et là-bas, devant nous,
qu'est-ce?

C'est les coteaux du Cher, dit-il.

— Et sur la droite? Ah! c'est Tours. Mais voyez
le bel effet que produisent dans le lointain les
clochers de la cathédrale [77].

Elle se fit muette, et laissa tomber sur la main
d'Arthur la main qu'elle avait étendue vers la ville.

Tous deux, ils admirèrent en silence le paysage et les beautés de cette nature harmonieuse. Le mur mure des eaux, la pureté de l'air et du ciel. tout s'accordait avec les pensées qui vinrent en foule dans leurs cœurs aimants et jeunes.

Oh! mon Dieu, combien j'aime ce pays, répéta Julie avec un enthousiasme croissant et naïf. Vous l'avez habité longtemps? reprit-elle après une pause.

A ces mots, lord Grenville tressaillit.

C'est là, répondit-il avec mélancolie en montrant un bouquet de noyers sur la route, là que prisonnier je vous vis pour la première fois..

Oui, mais j'étais déjà bien triste; cette nature me sembla sauvage, et maintenant...

Elle s'arrêta, lord Grenville n'osa pas la regarder.

C'est à vous, dit enfin Julie après un long silence, que je dois ce plaisir. Ne faut-il pas être vivante pour éprouver les joies de la vie, et jusqu'à présent n'étais-je pas morte à tout? Vous m'avez donné plus que la santé, vous m'avez appris à en sentir tout le prix...

Les femmes ont un inimitable talent pour exprimer leurs sentiments sans employer de trop vives paroles; leur éloquence est surtout dans l'accent, dans le geste, l'attitude et les regards. Lord Grenville se cacha la tête dans ses mains, car des larmes roulaient dans ses yeux. Ce remerciement était le premier que Julie lui fît depuis leur départ de Paris. Pendant une année entière, il avait soigné la marquise avec le dévouement le plus entier.

Secondé par d'Aiglemont, il l'avait conduite aux eaux d'Aix, puis sur les bords de la mer à La Rochelle. Épiant à tout moment les changements que ses savantes et simples prescriptions produisaient sur la constitution délabrée de Julie, il l'avait cultivée comme une fleur rare peut l'être par un horticulteur passionné. La marquise avait paru recevoir les soins intelligents d'Arthur avec tout l'égoïsme d'une Parisienne habituée aux hommages, ou avec l'insouciance d'une courtisane qui ne sait ni le coût des choses ni la valeur des hommes, et les prise au degré d'utilité dont ils lui sont. L'influence exercée sur l'âme par les lieux est une chose digne de remarque. Si la mélancolie nous gagne infailliblement lorsque nous sommes au bord des eaux, une autre loi de notre nature impressible[78] fait que, sur les montagnes, nos sentiments s'épurent : la passion y gagne en profondeur ce qu'elle paraît perdre en vivacité. L'aspect du vaste bassin de la Loire, l'élévation de la jolie colline où les deux amants s'étaient assis, causaient peut-être le calme délicieux dans lequel ils savourèrent d'abord le bonheur qu'on goûte à deviner l'étendue d'une passion cachée sous des paroles insignifiantes en apparence. Au moment où Julie achevait la phrase qui avait si vivement ému lord Grenville, une brise caressante agita la cime des arbres, répandit la fraîcheur des eaux dans l'air; quelques nuages couvrirent le soleil, et des ombres molles laissèrent voir toutes les beautés de cette jolie nature. Julie détourna la tête pour dérober au jeune lord la vue des larmes qu'elle

réussit à retenir et à sécher, car l'attendrissement
d'Arthur l'avait promptement gagnée. Elle n'osa
lever les yeux sur lui dans la crainte qu'il ne lût
trop de joie dans ce regard. Son instinct de femme
lui faisait sentir qu'à cette heure dangereuse elle
devait ensevelir son amour au fond de son cœur.
Cependant le silence pouvait être également redou-
table. En s'apercevant que lord Grenville était hors
d'état de prononcer une parole, Julie reprit d'une
voix douce : — Vous êtes touché de ce que je vous
ai dit, milord. Peut-être cette vive expansion est-
elle la manière que prend une âme gracieuse et
bonne comme l'est la vôtre pour revenir sur un faux
jugement. Vous m'aurez crue ingrate en me trouvant froide et réservée, ou moqueuse et insensible
pendant ce voyage qui heureusement va bientôt se
terminer. Je n'aurais pas été digne de recevoir vos
soins, si je n'avais su les apprécier. Milord, je n'ai
rien oublié. Hélas! je n'oublierai rien, ni la sollicitude qui vous faisait veiller sur moi comme une
mère veille sur son enfant, ni surtout la noble
confiance de nos entretiens fraternels, la délicatesse
de vos procédés; séductions contre lesquelles nous
sommes toutes sans armes. Milord, il est hors de
mon pouvoir de vous récompenser...

A ce mot, Julie s'éloigna vivement, et lord
Grenville ne fit aucun mouvement pour l'arrêter, la
marquise alla sur une roche à une faible distance, et
y resta immobile; leurs émotions furent un secret
pour eux-mêmes; sans doute ils pleurèrent en
silence; les chants des oiseaux, si gais, si prodigues

d'expressions tendres au coucher du soleil, durent augmenter la violente commotion qui les avait forcés de se séparer : la nature se chargeait de leur exprimer un amour dont ils n'osaient parler.

— Eh! bien, milord, reprit Julie en se mettant devant lui dans une attitude pleine de dignité qui lui permit de prendre la main d'Arthur, je vous demanderai de rendre pure et sainte la vie que vous m'avez restituée. Ici, nous nous quitterons. Je sais, ajouta-t-elle en voyant pâlir lord Grenville, que, pour prix de votre dévouement, je vais exiger de vous un sacrifice encore plus grand que ceux dont l'étendue devrait être mieux reconnue par moi... Mais, il le faut... vous ne resterez pas en France. Vous le commander, n'est-ce pas vous donner des droits qui seront sacrés ? ajouta-t-elle en mettant la main du jeune homme sur son cœur palpitant.

— Oui, dit Arthur en se levant.

En ce moment il montra d'Aiglemont qui tenait sa fille dans ses bras, et qui parut de l'autre côté d'un chemin creux sur la balustrade du château. Il y avait grimpé pour y faire sauter sa petite Hélène.

— Julie, je ne vous parlerai point de mon amour, nos âmes se comprennent trop bien. Quelque profonds, quelque secrets que fussent mes plaisirs de cœur, vous les avez tous partagés. Je le sens, je le sais, je le vois. Maintenant, j'acquiers la délicieuse preuve de la constante sympathie de nos cœurs, mais je fuirai... J'ai plusieurs fois calculé trop habilement les moyens de tuer cet homme pour

pouvoir y toujours résister, si je restais près de
vous.

— J'ai eu la même pensée, dit-elle en laissant
paraître sur sa figure troublée les marques d'une
surprise douloureuse.

Mais il y avait tant de vertu, tant de certitude
d'elle-même et tant de victoires secrètement rem-
portées sur l'amour dans l'accent et le geste qui
échappèrent à Julie, que lord Grenville demeura
pénétré d'admiration. L'ombre même du crime
s'était évanouie dans cette naïve conscience. Le
sentiment religieux qui dominait sur ce beau front
devait toujours en chasser les mauvaises pensées
involontaires que notre imparfaite nature engendre,
mais qui montrent tout à la fois la grandeur et les
périls de notre destinée.

— Alors, reprit-elle, j'aurais encouru votre
mépris, et il m'aurait sauvée, reprit-elle en baissant
les yeux. Perdre votre estime n'était-ce pas mourir ?

Ces deux héroïques amants restèrent encore un
moment silencieux, occupés à dévorer leurs peines :
bonnes et mauvaises, leurs pensées étaient fidèlement les mêmes, et ils s'entendaient aussi bien dans
leurs intimes plaisirs que dans leurs douleurs les
plus cachées.

— Je ne dois pas murmurer, le malheur de ma
vie est mon ouvrage, ajouta-t-elle en levant au ciel
des yeux pleins de larmes [79].

— Milord, s'écria le général de sa place en faisant
un geste, nous nous sommes rencontrés ici pour la

première fois. Vous ne vous en souvenez peut-être pas. Tenez, là-bas, près de ces peupliers.

L'Anglais répondit par une brusque inclination de tête.

— Je devais mourir jeune et malheureuse, répondit Julie. Oui, ne croyez pas que je vive. Le chagrin sera tout aussi mortel que pouvait l'être la terrible maladie de laquelle vous m'avez guérie. Je ne me crois pas coupable. Non, les sentiments que j'ai conçus pour vous sont irrésistibles, éternels, mais bien involontaires, et je veux rester vertueuse. Cependant je serai tout à la fois fidèle à ma conscience d'épouse, à mes devoirs de mère et aux vœux de mon cœur. Écoutez, lui dit-elle d'une voix altérée, je n'appartiendrai plus à cet homme, jamais. Et, par un geste effrayant d'horreur et de vérité[80], Julie montra son mari. — Les lois du monde, reprit-elle, exigent que je lui rende l'existence heureuse, j'y obéirai; je serai sa servante; mon dévouement pour lui sera sans bornes, mais d'aujourd'hui je suis veuve. Je ne veux être une prostituée ni à mes yeux ni à ceux du monde; si je ne suis point à monsieur d'Aiglemont, je ne serai jamais à un autre. Vous n'aurez de moi que ce que vous m'avez arraché. Voilà l'arrêt que j'ai porté sur moi-même, dit-elle en regardant Arthur avec fierté. Il est irrévocable, milord. Maintenant, apprenez que si vous cédiez à une pensée criminelle, la veuve de monsieur d'Aiglemont entrerait dans un cloître, soit en Italie, soit en Espagne. Le malheur a voulu que nous ayons parlé de notre amour. Ces aveux étaient inévitables peut-être; mais que ce soit pour la dernière fois que nos cœurs aient si fortement vibré[81]. Demain, vous feindrez de recevoir une lettre qui vous appelle en Angleterre, et nous nous quitterons pour ne plus nous revoir.

Cependant Julie, épuisée par cet effort, sentit ses genoux fléchir, un froid mortel la saisit, et par une pensée bien féminine elle s'assit pour ne pas tomber dans les bras d'Arthur.

— Julie, cria lord Grenville.

Ce cri perçant retentit comme un éclat de tonnerre. Cette déchirante clameur exprima tout ce que l'amant, jusque-là muet, n'avait pu dire.

— Hé! bien, qu'a-t-elle donc? demanda le général.

En entendant ce cri, le marquis avait hâté le pas, et se trouva soudain devant les deux amants.

— Ce ne sera rien, dit Julie avec cet admirable sang-froid que la finesse naturelle aux femmes leur permet d'avoir assez souvent dans les grandes crises de la vie. La fraîcheur de ce noyer a failli me faire perdre connaissance, et mon docteur a dû en frémir de peur. Ne suis-je pas pour lui comme une œuvre d'art qui n'est pas encore achevée? Il a peut-être tremblé de la voir détruite...

Elle prit audacieusement le bras de lord Grenville, sourit à son mari, regarda le paysage avant de quitter le sommet des rochers, et entraîna son compagnon de voyage en lui prenant la main.

— Voici, certes, le plus beau site que nous ayons vu, dit-elle. Je ne l'oublierai jamais. Voyez donc,

9

Victor, quels lointains, quelle étendue et quelle
variété. Ce pays me fait concevoir l'amour.

Riant d'un rire presque convulsif, mais riant de
manière à tromper son mari, elle sauta gaiement
dans les chemins creux, et disparut.

— Eh! quoi, sitôt?... dit-elle quand elle se trouva
loin de monsieur d'Aiglemont. Hé! quoi, mon ami,
dans un instant nous ne pourrons plus être, et ne
serons plus jamais nous-mêmes; enfin nous ne
vivrons plus...

— Allons lentement, répondit lord Grenville, les
voitures sont encore loin. Nous marcherons
ensemble, et s'il nous est permis de mettre des
paroles dans nos regards, nos cœurs vivront un
moment de plus.

Ils se promenèrent sur la levée, au bord des eaux,
aux dernières lueurs du soir, presque silencieusement, disant de vagues paroles, douces comme le
murmure de la Loire, mais qui remuaient l'âme. Le
soleil, au moment de sa chute, les enveloppa de ses
reflets rouges avant de disparaître; image mélancolique de leur fatal amour. Très inquiet de ne pas
retrouver sa voiture à l'endroit où il s'était arrêté,
le général suivait ou devançait les deux amants,
sans se mêler de la conversation. La noble et
délicate conduite que lord Grenville tenait pendant
ce voyage avait détruit les soupçons du marquis, et
depuis quelque temps il laissait sa femme libre, en
se confiant à la foi punique [82] du lord-docteur.
Arthur et Julie marchèrent encore dans le triste et
douloureux accord de leurs cœurs flétris. Naguère,

en montant à travers les escarpements de Montcontour, ils avaient tous deux une vague espérance, un
inquiet bonheur dont ils n'osaient pas se demander
compte; mais en descendant le long de la levée, ils
avaient renversé le frêle édifice construit dans leur
imagination, et sur lequel ils n'osaient respirer,
semblables aux enfants qui prévoient la chute des
châteaux de cartes qu'ils ont bâtis. Ils étaient sans
espérance. Le soir même, lord Grenville partit. Le
dernier regard qu'il jeta sur Julie prouva malheureusement que, depuis le moment où la sympathie
leur avait révélé l'étendue d'une passion si forte, il
avait eu raison de se défier de lui-même.

Quand monsieur d'Aiglemont et sa femme se
trouvèrent le lendemain assis au fond de leur
voiture, sans leur compagnon de voyage, et qu'ils
parcoururent avec rapidité la route, jadis faite en
1814 par la marquise, alors ignorante de l'amour et
qui en avait alors presque maudit la constance, elle
retrouva mille impressions oubliées. Le cœur a sa
mémoire à lui. Telle femme incapable de se rappeler
les événements les plus graves, se souviendra
pendant toute sa vie des choses qui importent à ses
sentiments. Aussi, Julie eut-elle une parfaite souvenance de détails même frivoles. Elle reconnut avec
bonheur les plus légers accidents de son premier
voyage, et jusqu'à des pensées qui lui étaient
venues à certains endroits de la route. Victor,
redevenu passionnément amoureux de sa femme
depuis qu'elle avait recouvré la fraîcheur de la
jeunesse et toute sa beauté, se serra près d'elle à la

façon des amants. Lorsqu'il essaya de la prendre
dans ses bras, elle se dégagea doucement, et trouva
je ne sais quel prétexte pour éviter cette innocente
caresse. Puis, bientôt, elle eut horreur du contact de
Victor de qui elle sentait et partageait la chaleur,
par la manière dont ils étaient assis. Elle voulut se
mettre seule sur le devant de la voiture; mais son
mari lui fit la grâce de la laisser au fond. Elle le
remercia de cette attention par un soupir auquel il
se méprit, et cet ancien séducteur de garnison,
interprétant à son avantage la mélancolie de sa
femme, la mit à la fin du jour dans l'obligation de
lui parler avec une fermeté qui lui imposa.

— Mon ami, lui dit-elle, vous avez déjà failli me
tuer; vous le savez. Si j'étais encore une jeune fille
sans expérience, je pourrais recommencer le sacrifice de ma vie; mais je suis mère, j'ai une fille à
élever et je me dois autant à elle qu'à vous.
Subissons un malheur qui nous atteint également.
Vous êtes le moins à plaindre. N'avez-vous pas su
trouver des consolations que mon devoir, notre
honneur commun, et, mieux que tout cela, la
nature [83] m'interdisent. Tenez, ajouta-t-elle, vous
avez étourdiment oublié dans un tiroir trois lettres
de madame de Sérizy, les voici. Mon silence vous
prouve que vous avez en moi une femme pleine
d'indulgence, et qui n'exige pas de vous les sacrifices auxquels les lois la condamnent; mais j'ai
assez réfléchi pour savoir que nos rôles ne sont
pas les mêmes, et que la femme seule est prédes-
tinée au malheur. Ma vertu repose sur des prin-

cipes arrêtés et fixes. Je saurai vivre irréprochable;
mais laissez-moi vivre.

Le marquis, abasourdi par la logique que les
femmes savent étudier aux clartés de l'amour, fut
subjugué par l'espèce de dignité qui leur est
naturelle dans ces sortes de crises. La répulsion
instinctive que Julie manifestait pour tout ce qui
froissait son amour et les vœux de son cœur[84] est
une des plus belles choses de la femme, et vient
peut-être d'une vertu naturelle que ni les lois, ni la
civilisation ne feront taire. Mais qui donc oserait
blâmer les femmes[85]? Quand elles ont imposé
silence au sentiment exclusif qui ne leur permet pas
d'appartenir à deux hommes, ne sont-elles pas
comme des prêtres sans croyance? Si quelques
esprits rigides blâment l'espèce de transaction
conclue par Julie entre ses devoirs et son amour, les
âmes passionnées lui en feront un crime. Cette
réprobation générale accuse ou le malheur qui
attend les désobéissances aux lois ou de bien tristes
imperfections dans les institutions sur lesquelles
repose la société européenne[86].

Deux ans se passèrent[87], pendant lesquels monsieur et madame d'Aiglemont menèrent la vie des
gens du monde, allant chacun de leur côté, se rencontrant dans les salons plus souvent que chez eux;
élégant divorce par lequel se terminent beaucoup de
mariages dans le grand monde. Un soir, par
extraordinaire, les deux époux se trouvaient réunis
dans leur salon. Madame d'Aiglemont avait eu à

dîner l'une de ses amies. Le général, qui dînait toujours en ville, était resté chez lui.

— Vous allez être bien heureuse, madame la marquise, dit monsieur d'Aiglemont en posant sur une table la tasse dans laquelle il venait de boire son café. Le marquis regarda madame de Wimphen d'un air moitié malicieux, moitié chagrin, et ajouta :

— Je pars pour une longue chasse, où je vais avec le grand-veneur [88]. Vous serez au moins pendant huit jours absolument veuve, et c'est ce que vous désirez, je crois...

— Guillaume, dit-il au valet qui vint enlever les tasses, faites atteler.

Madame de Wimphen était cette Louisa a laquelle jadis madame d'Aiglemont voulait conseiller le célibat. Les deux femmes se jetèrent un regard d'intelligence qui prouvait que Julie avait trouvé dans son amie une confidente de ses peines, confidente précieuse et charitable, car madame de Wimphen était très heureuse en mariage [89]; et, dans la situation opposée où elles étaient, peut-être le bonheur de l'une faisait-il une garantie de son dévouement au malheur de l'autre. En pareil cas, la dissemblance des destinées est presque toujours un puissant lien d'amitié.

— Est-ce le temps de la chasse? dit Julie en jetant un regard indifférent à son mari.

Le mois de mars était à sa fin.

— Madame, le grand-veneur chasse quand il veut, et où il veut. Nous allons en forêt royale tuer des sangliers.

— Prenez garde qu'il ne vous arrive quelque accident...

— Un malheur est toujours imprévu, répondit-il en souriant.

— La voiture de monsieur est prête, dit Guillaume.

Le général se leva, baisa la main de madame de Wimphen, et se tourna vers Julie.

— Madame, si je périssais victime d'un sanglier! dit-il d'un air suppliant.

— Qu'est-ce que cela signifie? demanda madame de Wimphen.

— Allons, venez, dit madame d'Aiglemont à Victor. Puis, elle sourit comme pour dire à Louisa : — Tu vas voir.

Julie tendit son cou à son mari, qui s'avança pour l'embrasser; mais la marquise se baissa de telle sorte que le baiser conjugal glissa sur la ruche de sa pèlerine.

— Vous en témoignerez devant Dieu, reprit le marquis en s'adressant à madame de Wimphen, il me faut un firman pour obtenir cette légère faveur. Voilà comment ma femme entend l'amour. Elle m'a amené là, je ne sais par quelle ruse. Bien du plaisir!

Et il sortit.

— Mais ton pauvre mari est vraiment bien bon, s'écria Louisa quand les deux femmes se trouvèrent seules. Il t'aime.

— Oh! n'ajoute pas une syllabe à ce dernier mot. Le nom que je porte me fait horreur...

— Oui, mais Victor t'obéit entièrement, dit Louisa.

— Son obéissance, répondit Julie, est en partie fondée sur la grande estime que je lui ai inspirée. Je suis une femme très vertueuse selon les lois : je lui rends sa maison agréable, je ferme les yeux sur ses intrigues, je ne prends rien sur sa fortune, il peut en gaspiller les revenus à son gré, j'ai soin seulement d'en conserver le capital. A ce prix, j'ai la paix. Il ne s'explique pas, ou ne veut pas s'expliquer mon existence. Mais si je mène ainsi mon mari, ce n'est pas sans redouter les effets de son caractère. Je suis comme un conducteur d'ours qui tremble qu'un jour la muselière ne se brise. Si Victor croyait avoir le droit de ne plus m'estimer, je n'ose prévoir ce qui pourrait arriver ; car il est violent, plein d'amour-propre, de vanité surtout. Il[90] n'a pas l'esprit assez subtil pour prendre un parti sage dans une circonstance délicate où ses passions mauvaises seront mises en jeu ; il est faible de caractère, et me tuerait peut-être provisoirement, quitte à mourir de chagrin le lendemain. Mais ce fatal bonheur n'est pas à craindre...

Il y eut un moment de silence, pendant lequel les pensées des deux amies se portèrent sur la cause secrète de cette situation.

— J'ai été bien cruellement obéie, reprit Julie en lançant un regard d'intelligence à Louisa. Cependant je ne *lui* avais pas interdit de m'écrire. Ah! *il* m'a oubliée, et a eu raison. Il serait par trop funeste que sa destinée fût brisée ! n'est-ce pas assez de la

mienne ? Croirais-tu, ma chère, que je lis les
journaux anglais, dans le seul espoir de voir son
nom imprimé. Eh! bien, il n'a pas encore paru à la
chambre des lords.

— Tu sais donc l'anglais ?

— Je ne te l'ai pas dit! je l'ai appris [91].

— Pauvre petite, s'écria Louisa en saisissant la
main de Julie, mais comment peux-tu vivre encore ?

— Ceci est un secret, répondit la marquise en
laissant échapper un geste de naïveté presque
enfantine. Écoute. Je prends de l'opium. L'histoire
de la duchesse de..., à Londres, m'en a donné l'idée.
Tu sais, Mathurin en a fait un roman [92]. Mes
gouttes de laudanum sont très faibles. Je dors. Je
n'ai guère que sept heures de veille, et je les donne à
ma fille...

Louisa regarda le feu, sans oser contempler son
amie dont toutes les misères se développaient à ses
yeux pour la première fois.

— Louisa, garde-moi le secret, dit Julie après un
moment de silence.

Tout à coup un valet apporta une lettre à la
marquise.

— Ah! s'écria-t-elle en pâlissant.

— Je ne demanderai pas de qui, lui dit madame
de Wimphen.

La marquise lisait et n'entendait plus rien, son
amie vit les sentiments les plus actifs, l'exaltation la
plus dangereuse, se peindre sur le visage de madame
d'Aiglemont qui rougissait et pâlissait tour à tour.
Enfin Julie jeta le papier dans le feu.

Cette lettre est incendiaire! Oh! mon cœur m'etouffe.

Elle se leva, marcha; ses yeux brûlaient.

Il n'a pas quitté Paris, s'écria-t-elle.

Son discours saccadé, que madame de Wimphen n'osa pas interrompre, fut scandé par des pauses effrayantes. A chaque interruption, les phrases étaient prononcées d'un accent de plus en plus profond. Les derniers mots eurent quelque chose de terrible.

Il n'a pas cessé de me voir, à mon insu. Un de mes regards surpris chaque jour l'aide à vivre. Tu ne sais pas, Louisa? il meurt et demande à me dire adieu, il sait que mon mari s'est absenté ce soir pour plusieurs jours, et va venir dans un moment. Oh! j'y périrai. Je suis perdue. Écoute? reste avec moi. Devant deux femmes il n'osera pas! Oh! demeure, je me crains.

Mais mon mari sait que j'ai dîné chez toi, repondit madame de Wimphen, et doit venir me chercher.

Eh! bien, avant ton départ, je l'aurai renvoyé. Je serai notre bourreau à tous deux. Hélas! il croira que je ne l'aime plus. Et cette lettre! ma chère, elle contenait des phrases que je vois écrites en traits de feu.

Une voiture roula sous la porte.

Ah! s'écria la marquise avec une sorte de joie, il vient publiquement et sans mystère.

Lord Grenville, cria le valet.

La marquise resta debout, immobile. En voyant

Arthur pâle, maigre et hâve, il n'y avait plus de
sévérité possible. Quoique lord Grenville fût violemment contrarié de ne pas trouver Julie seule, il
parut calme et froid. Mais pour ces deux femmes
initiées aux mystères de son amour, sa contenance,
le son de sa voix, l'expression de ses regards, eurent
un peu de la puissance attribuée à la torpille [93]. La
marquise et madame de Wimphen restèrent comme
engourdies par la vive communication d'une douleur horrible. Le son de la voix de lord Grenville
faisait palpiter si cruellement madame d'Aiglemont,
qu'elle n'osait lui répondre de peur de lui révéler
l'étendue du pouvoir qu'il exerçait sur elle; lord
Grenville n'osait regarder Julie; en sorte que
madame de Wimphen fit presque à elle seule les
frais d'une conversation sans intérêt; lui jetant un
regard empreint d'une touchante reconnaissance,
Julie la remercia du secours qu'elle lui donnait.
Alors les deux amants imposèrent silence à leurs
sentiments, et durent se tenir dans les bornes
prescrites par le devoir et les convenances. Mais
bientôt on annonça monsieur de Wimphen; en le
voyant entrer, les deux amies se lancèrent un
regard, et comprirent, sans se parler, les nouvelles
difficultés de la situation. Il était impossible de
mettre monsieur de Wimphen dans le secret de ce
drame, et Louisa n'avait pas de raisons valables à
donner à son mari, en lui demandant à rester chez
son amie. Lorsque madame de Wimphen mit son
châle, Julie se leva comme pour aider Louisa à
l'attacher, et dit à voix basse : — J'aurai du

courage. S'il est venu publiquement chez moi, que puis-je craindre? Mais, sans toi, dans le premier moment, en le voyant si changé, je serais tombée à ses pieds.

— Hé! bien, Arthur, vous ne m'avez pas obéi, dit madame d'Aiglemont d'une voix tremblante en revenant prendre sa place sur une causeuse où lord Grenville n'osa venir s'asseoir.

— Je n'ai pu résister plus longtemps au plaisir d'entendre votre voix, d'être auprès de vous. C'était une folie, un délire. Je ne suis plus maître de moi. Je me suis bien consulté, je suis trop faible. Je dois mourir. Mais mourir sans vous avoir vue, sans avoir écouté le frémissement de votre robe, sans avoir recueilli vos pleurs, quelle mort!

Il voulut s'éloigner de Julie, mais son brusque mouvement fit tomber un pistolet de sa poche. La marquise regarda cette arme d'un œil qui n'exprimait plus ni passion ni pensée. Lord Grenville ramassa le pistolet et parut violemment contrarié d'un accident qui pouvait passer pour une spéculation d'amoureux.

— Arthur! demanda Julie.

— Madame, répondit-il en baissant les yeux, j'étais venu plein de désespoir, je voulais...

Il s'arrêta.

— Vous vouliez vous tuer chez moi! s'écriat-elle.

— Non pas seul, dit-il d'une voix douce.

— Eh! quoi, mon mari, peut-être?

— Non, non, s'écria-t-il d'une voix étouffée. Mais

rassurez-vous, reprit-il, mon fatal projet s'est évanoui. Lorsque je suis entré, quand je vous ai vue,
alors je me suis senti le courage de me taire, de
mourir seul.

Julie se leva, se jeta dans les bras d'Arthur qui,
malgré les sanglots de sa maîtresse, distingua deux
paroles pleines de passion.

— Connaître le bonheur et mourir, dit-elle. Eh!
bien, oui!

Toute l'histoire de Julie était dans ce cri profond,
cri de nature et d'amour auquel les femmes sans
religion succombent; Arthur la saisit et la porta sur
le canapé par un mouvement empreint de toute la
violence que donne un bonheur inespéré. Mais tout
à coup la marquise s'arracha des bras de son amant,
lui jeta le regard fixe d'une femme au désespoir,
le prit par la main, saisit un flambeau, l'entraîna
dans sa chambre à coucher; puis, parvenue au
lit où dormait Hélène, elle repoussa doucement les
rideaux et découvrit son enfant en mettant une
main devant la bougie, afin que la clarté n'offensât
pas les paupières transparentes et à peine fermées
de la petite fille. Hélène avait les bras ouverts, et
souriait en dormant. Julie montra par un regard
son enfant à lord Grenville. Ce regard disait tout.

— Un mari, nous pouvons l'abandonner même
quand il nous aime. Un homme est un être fort, il a
des consolations. Nous pouvons mépriser les lois du
monde. Mais un enfant sans mère!

Toutes ces pensées et mille autres plus attendris-
santes encore étaient dans ce regard.

— Nous pouvons l'emporter, dit l'Anglais en murmurant. je l'aimerai bien...

— Maman! dit Hélène en s'éveillant.

A ce mot. Julie fondit en larmes. Lord Grenville s'assit et resta les bras croisés, muet et sombre.

— Maman! Cette jolie, cette naïve interpellation réveilla tant de sentiments nobles et tant d'irrésistibles sympathies, que l'amour fut un moment écrasé sous la voix puissante de la maternité. Julie ne fut plus femme. elle fut mère. Lord Grenville ne résista pas longtemps. les larmes de Julie le gagnerent. En ce moment. une porte ouverte avec violence fit un grand bruit. et ces mots : — Madame d'Aiglemont. es-tu par ici? retentirent comme un éclat de tonnerre au cœur des deux amants. Le marquis était revenu. Avant que Julie eût pu retrouver son sang-froid. le général se dirigeait de sa chambre dans celle de sa femme. Ces deux pièces étaient contiguës. Heureusement. Julie fit un signe a lord Grenville qui alla se jeter dans un cabinet de toilette dont la porte fut vivement fermée par la marquise.

— Eh! bien. ma femme. lui dit Victor. me voici La chasse n'a pas lieu. Je vais me coucher.

— Bonsoir. lui dit-elle. je vais en faire autant Ainsi laissez-moi me déshabiller.

— Vous êtes bien revêche ce soir. Je vous obéis, madame la marquise.

Le général rentra dans sa chambre. Julie l'accompagna pour fermer la porte de communication. et s'élança pour délivrer lord Grenville. Elle retrouva toute sa présence d'esprit, et pensa que la visite de son ancien docteur était fort naturelle; elle pouvait l'avoir laissé au salon pour venir coucher sa fille, et allait lui dire de s'y rendre sans bruit; mais quand elle ouvrit la porte du cabinet, elle jeta un cri perçant. Les doigts de lord Grenville avaient été pris et écrasés dans la rainure.

— Eh! bien, qu'as-tu donc? lui demanda son mari.

— Rien, rien, répondit-elle, je viens de me piquer le doigt avec une épingle.

La porte de communication se rouvrit tout à coup. La marquise crut que son mari venait par intérêt pour elle, et maudit cette sollicitude où le cœur n'était pour rien. Elle eut à peine le temps de fermer le cabinet de toilette, et lord Grenville n'avait pas encore pu dégager sa main. Le général reparut en effet; mais la marquise se trompait, il était amené par une inquiétude personnelle.

— Peux-tu me prêter un foulard? Ce drôle de Charles me laisse sans un seul mouchoir de tête. Dans les premiers jours de notre mariage, tu te mêlais de mes affaires avec des soins si minutieux que tu m'en ennuyais. Ah! le mois de miel n'a pas beaucoup duré pour moi, ni pour mes cravates. Maintenant je suis livré au bras séculier de ces gens-là qui se moquent tous de moi.

— Tenez, voilà un foulard. Vous n'êtes pas entré dans le salon?

Non.

— Vous y auriez peut-être encore rencontré lord Grenville.

— Il est à Paris?

— Apparemment.

— Oh! j'y vais, ce bon docteur.

— Mais il doit être parti, s'écria Julie.

Le marquis était en ce moment au milieu de la chambre de sa femme, et se coiffait avec le foulard, en se regardant avec complaisance dans la glace.

— Je ne sais pas où sont nos gens, dit-il. J'ai sonné Charles déjà trois fois, il n'est pas venu. Vous êtes donc sans votre femme de chambre? Sonnez-la, je voudrais avoir cette nuit une couverture de plus à mon lit.

— Pauline est sortie, répondit sèchement la marquise.

— A minuit! dit le général.

— Je lui ai permis d'aller à l'Opéra.

— Cela est singulier! reprit le mari tout en se déshabillant, j'ai cru la voir en montant l'escalier.

— Elle est alors sans doute rentrée, dit Julie en affectant de l'impatience.

Puis, pour n'éveiller aucun soupçon chez son mari, la marquise tira le cordon de la sonnette, mais faiblement.

Les événements de cette nuit n'ont pas été tous parfaitement connus; mais tous durent être aussi simples, aussi horribles que le sont les incidents vulgaires et domestiques qui précèdent. Le lendemain, la marquise d'Aiglemont se mit au lit pour plusieurs jours.

— Qu'est-il donc arrivé de si extraordinaire chez toi, pour que tout le monde parle de ta femme? demanda monsieur de Ronquerolles à monsieur d'Aiglemont quelques jours après cette nuit de catastrophes.

— Crois-moi, reste garçon, dit d'Aiglemont. Le feu a pris aux rideaux du lit où couchait Hélène; ma femme a eu un tel saisissement que la voilà malade pour un an, dit le médecin. Vous épousez une jolie femme, elle enlaidit; vous épousez une jeune fille pleine de santé, elle devient malingre; vous la croyez passionnée, elle est froide; ou bien, froide en apparence, elle est réellement si passionnée qu'elle vous tue ou vous déshonore. Tantôt la créature la plus douce est quinteuse, et jamais les quinteuses ne deviennent douces; tantôt, l'enfant que vous avez eue niaise et faible, déploie contre vous une volonté de fer, un esprit de démon. Je suis las du mariage.

— Ou de ta femme.

— Cela serait difficile. A propos, veux-tu venir à Saint-Thomas-d'Aquin avec moi voir l'enterrement de lord Grenville?

— Singulier passe-temps. Mais, reprit Ronquerolles, sait-on décidément la cause de sa mort?

— Son valet de chambre prétend qu'il est resté pendant toute une nuit sur l'appui extérieur d'une fenêtre pour sauver l'honneur de sa maîtresse; et, il a fait diablement froid ces jours-ci!

— Ce dévouement serait très estimable chez nous autres, vieux routiers; mais lord Grenville est jeune, et... anglais. Ces Anglais veulent toujours se singulariser.

— Bah! répondit d'Aiglemont, ces traits d'héroïsme dépendent de la femme qui les inspire, et ce n'est certes pas pour la mienne que ce pauvre Arthur est mort [94]!

II

SOUFFRANCES INCONNUES

Entre la petite rivière du Loing et la Seine, s'étend une vaste plaine bordée par la forêt de Fontainebleau, par les villes de Moret, de Nemours et de Montereau[95]. Cet aride pays n'offre à la vue que de rares monticules: parfois, au milieu des champs, quelques carrés de bois qui servent de retraite au gibier: puis, partout, ces lignes sans fin, grises ou jaunâtres, particulières aux horizons de la Sologne, de la Beauce et du Berri. Au milieu de cette plaine, entre Moret et Montereau, le voyageur aperçoit un vieux château nommé Saint-Lange, dont les abords ne manquent ni de grandeur ni de majesté. C'est de magnifiques avenues d'ormes, des fossés, de longs murs d'enceinte, des jardins immenses, et les vastes constructions seigneuriales, qui pour être bâties voulaient les profits de la maltôte, ceux des fermes générales, les concussions autorisées, ou les grandes fortunes aristocratiques détruites aujourd'hui par le marteau du Code civil[96]. Si l'artiste ou quelque rêveur vient à s'égarer par hasard dans les chemins à profondes

ornières ou dans les terres fortes qui défendent
l'abord de ce pays, il se demande par quel caprice ce
poétique château fut jeté dans cette savane de blé,
dans ce désert de craie, de marne et de sables où la
gaieté meurt, où la tristesse naît infailliblement, où
l'âme est incessamment fatiguée par une solitude
sans voix, par un horizon monotone, beautés
négatives, mais favorables aux souffrances qui ne
veulent pas de consolations. —

Une jeune femme, célèbre à Paris par sa grâce,
par sa figure, par son esprit, et dont la position
sociale, dont la fortune étaient en harmonie avec sa
haute célébrité, vint, au grand étonnement du petit
village, situé à un mille environ de Saint-Lange, s'y
établir vers la fin de l'année 1820 [97]. Les fermiers et
les paysans n'avaient point vu de maîtres au
château depuis un temps immémorial. Quoique
d'un produit considérable, la terre était abandonnée
aux soins d'un régisseur et gardée par d'anciens
serviteurs. Aussi le voyage de madame la marquise
causa-t-il une sorte d'émoi dans le pays [98]. Plusieurs
personnes étaient groupées au bout du village, dans
la cour d'une méchante auberge, sise à l'embranche-
ment des routes de Nemours et de Moret, pour voir
passer une calèche qui allait assez lentement, car la
marquise était venue de Paris avec ses chevaux. Sur
le devant de la voiture, la femme de chambre tenait
une petite fille plus songeuse que rieuse. La mère
gisait au fond, comme un moribond envoyé par les
médecins à la campagne. La physionomie abattue
de cette jeune femme délicate contenta fort peu les

politiques du village, auxquels son arrivée à Saint-
Lange avait fait concevoir l'espérance d'un mouvement quelconque dans la commune. Certes, toute
espèce de mouvement était visiblement antipa-
thique à cette femme endolorie.

La plus forte tête du village de Saint-Lange
déclara le soir au cabaret, dans la chambre où
buvaient les notables, que, d'après la tristesse
empreinte sur les traits de madame la marquise,
elle devait être ruinée. En l'absence de monsieur le marquis, que les journaux désignaient
comme devant accompagner le duc d'Angoulême
en Espagne, elle allait économiser à Saint-Lange les
sommes nécessaires à l'acquittement des différences
dues par suite de fausses spéculations faites à la
Bourse. Le marquis était un des plus gros joueurs.
Peut-être la terre serait-elle vendue par petits lots.
Il y aurait alors de bons coups à faire [99]. Chacun
devait songer à compter ses écus, les tirer de leur
cachette, énumérer ses ressources, afin d'avoir sa
part dans l'abattis de Saint-Lange. Cet avenir parut
si beau que chaque notable, impatient de savoir s'il
était fondé, pensa aux moyens d'apprendre la vérité
par les gens du château; mais aucun d'eux ne put
donner de lumières sur la catastrophe qui amenait
leur maîtresse, au commencement de l'hiver, dans
son vieux château de Saint-Lange, tandis qu'elle
possédait d'autres terres renommées par la gaieté
des aspects et par la beauté des jardins. Monsieur le
maire vint pour présenter ses hommages à Madame;

mais il ne fut pas reçu. Après le maire, le régisseur
se présenta sans plus de succès.

Madame la marquise ne sortait de sa chambre
que pour la laisser arranger, et demeurait, pendant
ce temps, dans un petit salon voisin où elle dînait, si
l'on peut appeler dîner se mettre à une table, y
regarder les mets avec dégoût, et en prendre
précisément la dose nécessaire pour ne pas mourir
de faim. Puis elle revenait aussitôt à la bergère
antique où, dès le matin, elle s'asseyait dans
l'embrasure de la seule fenêtre qui éclairât sa
chambre. Elle ne voyait sa fille que pendant le peu
d'instants employés par son triste repas, et encore
paraissait-elle la souffrir avec peine. Ne fallait-il pas
des douleurs inouïes pour faire taire, chez une jeune
femme, le sentiment maternel? Aucun de ses gens
n'avait accès auprès d'elle. Sa femme de chambre
était la seule personne dont les services lui plai-
saient. Elle exigea un silence absolu dans le
château, sa fille dut aller jouer loin d'elle. Il lui
était si difficile de supporter le moindre bruit que
toute voix humaine, même celle de son enfant,
l'affectait désagréablement. Les gens du pays s'oc-
cupèrent beaucoup de ces singularités; puis, quand
toutes les suppositions possibles furent faites, ni les
petites villes environnantes, ni les paysans ne
songèrent plus à cette femme malade.

La marquise, laissée à elle-même, put donc rester
parfaitement silencieuse au milieu du silence qu'elle
avait établi autour d'elle, et n'eut aucune occasion
de quitter la chambre tendue de tapisseries ou

mourut sa grand-mère, et où elle était venue pour y mourir doucement, sans témoins, sans importunités, sans subir les fausses démonstrations des égoïsmes fardés d'affection qui, dans les villes, donnent aux mourants une double agonie. Cette femme avait vingt-six ans [100]. A cet âge, une âme encore pleine de poétiques illusions aime à savourer la mort, quand elle lui semble bienfaisante. Mais la mort a de la coquetterie pour les jeunes gens; pour eux, elle s'avance et se retire, se montre et se cache; sa lenteur les désenchante d'elle, et l'incertitude que leur cause son lendemain finit par les rejeter dans le monde où ils rencontreront la douleur, qui, plus impitoyable que ne l'est la mort, les frappera sans se laisser attendre. Or, cette femme qui se refusait à vivre allait éprouver l'amertume de ces retardements au fond de sa solitude, et y faire, dans une agonie morale que la mort ne terminerait pas, un terrible apprentissage d'égoïsme qui devait lui déflorer le cœur et le façonner au monde.

Ce cruel et triste enseignement est toujours le fruit de nos premières douleurs. La marquise souffrait véritablement pour la première et pour la seule fois de sa vie peut-être. En effet, ne serait-ce pas une erreur de croire que les sentiments se reproduisent? Une fois éclos, n'existent-ils pas toujours au fond du cœur? Ils s'y apaisent et s'y réveillent au gré des accidents de la vie; mais ils y restent, et leur séjour modifie nécessairement l'âme. Ainsi, tout sentiment n'aurait qu'un grand jour, le jour plus ou moins long de sa première tempête.

Ainsi, la douleur, le plus constant de nos sentiments, ne serait vive qu'à sa première irruption; et
ses autres atteintes iraient en s'affaiblissant, soit
par notre accoutumance à ses crises, soit par une loi
de notre nature qui, pour se maintenir vivante,
oppose à cette force destructive une force égale
mais inerte, prise dans les calculs de l'égoïsme.
Mais, entre toutes les souffrances, à laquelle appar-
tiendra ce nom de douleur? La perte des parents est
un chagrin auquel la nature a préparé les hommes;
le mal physique est passager, n'embrasse pas l'âme;
et s'il persiste, ce n'est plus un mal, c'est la mort.
Qu'une jeune femme perde un nouveau-né, l'amour
conjugal lui a bientôt donné un successeur. Cette
affliction est passagère aussi. Enfin, ces peines et
beaucoup d'autres semblables sont, en quelque
sorte, des coups, des blessures; mais aucune n'af-
fecte la vitalité dans son essence, et il faut qu'elles
se succèdent étrangement pour tuer le sentiment
qui nous porte à chercher le bonheur. La grande, la
vraie douleur serait donc un mal assez meurtrier
pour étreindre à la fois le passé, le présent et
l'avenir, ne laisser aucune partie de la vie dans son
intégrité, dénaturer à jamais la pensée, s'inscrire
inaltérablement sur les lèvres et sur le front, briser
ou détendre les ressorts du plaisir, en mettant dans
l'âme un principe de dégoût pour toute chose de ce
monde. Encore, pour être immense. pour ainsi peser
sur l'âme et sur le corps. ce mal devrait arriver en
un moment de la vie où toutes les forces de l'âme et
du corps sont jeunes. et foudroyer un cœur bien

vivant. Le mal fait alors une large plaie; grande est la souffrance; et nul être ne peut sortir de cette maladie sans quelque poétique changement : ou il prend la route du ciel, ou, s'il demeure ici-bas, il rentre dans le monde pour mentir au monde, pour y jouer un rôle; il connaît dès lors la coulisse où l'on se retire pour calculer, pleurer, plaisanter. Après cette crise solennelle, il n'existe plus de mystères dans la vie sociale qui dès lors est irrévocablement jugée. Chez les jeunes femmes qui ont l'âge de la marquise, cette première, cette plus poignante de toutes les douleurs, est toujours causée par le même fait. La femme et surtout la jeune femme, aussi grande par l'âme qu'elle l'est par la beauté, ne manque jamais à mettre sa vie là où la nature, le sentiment et la société la poussent à la jeter tout entière [101]. Si cette vie vient à lui faillir et si elle reste sur terre, elle y expérimente les plus cruelles souffrances, par la raison qui rend le premier amour le plus beau de tous les sentiments. Pourquoi ce malheur n'a-t-il jamais eu ni peintre ni poète [102] ? Mais peut-il se peindre, peut-il se chanter? Non, la nature des douleurs qu'il engendre se refuse à l'analyse et aux couleurs de l'art. D'ailleurs, ces souffrances ne sont jamais confiées : pour en consoler une femme, il faut savoir les deviner; car, toujours amèrement embrassées et religieusement ressenties, elles demeurent dans l'âme comme une avalanche qui, en tombant dans une vallée, y dégrade tout avant de s'y faire une place [103].

La marquise était alors en proie à ces souffrances

qui resteront longtemps inconnues, parce que tout
dans le monde les condamne; tandis que le sentiment les caresse, et que la conscience d'une femme
vraie les lui justifie toujours. Il en est de ces
douleurs comme de ces enfants infailliblement
repoussés de la vie, et qui tiennent au cœur des
mères par des liens plus forts que ceux des enfants
heureusement doués. Jamais peut-être cette épouvantable catastrophe qui tue tout ce qu'il y a de vie
en dehors de nous n'avait été aussi vive, aussi
complète, aussi cruellement agrandie par les circonstances qu'elle venait de l'être pour la marquise.
Un homme aimé, jeune et généreux, de qui elle
n'avait jamais exaucé les désirs afin d'obéir aux
lois du monde, était mort pour lui sauver ce que la
société nomme l'*honneur d'une femme*. A qui pouvait-elle dire : Je souffre! Ses larmes auraient
offensé son mari, cause première de la catastrophe.
Les lois, les mœurs proscrivaient ses plaintes; une
amie en eût joui, un homme en eût spéculé. Non,
cette pauvre affligée ne pouvait pleurer à son aise
que dans un désert, y dévorer sa souffrance ou être
dévorée par elle, mourir ou tuer quelque chose en
elle, sa conscience peut-être. Depuis quelques jours,
elle restait les yeux attachés sur un horizon plat où,
comme dans sa vie à venir, il n'y avait rien à
chercher, rien à espérer, où tout se voyait d'un seul
coup d'œil, et où elle rencontrait les images de la
froide désolation qui lui déchirait incessamment le
cœur. Les matinées de brouillard, un ciel d'une
clarté faible, des nuées courant pres de la terre sous

un dais grisâtre convenaient aux phases de sa maladie morale. Son cœur ne se serrait pas, n'était pas plus ou moins flétri; non, sa nature fraîche et fleurie se pétrifiait par la lente action d'une douleur intolérable parce qu'elle était sans but. Elle souffrait par elle et pour elle. Souffrir ainsi n'est-ce pas mettre le pied dans l'égoïsme? Aussi d'horribles pensées lui traversaient-elles la conscience en la lui blessant. Elle s'interrogeait avec bonne foi et se trouvait double. Il y avait en elle une femme qui raisonnait et une femme qui sentait, une femme qui souffrait et une femme qui ne voulait plus souffrir. Elle se reportait aux joies de son enfance, écoulée sans qu'elle en eût senti le bonheur, et dont les limpides images revenaient en foule comme pour lui accuser les déceptions d'un mariage convenable aux yeux du monde, horrible en réalité. A quoi lui avaient servi les belles pudeurs de sa jeunesse, ses plaisirs réprimés et les sacrifices faits au monde? Quoique tout en elle exprimât et attendît l'amour, elle se demandait pourquoi maintenant l'harmonie de ses mouvements, son sourire et sa grâce? Elle n'aimait pas plus à se sentir fraîche et voluptueuse qu'on n'aime un son répété sans but. Sa beauté même lui était insupportable, comme une chose inutile. Elle entrevoyait avec horreur que désormais elle ne pouvait plus être une créature complète[104]. Son moi intérieur n'avait-il pas perdu la faculté de goûter les impressions dans ce neuf délicieux qui prête tant d'allégresse à la vie? A l'avenir, la plupart de ses sensations seraient souvent aussitôt

effacées que reçues, et beaucoup de celles qui jadis
l'auraient émue allaient lui devenir indifférentes.
Après l'enfance de la créature vient l'enfance du
cœur. Or, son amant avait emporté dans la tombe
cette seconde enfance. Jeune encore par ses désirs,
elle n'avait plus cette entière jeunesse d'âme qui
donne à tout dans la vie sa valeur et sa saveur. Ne
garderait-elle pas en elle un principe de tristesse, de
défiance, qui ravirait à ses émotions leur subite
verdeur, leur entraînement ? car rien ne pouvait
plus lui rendre le bonheur qu'elle avait espéré,
qu'elle avait rêvé si beau. Ses premières larmes
véritables éteignaient ce feu céleste qui éclaire les
premières émotions du cœur, elle devait toujours
pâtir de n'être pas ce qu'elle aurait pu être. De
cette croyance doit procéder le dégoût amer qui
porte à détourner la tête quand de nouveau le
plaisir se présente. Elle jugeait alors la vie comme
un vieillard près de la quitter. Quoiqu'elle se sentît
jeune, la masse de ses jours sans jouissances lui
tombait sur l'âme, la lui écrasait et la faisait vieille
avant le temps. Elle demandait au monde[105], par
un cri de désespoir, ce qu'il lui rendait en échange
de l'amour qui l'avait aidée à vivre et qu'elle avait
perdu. Elle se demandait si dans ses amours
évanouis, si chastes et si purs, la pensée n'avait pas
été plus criminelle que l'action. Elle se faisait
coupable à plaisir pour insulter au monde et pour se
consoler de ne pas avoir eu avec celui qu'elle
pleurait cette communication parfaite qui, en
superposant les âmes l'une à l'autre, amoindrit la

douleur de celle qui reste par la certitude d'avoir entièrement joui du bonheur, d'avoir su pleinement le donner, et de garder en soi une empreinte de celle qui n'est plus. Elle était mécontente comme une actrice qui a manqué son rôle, car cette douleur lui attaquait toutes les fibres, le cœur et la tête. Si la nature était froissée dans ses vœux les plus intimes, la vanité n'était pas moins blessée que la bonté qui porte la femme à se sacrifier. Puis, en soulevant toutes les questions, en remuant tous les ressorts des différentes existences que nous donnent les natures sociale, morale et physique, elle relâchait si bien les forces de l'âme, qu'au milieu des réflexions les plus contradictoires elle ne pouvait rien saisir. Aussi parfois, quand le brouillard tombait, ouvrait-elle sa fenêtre, en y restant sans pensée, occupée à respirer machinalement l'odeur humide et terreuse épandue dans les airs, debout, immobile, idiote en apparence, car les bourdonnements de sa douleur la rendaient également sourde aux harmonies de la nature et aux charmes de la pensée.

Un jour, vers midi, moment où le soleil avait éclairci le temps, sa femme de chambre entra sans ordre et lui dit : — Voici la quatrième fois que monsieur le curé vient pour voir madame la marquise ; et il insiste aujourd'hui si résolument, que nous ne savons plus que lui répondre.

— Il veut sans doute quelque argent pour les pauvres de la commune, prenez vingt-cinq louis et portez-les-lui de ma part.

— Madame, dit la femme de chambre en reve-

nant un moment après, monsieur le curé refuse de
prendre l'argent et désire vous parler.

— Qu'il vienne donc! répondit la marquise en
laissant échapper un geste d'humeur qui pronosti-
quait une triste réception au prêtre de qui elle
voulut sans doute éviter les persécutions par une
explication courte et franche.

La marquise avait perdu sa mère en bas âge, et
son éducation fut naturellement influencée par le
relâchement qui, pendant la Révolution, dénoua les
liens religieux en France. La piété est une vertu de
femme que les femmes seules se transmettent bien,
et la marquise était un enfant du xviiie siècle dont
les croyances philosophiques furent celles de son
père. Elle ne suivait aucune pratique religieuse.
Pour elle, un prêtre était un fonctionnaire public [106]
dont l'utilité lui paraissait contestable. Dans la
situation où elle se trouvait, la voix de la religion
ne pouvait qu'envenimer ses maux; puis, elle ne
croyait guère aux curés de village, ni à leurs
lumières; elle résolut donc de mettre le sien à sa
place, sans aigreur, et de s'en débarrasser à la
manière des riches, par un bienfait. Le curé vint, et
son aspect ne changea pas les idées de la marquise.
Elle vit un gros petit homme à ventre saillant, à
figure rougeaude, mais vieille et ridée, qui affectait
de sourire et qui souriait mal; son crâne chauve et
transversalement sillonné de rides nombreuses
retombait en quart de cercle sur son visage et le
rapetissait; quelques cheveux blancs garnissaient le
bas de la tête au-dessus de la nuque et revenaient

en avant vers les oreilles. Néanmoins, la physionomie de ce prêtre avait été celle d'un homme naturellement gai. Ses grosses lèvres, son nez légèrement retroussé, son menton, qui disparaissait dans un double pli de rides, témoignaient d'un heureux caractère. La marquise n'aperçut d'abord que ces traits principaux ; mais, à la première parole que lui dit le prêtre, elle fut frappée par la douceur de cette voix ; elle le regarda plus attentivement, et remarqua sous ses sourcils grisonnants des yeux qui avaient pleuré ; puis le contour de sa joue, vue de profil, donnait à sa tête une si auguste expression de douleur, que la marquise trouva un homme dans ce curé.

— Madame la marquise, les riches ne nous appartiennent que quand ils souffrent ; et les souffrances d'une femme mariée, jeune, belle, riche, qui n'a perdu ni enfants ni parents, se devinent et sont causées par des blessures dont les élancements ne peuvent être adoucis que par la religion. Votre âme est en danger, madame. Je ne vous parle pas en ce moment de l'autre vie qui nous attend ! Non, je ne suis pas au confessionnal. Mais n'est-il pas de mon devoir de vous éclairer sur l'avenir de votre existence sociale ? Vous pardonnerez donc à un vieillard une importunité dont l'objet est votre bonheur.

— Le bonheur, monsieur, il n'en est plus pour moi. Je vous appartiendrai bientôt, comme vous le dites, mais pour toujours.

— Non, madame, vous ne mourrez pas de la

douleur qui vous oppresse et se peint dans vos traits. Si vous aviez dû en mourir, vous ne seriez pas à Saint-Lange. Nous périssons moins par les effets d'un regret certain que par ceux des espérances trompées. J'ai connu de plus intolérables, de plus terribles douleurs qui n'ont pas donné la mort.

La marquise fit un signe d'incrédulité.

— Madame, je sais un homme dont le malheur fut si grand, que vos peines vous sembleraient légères si vous les compariez aux siennes.

Soit que sa longue solitude commençât à lui peser, soit qu'elle fût intéressée par la perspective de pouvoir épancher dans un cœur ami ses pensées douloureuses, elle regarda le curé d'un air interrogatif auquel il était impossible de se méprendre.

— Madame, reprit le prêtre, cet homme était un père qui, d'une famille autrefois nombreuse, n'avait plus que trois enfants. Il avait successivement perdu ses parents, puis une fille et une femme, toutes deux bien-aimées. Il restait seul, au fond d'une province, dans un petit domaine où il avait été longtemps heureux. Ses trois fils étaient à l'armée, et chacun d'eux avait un grade proportionné à son temps de service. Dans les Cent-Jours, l'aîné passa dans la Garde, et devint colonel; le jeune était chef de bataillon dans l'artillerie, et le cadet avait le grade de chef d'escadron dans les dragons. Madame, ces trois enfants aimaient leur père autant qu'ils étaient aimés par lui. Si vous connaissiez bien l'insouciance des jeunes gens qui, emportés par leurs passions, n'ont jamais de temps

à donner aux affections de la famille, vous com-
prendriez par un seul fait la vivacité de leur
affection pour un pauvre vieillard isolé qui ne vivait
plus que par eux et pour eux. Il ne se passait pas de
semaine qu'il ne reçût une lettre de l'un de ses
enfants. Mais aussi n'avait-il jamais été pour eux ni
faible, ce qui diminue le respect des enfants; ni
injustement sévère, ce qui les froisse; ni avare de
sacrifices, ce qui les détache. Non, il avait été plus
qu'un père, il s'était fait leur frère, leur ami. Enfin,
il alla leur dire adieu à Paris lors de leur départ
pour la Belgique; il voulait voir s'ils avaient de
bons chevaux, si rien ne leur manquait. Les voilà
partis, le père revient chez lui. La guerre commence, il reçoit des lettres écrites de Fleurus, de
Ligny, tout allait bien. La bataille de Waterloo se
livre, vous en connaissez le résultat. La France fut
mise en deuil d'un seul coup. Toutes les familles
étaient dans la plus profonde anxiété. Lui, vous
comprenez, madame, il attendait; il n'avait ni trêve
ni repos; il lisait les gazettes, il allait tous les jours à
la poste lui-même. Un soir, on lui annonce le
domestique de son fils le colonel. Il voit cet homme
monté sur le cheval de son maître, il n'y eut pas de
question à faire : le colonel était mort, coupé en
deux par un boulet. Vers la fin de la soirée, arrive à
pied le domestique du plus jeune; le plus jeune était
mort le lendemain de la bataille. Enfin, à minuit, un
artilleur vint lui annoncer la mort du dernier enfant
sur la tête duquel, en si peu de temps, ce pauvre
père avait placé toute sa vie. Oui, madame, ils

étaient tous tombés! Après une pause, le prêtre
ayant vaincu ses émotions, ajouta ces paroles d'une
voix douce : – Et le père est resté vivant, madame.
Il a compris que si Dieu le laissait sur la terre, il
devait continuer d'y souffrir, et il y souffre ; mais il
s'est jeté dans le sein de la religion. Que pouvait-il
être ? La marquise leva les yeux sur le visage de ce
curé, devenu sublime de tristesse et de résignation,
et attendit ce mot qui lui arracha des pleurs :
— Prêtre! madame, il était sacré par les larmes,
avant de l'être au pied des autels.

Le silence régna pendant un moment. La marquise et le curé regardèrent par la fenêtre l'horizon
brumeux, comme s'ils pouvaient y voir ceux qui
n'étaient plus.

— Non pas prêtre dans une ville, mais simple
curé, reprit-il.

– A Saint-Lange? dit-elle en s'essuyant les
yeux.

— Oui, madame.

Jamais la majesté de la douleur ne s'était
montrée plus grande à Julie ; et ce *oui, madame*, lui
tombait à même le cœur comme le poids d'une
douleur infinie. Cette voix qui résonnait doucement
à l'oreille troublait les entrailles. Ah! c'était bien la
voix du malheur, cette voix pleine, grave, et qui
semble charrier de pénétrants fluides.

— Monsieur, dit presque respectueusement la
marquise, et si je ne meurs pas, que deviendrai-je
donc ?

Madame, n'avez-vous pas un enfant ?

— Oui, dit-elle froidement.

Le curé jeta sur cette femme un regard semblable à celui que lance un médecin sur un malade en danger, et résolut de faire tous ses efforts pour la disputer au génie du mal qui étendait déjà la main sur elle.

— Vous le voyez, madame, nous devons vivre avec nos douleurs, et la religion seule nous offre des consolations vraies. Me permettrez-vous de revenir vous faire entendre la voix d'un homme qui sait sympathiser avec toutes les peines, et qui, je le crois, n'a rien de bien effrayant?

— Oui, monsieur, venez. Je vous remercie d'avoir pensé à moi.

— Eh! bien, madame, à bientôt.

Cette visite détendit pour ainsi dire l'âme de la marquise, dont les forces avaient été trop violemment excitées par le chagrin et par la solitude. Le prêtre lui laissa dans le cœur un parfum balsamique et le salutaire retentissement des paroles religieuses. Puis elle éprouva cette espèce de satisfaction qui réjouit le prisonnier quand, après avoir reconnu la profondeur de sa solitude et la pesanteur de ses chaînes, il rencontre un voisin qui frappe à la muraille en lui faisant rendre un son par lequel s'expriment des pensées communes. Elle avait un confident inespéré. Mais elle retomba bientôt dans ses amères contemplations, et se dit, comme le prisonnier, qu'un compagnon de douleur n'allégerait ni ses liens ni son avenir. Le curé n'avait pas voulu trop effaroucher dans une première visite une

douleur tout égoïste; mais il espéra, grâce à son art,
pouvoir faire faire des progrès à la religion dans une
seconde entrevue. Le surlendemain, il vint en effet,
et l'accueil de la marquise lui prouva que sa visite
était désirée.

— Eh! bien, madame la marquise, dit le vieillard, avez-vous un peu songé à la masse des
souffrances humaines? avez-vous élevé les yeux
vers le ciel? y avez-vous vu cette immensité de
mondes qui, en diminuant notre importance, en
écrasant nos vanités, amoindrit nos douleurs?...

— Non, monsieur, dit-elle. Les lois sociales me
pèsent trop sur le cœur et me le déchirent trop
vivement pour que je puisse m'élever dans les
cieux. Mais les lois ne sont peut-être pas aussi
cruelles que le sont les usages du monde. Oh! le
monde!

— Nous devons, madame, obéir aux uns et aux
autres : la loi est la parole, et les usages sont les
actions de la société.

— Obéir à la société?... reprit la marquise en
laissant échapper un geste d'horreur. Hé! monsieur,
tous nos maux viennent de là. Dieu n'a pas fait une
seule loi de malheur; mais en se réunissant les
hommes ont faussé son œuvre. Nous sommes, nous
femmes, plus maltraitées par la civilisation que
nous ne le serions par la nature. La nature nous
impose des peines physiques que vous n'avez pas
adoucies, et la civilisation a développé des sentiments que vous trompez incessamment. La nature
étouffe les êtres faibles, vous les condamnez à vivre

pour les livrer à un constant malheur. Le mariage,
institution sur laquelle s'appuie aujourd'hui la
société, nous en fait sentir à nous seules tout le
poids : pour l'homme la liberté, pour la femme
des devoirs. Nous vous devons toute notre vie,
vous ne nous devez de la vôtre que de rares instants. Enfin l'homme fait un choix là où nous nous
soumettons aveuglément. Oh ! monsieur, à vous je
puis tout dire. Hé bien, le mariage, tel qu'il se
pratique aujourd'hui, me semble être une prostitution légale[107]. De là sont nées mes souffrances.
Mais moi seule parmi les malheureuses créatures si
fatalement accouplées je dois garder le silence ! moi
seule suis l'auteur du mal, j'ai voulu mon mariage.

Elle s'arrêta, versa des pleurs amers et resta
silencieuse.

— Dans cette profonde misère, au milieu de cet
océan de douleur, reprit-elle, j'avais trouvé quelques sables où je posais les pieds, ou je souffrais
à mon aise ; un ouragan a tout emporté. Me voilà
seule, sans appui, trop faible contre les orages

— Nous ne sommes jamais faibles quand Dieu
est avec nous, dit le prêtre. D'ailleurs, si vous
n'avez pas d'affections à satisfaire ici-bas, n'y avez-
vous pas des devoirs à remplir ?

— Toujours des devoirs ! s'écria-t-elle avec une
sorte d'impatience. Mais où sont pour moi les
sentiments qui nous donnent la force de les accomplir ? Monsieur, rien de rien ou rien pour rien est
une des plus justes lois de la nature et morale et
physique. Voudriez vous que ces arbres produi-

sissent leurs feuillages sans la sève qui les fait
éclore? L'âme a sa sève aussi! Chez moi la sève est
tarie dans sa source.

— Je ne vous parlerai pas des sentiments religieux qui engendrent la résignation, dit le curé;
mais la maternité, madame, n'est-elle donc pas...?

— Arrêtez, monsieur! dit la marquise. Avec vous
je serai vraie. Hélas! je ne puis l'être désormais
avec personne; je suis condamnée à la fausseté; le
monde exige de continuelles grimaces, et sous peine
d'opprobre nous ordonne d'obéir à ses conventions.
Il existe deux maternités, monsieur. J'ignorais jadis
de telles distinctions; aujourd'hui je les sais. Je ne
suis mère qu'à moitié, mieux vaudrait ne pas l'être
du tout. Hélène n'est pas de *lui!* Oh! ne frémissez
pas! Saint-Lange est un abîme où se sont engloutis
bien des sentiments faux, d'où se sont élancées de
sinistres lueurs, où se sont écroulés les frêles édifices
des lois anti-naturelles. J'ai un enfant, cela suffit; je
suis mère, ainsi le veut la loi. Mais vous, monsieur,
qui avez une âme si délicatement compatissante,
peut-être comprendrez-vous les cris d'une pauvre
femme qui n'a laissé pénétrer dans son cœur aucun
sentiment factice. Dieu me jugera, mais je ne crois
pas manquer à ses lois en cédant aux affections
qu'il a mises dans mon âme, et voici ce que j'y ai
trouvé. Un enfant, monsieur, n'est-il pas l'image de
deux êtres, le fruit de deux sentiments librement
confondus? S'il ne tient pas à toutes les fibres du
corps comme à toutes les tendresses du cœur; s'il ne
rappelle pas de délicieuses amours, les temps, les

lieux où ces deux êtres furent heureux, et leur
langage plein de musiques humaines, et leurs suaves
idées, cet enfant est une création manquée. Oui,
pour eux, il doit être une ravissante miniature où se
retrouvent les poèmes de leur double vie secrète ; il
doit leur offrir une source d'émotions fécondes, être
à la fois tout leur passé, tout leur avenir. Ma pauvre
petite Hélène est l'enfant de son père, l'enfant du
devoir et du hasard ; elle ne rencontre en moi que
l'instinct de la femme, la loi qui nous pousse
irrésistiblement à protéger la créature née dans nos
flancs. Je suis irréprochable, socialement parlant.
Ne lui ai-je pas sacrifié ma vie et mon bonheur ? Ses
cris émeuvent mes entrailles ; si elle tombait à l'eau,
je m'y précipiterais pour l'aller reprendre. Mais elle
n'est pas dans mon cœur. Ah ! l'amour m'a fait
rêver une maternité plus grande, plus complète. J'ai
caressé dans un songe évanoui l'enfant que les
désirs ont conçu avant qu'il ne fût engendré, enfin
cette délicieuse fleur née dans l'âme avant de naître
au jour. Je suis pour Hélène ce que, dans l'ordre
naturel, une mère doit être pour sa progéniture.
Quand elle n'aura plus besoin de moi, tout sera dit :
la cause éteinte, les effets cesseront. Si la femme a
l'adorable privilège d'étendre sa maternité sur toute
la vie de son enfant, n'est-ce pas aux rayonnements
de sa conception morale qu'il faut attribuer cette
divine persistance du sentiment ? Quand l'enfant
n'a pas eu l'âme de sa mère pour première
enveloppe, la maternité cesse donc alors dans son
cœur, comme elle cesse chez les animaux. Cela est

vrai, je le sens : à mesure que ma pauvre petite
grandit, mon cœur se resserre. Les sacrifices que je
lui ai faits m'ont déjà détachée d'elle, tandis que
pour un autre enfant mon cœur aurait été, je le
sens, inépuisable ; pour cet autre, rien n'aurait été
sacrifice, tout eût été plaisir. Ici, monsieur, la
raison, la religion, tout en moi se trouve sans force
contre mes sentiments. A-t-elle tort de vouloir
mourir la femme qui n'est ni mère ni épouse, et qui,
pour son malheur, a entrevu l'amour dans ses
beautés infinies, la maternité dans ses joies illimi-
tées ? Que peut-elle devenir ? Je vous dirai, moi, ce
qu'elle éprouve ! Cent fois durant le jour, cent fois
durant la nuit, un frisson ébranle ma tête, mon
cœur et mon corps quand quelque souvenir trop
faiblement combattu m'apporte les images d'un
bonheur que je suppose plus grand qu'il n'est. Ces
cruelles fantaisies font pâlir mes sentiments, et je
me dis : — Qu'aurait donc été ma vie *si...?* Elle se
cacha le visage dans ses mains et fondit en larmes.
— Voilà le fond de mon cœur ! reprit-elle. Un enfant
de lui m'aurait fait accepter les plus horribles
malheurs ! Le Dieu qui mourut chargé de toutes les
fautes de la terre me pardonnera cette pensée
mortelle pour moi ; mais, je le sais, le monde est
implacable ; pour lui mes paroles sont des blas-
phèmes, j'insulte à toutes ses lois. Ha ! je voudrais
faire la guerre à ce monde pour en renouveler les
lois et les usages, pour les briser ! Ne m'a-t-il pas
blessée dans toutes mes idées, dans toutes mes
fibres, dans tous mes sentiments, dans tous mes

désirs, dans toutes mes espérances, dans l'avenir,
dans le présent, dans le passé ? Pour moi le jour est
plein de ténèbres, le pensée est un glaive, mon cœur
est une plaie, mon enfant est une négation. Oui,
quand Hélène me parle, je lui voudrais une autre
voix ; quand elle me regarde, je lui voudrais
d'autres yeux. Elle est là pour m'attester tout ce
qui devrait être et tout ce qui n'est pas. Elle m'est
insupportable ! Je lui souris, je tâche de la dédom-
mager des sentiments que je lui vole. Je souffre ! oh !
monsieur, je souffre trop pour pouvoir vivre. Et je
passerai pour être une femme vertueuse ! Et je n'ai
pas commis de fautes ! Et l'on m'honorera ! J'ai
combattu l'amour involontaire auquel je ne devais
pas céder ; mais, si j'ai gardé ma foi physique, ai-je
conservé mon cœur ? Ceci, dit-elle en appuyant la
main droite sur son sein, n'a jamais été qu'à une
seule créature. Aussi mon enfant ne s'y trompe-t-il
pas. Il existe des regards, une voix, des gestes de
mère dont la force pétrit l'âme des enfants ; et ma
pauvre petite ne sent pas mon bras frémir, ma voix
trembler, mes yeux s'amollir quand je la regarde,
quand je lui parle ou quand je la prends. Elle me
lance des regards accusateurs que je ne soutiens
pas ! Parfois je tremble de trouver en elle un
tribunal où je serai condamnée sans être entendue.
Fasse le ciel que la haine ne se mette pas un jour
entre nous ! Grand Dieu ! ouvrez-moi plutôt la
tombe, laissez-moi finir à Saint-Lange ! Je veux
aller dans le monde où je retrouverai mon autre
âme, où je serai tout à fait mère ! Oh ! pardon,

monsieur, je suis folle. Ces paroles m'étouffaient, je
les ai dites. Ah! vous pleurez aussi! vous ne me
mépriserez pas. — Hélène! Hélène! ma fille, viens!
s'écria-t-elle avec une sorte de désespoir en entendant son enfant qui revenait de sa promenade.

La petite vint en riant et en criant; elle apportait
un papillon qu'elle avait pris; mais, en voyant sa
mère en pleurs, elle se tut, se mit près d'elle et se
laissa baiser au front.

— Elle sera bien belle, dit le prêtre.

— Elle est tout son père, répondit la marquise en
embrassant sa fille avec une chaleureuse expression
comme pour s'acquitter d'une dette ou pour effacer
un remords.

— Vous avez chaud, maman.

— Va, laisse-nous, mon ange, répondit la marquise.

L'enfant s'en alla sans regret, sans regarder sa
mère. heureuse presque de fuir un visage triste et
comprenant déjà que les sentiments qui s'y exprimaient lui étaient contraires. Le sourire est l'apa-
nage. la langue, l'expression de la maternité. La
marquise ne pouvait pas sourire. Elle rougit en
regardant le prêtre : elle avait espéré se montrer
mère, mais ni elle ni son enfant n'avaient su mentir.
En effet, les baisers d'une femme sincère ont un
miel divin qui semble mettre dans cette caresse une
âme, un feu subtil par lequel le cœur est pénétré.
Les baisers dénués de cette onction savoureuse sont
âpres et secs. Le prêtre avait senti cette différence :
il put sonder l'abîme qui se trouve entre la

maternité de la chair et la maternité du cœur.
Aussi, après avoir jeté sur cette femme un regard
inquisiteur, il lui dit : — Vous avez raison,
madame, il vaudrait mieux pour vous être morte...

— Ah! vous comprenez mes souffrances, je le
vois, répondit-elle, puisque vous, prêtre chrétien,
devinez et approuvez les funestes résolutions
qu'elles m'ont inspirées. Oui, j'ai voulu me donner
la mort; mais j'ai manqué du courage nécessaire
pour accomplir mon dessein. Mon corps a été lâche
quand mon âme était forte, et quand ma main ne
tremblait plus, mon âme vacillait! J'ignore le secret
de ces combats et de ces alternatives. Je suis sans
doute bien tristement femme, sans persistance dans
mes vouloirs, forte seulement pour aimer. Je me
méprise! Le soir, quand mes gens dormaient, j'allais
à la pièce d'eau courageusement; arrivée au bord,
ma frêle nature avait horreur de la destruction. Je
vous confesse mes faiblesses. Lorsque je me retrou-
vais au lit, j'avais honte de moi, je redevenais
courageuse. Dans un de ces moments j'ai pris du
laudanum; mais j'ai souffert et ne suis pas morte.
J'avais cru boire tout ce que contenait le flacon,
et je m'étais arrêtée à moitié.

— Vous êtes perdue, madame, dit le curé gravement et d'une voix pleine de larmes. Vous rentrerez
dans le monde et vous tromperez le monde; vous y
chercherez, vous y trouverez ce que vous regardez
comme une compensation à vos maux; puis vous
porterez un jour la peine de vos plaisirs...

Moi, s'écria-t-elle, j'irais livrer au premier

fourbe qui saura jouer la comédie d'une passion les
dernières, les plus précieuses richesses de mon cœur,
et corrompre ma vie pour un moment de douteux
plaisir? Non! mon âme sera consumée par une
flamme pure. Monsieur, tous les hommes ont les
sens de leur sexe; mais celui qui en a l'âme et qui
satisfait ainsi à toutes les exigences de notre nature,
dont la mélodieuse harmonie ne s'émeut jamais que
sous la pression des sentiments; celui-là ne se
rencontre pas deux fois dans notre existence. Mon
avenir est horrible, je le sais : la femme n'est rien
sans l'amour, la beauté n'est rien sans le plaisir;
mais le monde ne réprouverait-il pas mon bonheur,
s'il se présentait encore à moi? Je dois à ma fille
une mère honorée. Ah! je suis jetée dans un cercle
de fer d'où je ne puis sortir sans ignominie. Les
devoirs de famille, accomplis sans récompense,
m'ennuieront; je maudirai la vie; mais ma fille aura
du moins un beau semblant de mère. Je lui rendrai
des trésors de vertu, pour remplacer les trésors
d'affection dont je l'aurai frustrée. Je ne désire
même pas vivre pour goûter les jouissances que
donne aux mères le bonheur de leurs enfants. Je ne
crois pas au bonheur. Quel sera le sort d'Hélène? le
mien sans doute. Quels moyens ont les mères
d'assurer à leurs filles que l'homme auquel elles les
livrent sera un époux selon leur cœur? Vous
honnissez de pauvres créatures qui se vendent pour
quelques écus à un homme qui passe, la faim et le
besoin absolvent ces unions éphémères; tandis que
la société tolère, encourage l'union immédiate, bien

autrement horrible, d'une jeune fille candide et
d'un homme qu'elle n'a pas vu trois mois durant;
elle est vendue pour toute sa vie [108]. Il est vrai que
le prix est élevé! Si, en ne lui permettant aucune
compensation à ses douleurs, vous l'honoriez; mais
non, le monde calomnie les plus vertueuses d'entre
nous! Telle est notre destinée, vue sous ses deux
faces : une prostitution publique et la honte, une
prostitution secrète et le malheur. Quant aux
pauvres filles sans dot, elles deviennent folles,
elles meurent; pour elles aucune pitié! La beauté,
les vertus ne sont pas des valeurs dans votre
bazar humain, et vous nommez Société ce repaire
d'égoïsme [109]. Mais exhérédez les femmes! au moins
accomplirez-vous ainsi une loi de nature en choisis-
sant vos compagnes, en les épousant au gré des
vœux du cœur.

— Madame, vos discours me prouvent que ni
l'esprit de famille ni l'esprit religieux ne vous
touchent. Aussi n'hésiterez-vous pas entre l'égoïsme
social qui vous blesse et l'égoïsme de la créature qui
vous fera souhaiter des jouissances...

— La famille, monsieur, existe-t-elle? Je nie la
famille dans une société qui, à la mort du père ou de
la mère, partage les biens et dit à chacun d'aller de
son côté. La famille est une association temporaire
et fortuite que dissout promptement la mort. Nos
lois [110] ont brisé les maisons, les héritages, la
pérennité des exemples et des traditions. Je ne vois
que décombres autour de moi.

Madame, vous ne reviendrez a Dieu que

quand sa main s'appesantira sur vous, et je souhaite que vous ayez assez de temps pour faire votre paix avec lui. Vous cherchez vos consolations en baissant les yeux sur la terre, au lieu de les lever vers les cieux. Le philosophisme et l'intérêt personnel ont attaqué votre cœur; vous êtes sourde à la voix de la religion, comme le sont les enfants de ce siècle sans croyance! Les plaisirs du monde n'engendrent que des souffrances. Vous allez changer de douleurs, voilà tout.

— Je ferai mentir votre prophétie, dit-elle en souriant avec amertume, je serai fidèle à celui qui mourut pour moi.

— La douleur, répondit-il, n'est viable que dans les âmes préparées par la religion.

Il baissa respectueusement les yeux pour ne pas laisser voir les doutes qui pouvaient se peindre dans son regard. L'énergie des plaintes échappées à la marquise l'avait contristé. En reconnaissant le *moi* humain sous ses mille formes, il désespéra de ramollir ce cœur que le mal avait desséché au lieu de l'attendrir, et où le grain du Semeur céleste ne devait pas germer, puisque sa voix douce y était étouffée par la grande et terrible clameur de l'égoïsme. Néanmoins il déploya la constance de l'apôtre, et revint à plusieurs reprises, toujours ramené par l'espoir de tourner à Dieu cette âme si noble et si fière; mais il perdit courage le jour où il s'aperçut que la marquise n'aimait à causer avec lui que parce qu'elle trouvait de la douceur à parler de celui qui n'était plus. Il ne voulut pas ravaler son

ministère en se faisant le complaisant d'une passion; il cessa ses entretiens, et revint par degrés aux
formules et aux lieux communs de la conversation
Le printemps arriva. La marquise trouva des
distractions à sa profonde tristesse, et s'occupa par
désœuvrement de sa terre, où elle se plut à
ordonner quelques travaux. Au mois d'octobre, elle
quitta son vieux château de Saint-Lange, où elle
était redevenue fraîche et belle dans l'oisiveté d'une
douleur qui, d'abord violente comme un disque
lancé vigoureusement, avait fini par s'amortir dans
la mélancolie, comme s'arrête le disque après des
oscillations graduellement plus faibles. La mélancolie se compose d'une suite de semblables oscillations
morales dont la première touche au désespoir et la
dernière au plaisir; dans la jeunesse, elle est le
crépuscule du matin; dans la vieillesse, celui du
soir.

Quand sa calèche passa par le village, la marquise
reçut le salut du curé qui revenait de l'église à son
presbytère; mais en y répondant, elle baissa les
yeux et détourna la tête pour ne pas le revoir. Le
prêtre avait trop raison contre cette pauvre Artémise d'Éphèse [111].

III

A TRENTE ANS

Un jeune homme de haute espérance, et qui
appartenait à l'une de ces maisons historiques dont
les noms seront toujours, en dépit même des lois[112],
intimement liés à la gloire de la France, se trouvait
au bal chez madame Firmiani. Cette dame lui avait
donné quelques lettres de recommandation pour
deux ou trois de ses amies à Naples. Monsieur
Charles de Vandenesse, ainsi se nommait le jeune
homme[113], venait l'en remercier et prendre congé.
Après avoir accompli plusieurs missions avec talent,
Vandenesse avait été récemment attaché à l'un de
nos ministres plénipotentiaires envoyés au congrès
de Laybach[114], et voulait profiter de son voyage
pour étudier l'Italie. Cette fête était donc une
espèce d'adieu aux jouissances de Paris, à cette vie
rapide, à ce tourbillon de pensées et de plaisirs que
l'on calomnie assez souvent, mais auquel il est si
doux de s'abandonner. Habitué depuis trois ans
à saluer les capitales européennes, et à les déser-
ter au gré des caprices de sa destinée diplomatique,
Charles de Vandenesse avait cependant peu de

chose à regretter en quittant Paris. Les femmes ne
produisaient plus aucune impression sur lui, soit
qu'il regardât une passion vraie comme tenant trop
de place dans la vie d'un homme politique, soit que
les mesquines occupations d'une galanterie superfi-
cielle lui parussent trop vides pour une âme forte.
Nous avons tous de grandes prétentions à la force
d'âme. En France, nul homme, fût-il médiocre, ne
consent à passer pour simplement spirituel. Ainsi,
Charles, quoique jeune (à peine avait-il trente ans),
s'était déjà philosophiquement accoutumé à voir
des idées, des résultats, des moyens, là où les
hommes de son âge aperçoivent des sentiments, des
plaisirs et des illusions. Il refoulait la chaleur et
l'exaltation naturelle aux jeunes gens dans les
profondeurs de son âme que la nature avait créée
généreuse. Il travaillait à se faire froid, calculateur;
à mettre en manières, en formes aimables, en
artifices de séduction, les richesses morales qu'il
tenait du hasard; véritable tâche d'ambitieux; rôle
triste, entrepris dans le but d'atteindre à ce que
nous nommons aujourd'hui une *belle position.* Il
jetait un dernier coup d'œil sur les salons où l'on
dansait. Avant de quitter le bal, il voulait sans
doute en emporter l'image, comme un spectateur ne
sort pas de sa loge à l'Opéra sans regarder le
tableau final. Mais aussi, par une fantaisie facile à
comprendre, monsieur de Vandenesse étudiait l'action toute française, l'éclat et les riantes figures de
cette fête parisienne, en les rapprochant par la
pensée des physionomies nouvelles, des scènes

pittoresques qui l'attendaient à Naples, où il se proposait de passer quelques jours avant de se rendre à son poste. Il semblait comparer la France si changeante et sitôt étudiée à un pays dont les mœurs et les sites ne lui étaient connus que par des ouï-dire contradictoires, ou par des livres, mal faits pour la plupart. Quelques réflexions assez poétiques, mais devenues aujourd'hui très vulgaires, lui passèrent alors par la tête, et répondirent, à son insu peut-être, aux vœux secrets de son cœur, plus exigeant que blasé, plus inoccupé que flétri.

— Voici, se disait-il, les femmes les plus élégantes, les plus riches, les plus titrées de Paris. Ici sont les célébrités du jour, renommées de tribune, renommées aristocratiques et littéraires : là, des artistes; là, des hommes de pouvoir. Et cependant je ne vois que de petites intrigues, des amours mortnés, des sourires qui ne disent rien, des dédains sans cause, des regards sans flamme, beaucoup d'esprit, mais prodigué sans but. Tous ces visages blancs et roses cherchent moins le plaisir que des distractions. Nulle émotion n'est vraie. Si vous voulez seulement des plumes bien posées, des gazes fraîches, de jolies toilettes, des femmes frêles; si pour vous la vie n'est qu'une surface à effleurer, voici votre monde. Contentez-vous de ces phrases insignifiantes, de ces ravissantes grimaces, et ne demandez pas un sentiment dans les cœurs. Pour moi, j'ai horreur de ces plates intrigues qui finiront par des mariages, des sous-préfectures, des recettes générales, ou, s'il s'agit d'amour, par des arrangements secrets, tant

l'on a honte d'un semblant de passion. Je ne vois
pas un seul de ces visages éloquents qui vous
annonce une âme abandonnée à une idée comme à
un remords. Ici, le regret ou le malheur se cachent
honteusement sous des plaisanteries. Je n'aperçois
aucune de ces femmes avec lesquelles j'aimerais à
lutter, et qui vous entraînent dans un abîme. Où
trouver de l'énergie à Paris[115]? Un poignard est
une curiosité que l'on y suspend à un clou doré, que
l'on pare d'une jolie gaine. Femmes, idées, sentiments, tout se ressemble. Il n'y existe plus de
passions, parce que les individualités ont disparu.
Les rangs, les esprits, les fortunes ont été nivelés, et
nous avons tous pris l'habit noir comme pour nous
mettre en deuil de la France morte. Nous n'aimons
pas nos égaux. Entre deux amants, il faut des
différences à effacer, des distances à combler. Ce
charme de l'amour s'est évanoui en 1789! Notre
ennui, nos mœurs fades sont le résultat du système
politique. Au moins, en Italie, tout y est tranché.
Les femmes y sont encore des animaux malfaisants,
des sirènes dangereuses, sans raison, sans logique
autre que celle de leurs goûts, de leurs appétits, et
desquelles il faut se défier comme on se défie des
tigres...

Madame Firmiani vint interrompre ce monologue
dont les mille pensées contradictoires, inachevées,
confuses, sont intraduisibles. Le mérite d'une rêverie est tout entier dans son vague, n'est-elle pas une
sorte de vapeur intellectuelle?

— Je veux, lui dit-elle en le prenant par le bras,

vous présenter à une femme qui a le plus grand désir de vous connaître d'après ce qu'elle entend dire de vous.

Elle le conduisit dans un salon voisin, où elle lui montra, par un geste, un sourire et un regard véritablement parisiens, une femme assise au coin de la cheminée.

— Qui est-elle? demanda vivement le comte de Vandenesse.

— Une femme de qui vous vous êtes, certes, entretenu plus d'une fois pour la louer ou pour en médire, une femme qui vit dans la solitude, un vrai mystère.

— Si vous avez jamais été clémente dans votre vie, de grâce, dites-moi son nom?

— La marquise d'Aiglemont.

— Je vais aller prendre des leçons près d'elle : elle a su faire d'un mari bien médiocre un pair de France, d'un homme nul une capacité politique. Mais, dites-moi, croyez-vous que lord Grenville soit mort pour elle, comme quelques femmes l'ont prétendu?

— Peut-être. Depuis cette aventure, fausse ou vraie, la pauvre femme est bien changée. Elle n'est pas encore allée dans le monde. C'est quelque chose, à Paris, qu'une constance de quatre ans. Si vous la voyez ici... Madame Firmiani s'arrêta; puis elle ajouta d'un air fin : — J'oublie que je dois me taire. Allez causer avec elle.

Charles resta pendant un moment immobile, le dos légèrement appuyé sur le chambranle de la

porte, et tout occupé à examiner une femme
devenue célèbre sans que personne pût rendre
compte des motifs sur lesquels se fondait sa
renommée. Le monde offre beaucoup de ces anomalies curieuses. La réputation de madame d'Aiglemont n'était pas, certes, plus extraordinaire que
celle de certains hommes toujours en travail d'une
œuvre inconnue : statisticiens tenus pour profonds
sur la foi de calculs qu'ils se gardent bien de
publier; politiques qui vivent sur un article de
journal; auteurs ou artistes dont l'œuvre reste
toujours en portefeuille; gens savants avec ceux qui
ne connaissent rien à la science, comme Sganarelle
est latiniste avec ceux qui ne savent pas le latin;
hommes auxquels on accorde une capacité conve-
nue sur un point, soit la direction des arts, soit une
mission importante. Cet admirable mot : *c'est une
spécialité*, semble avoir été créé pour ces espèces
d'acéphales politiques ou littéraires. Charles demeura
plus longtemps en contemplation qu'il ne le voulait, et fut mécontent d'être si fortement préoccupé
par une femme; mais aussi la présence de cette
femme réfutait les pensées qu'un instant auparavant le jeune diplomate avait conçues à l'aspect
du bal.

La marquise, alors âgée de trente ans, était belle
quoique frêle de formes et d'une excessive délicatesse. Son plus grand charme venait d'une physionomie dont le calme trahissait une étonnante
profondeur dans l'âme. Son œil plein d'éclat, mais
qui semblait voilé par une pensée constante, accu-

sait une vie fiévreuse et la résignation la plus
étendue. Ses paupières, presque toujours chaste-
ment baissées vers la terre, se relevaient rarement.
Si elle jetait des regards autour d'elle, c'était par un
mouvement triste, et vous eussiez dit qu'elle réservait le feu de ses yeux pour d'occultes contemplations. Aussi tout homme supérieur se sentait-il
curieusement attiré vers cette femme douce et
silencieuse. Si l'esprit cherchait à deviner les
mystères de la perpétuelle réaction qui se faisait en
elle du présent vers le passé, du monde à sa
solitude, l'âme n'était pas moins intéressée à s'ini-
tier aux secrets d'un cœur en quelque sorte orgueil-
leux de ses souffrances. En elle, rien d'ailleurs ne
démentait les idées qu'elle inspirait tout d'abord.
Comme presque toutes les femmes qui ont de très
longs cheveux, elle était pâle et parfaitement
blanche. Sa peau, d'une finesse prodigieuse,
symptôme rarement trompeur, annonçait une vraie
sensibilité, justifiée par la nature de ses traits qui
avaient ce fini merveilleux que les peintres chinois
répandent sur leurs figures fantastiques. Son cou
était un peu long peut-être; mais ces sortes de cous
sont les plus gracieux, et donnent aux têtes de
femmes de vagues affinités avec les magnétiques
ondulations du serpent. S'il n'existait pas un seul
des mille indices par lesquels les caractères les plus
dissimulés se révèlent à l'observateur, il lui suffirait
d'examiner attentivement les gestes de la tête et les
torsions du cou, si variées, si expressives, pour juger
une femme. Chez madame d'Aiglemont, la mise

était en harmonie avec la pensée qui dominait sa personne. Les nattes de sa chevelure largement tressée formaient au-dessus de sa tête une haute couronne à laquelle ne se mêlait aucun ornement, car elle semblait avoir dit adieu pour toujours aux recherches de la toilette. Aussi ne surprenait-on jamais en elle ces petits calculs de coquetterie qui gâtent beaucoup de femmes. Seulement, quelque modeste que fût son corsage, il ne cachait pas entièrement l'élégance de sa taille. Puis le luxe de sa longue robe consistait dans une coupe extrêmement distinguée; et, s'il est permis de chercher des idées dans l'arrangement d'une étoffe, on pourrait dire que les plis nombreux et simples de sa robe lui communiquaient une grande noblesse. Néanmoins, peut-être trahissait-elle les indélébiles faiblesses de la femme par les soins minutieux qu'elle prenait de sa main et de son pied; mais si elle les montrait avec quelque plaisir, il eût été difficile à la plus malicieuse rivale de trouver ses gestes affectés, tant ils paraissaient involontaires, ou dus à d'enfantines habitudes. Ce reste de coquetterie se faisait même excuser par une gracieuse nonchalance. Cette masse de traits, cet ensemble de petites choses qui font une femme laide ou jolie, attrayante ou désagréable, ne peuvent être qu'indiqués, surtout lorsque, comme chez madame d'Aiglemont, l'âme est le lien de tous les détails, et leur imprime une délicieuse unité. Aussi son maintien s'accordait-il parfaitement avec le caractère de sa figure et de sa mise. A un certain âge seulement, certaines femmes

choisies savent seules donner un langage à leur
attitude. Est-ce le chagrin, est-ce le bonheur qui
prête à la femme de trente ans, à la femme heureuse
ou malheureuse, le secret de cette contenance
éloquente? Ce sera toujours une vivante énigme que
chacun interprète au gré de ses désirs, de ses
espérances ou de son système. La manière dont la
marquise tenait ses deux coudes appuyés sur les
bras de son fauteuil, et joignait les extrémités des
doigts de chaque main en ayant l'air de jouer; la
courbure de son cou, le laisser-aller de son corps
fatigué mais souple, qui paraissait élégamment brisé
dans le fauteuil, l'abandon de ses jambes, l'insouciance de sa pose, ses mouvements pleins de
lassitude, tout révélait une femme sans intérêt dans
la vie, qui n'a point connu les plaisirs de l'amour,
mais qui les a rêvés, et qui se courbe sous les
fardeaux dont l'accable sa mémoire; une femme qui
depuis longtemps a désespéré de l'avenir ou d'elle-
même; une femme inoccupée qui prend le vide pour
le néant. Charles de Vandenesse admira ce magnifique tableau, mais comme le produit d'un *faire* plus
habile que ne l'est celui des femmes ordinaires. Il
connaissait d'Aiglemont. Au premier regard jeté sur
cette femme, qu'il n'avait pas encore vue, le jeune
diplomate reconnut alors des disproportions, des
incompatibilités, employons le mot légal, trop
fortes entre ces deux personnes pour qu'il fût
possible à la marquise d'aimer son mari. Cependant
madame d'Aiglemont tenait une conduite irréprochable, et sa vertu donnait encore un plus haut prix

à tous les mystères qu'un observateur pouvait pressentir en elle. Lorsque son premier mouvement de surprise fut passé, Vandenesse chercha la meilleure manière d'aborder madame d'Aiglemont, et, par une ruse de diplomatie assez vulgaire, il se proposa de l'embarrasser pour savoir comment elle accueillerait une sottise.

— Madame, dit-il en s'asseyant près d'elle, une heureuse indiscrétion m'a fait savoir que j'ai, je ne sais à quel titre, le bonheur d'être distingué par vous. Je vous dois d'autant plus de remerciements que je n'ai jamais été l'objet d'une semblable faveur. Aussi serez-vous comptable d'un de mes défauts. Désormais, je ne veux plus être modeste...

— Vous aurez tort, monsieur, dit-elle en riant, il faut laisser la vanité à ceux qui n'ont pas autre chose à mettre en avant.

Une conversation s'établit alors entre la marquise et le jeune homme, qui, suivant l'usage, abordèrent en un moment une multitude de sujets : la peinture, la musique, la littérature, la politique, les hommes, les événements et les choses. Puis ils arrivèrent par une pente insensible au sujet éternel des causeries françaises et étrangères, à l'amour, aux sentiments et aux femmes.

— Nous sommes esclaves.

— Vous êtes reines.

Les phrases plus ou moins spirituelles dites par Charles et la marquise pouvaient se réduire à cette simple expression de tous les discours présents et à venir tenus sur cette matière. Ces deux phrases ne voudront-elles pas toujours dire dans un temps donné : — Aimez-moi. — Je vous aimerai.

— Madame, s'écria doucement Charles de Vandenesse, vous me faites bien vivement regretter de quitter Paris. Je ne retrouverai certes pas en Italie des heures aussi spirituelles que l'a été celle-ci.

— Vous rencontrerez peut-être le bonheur, monsieur, et il vaut mieux que toutes les pensées brillantes, vraies ou fausses, qui se disent chaque soir à Paris.

Avant de saluer la marquise, Charles obtint la permission d'aller lui faire ses adieux. Il s'estima très heureux d'avoir donné à sa requête les formes de la sincérité, lorsque le soir, en se couchant, et le lendemain, pendant toute la journée, il lui fut impossible de chasser le souvenir de cette femme. Tantôt il se demandait pourquoi la marquise l'avait distingué; quelles pouvaient être ses intentions en demandant à le revoir; et il fit d'intarissables commentaires. Tantôt il croyait trouver les motifs de cette curiosité, il s'enivrait alors d'espérance, ou se refroidissait, suivant les interprétations par lesquelles il s'expliquait ce souhait poli, si vulgaire à Paris. Tantôt c'était tout, tantôt ce n'était rien. Enfin, il voulut resister au penchant qui l'entraînait vers madame d'Aiglemont; mais il alla chez elle. Il existe des pensées auxquelles nous obéissons sans les connaître : elles sont en nous à notre insu. Quoique cette réflexion puisse paraître plus paradoxale que vraie, chaque personne de bonne foi en trouvera mille preuves dans sa vie. En se rendant

chez la marquise, Charles obéissait à l'un de ces
textes préexistants dont notre expérience et les
conquêtes de notre esprit ne sont, plus tard, que les
développements sensibles. Une femme de trente ans
a d'irrésistibles attraits pour un jeune homme; et
rien de plus naturel, de plus fortement tissu, de
mieux préétabli que les attachements profonds dont
tant d'exemples nous sont offerts dans le monde
entre une femme comme la marquise et un jeune
homme tel que Vandenesse. En effet, une jeune fille
a trop d'illusions, trop d'inexpérience, et le sexe est
trop complice de son amour, pour qu'un jeune
homme puisse en être flatté; tandis qu'une femme
connaît toute l'étendue des sacrifices à faire. Là où
l'une est entraînée par la curiosité, par des séductions étrangères à celles de l'amour, l'autre obéit à
un sentiment consciencieux. L'une cède, l'autre
choisit. Ce choix n'est-il pas déjà une immense
flatterie? Armée d'un savoir presque toujours
chèrement payé par des malheurs, en se donnant, la
femme expérimentée semble donner plus qu'elle-
même; tandis que la jeune fille, ignorante et
crédule, ne sachant rien, ne peut rien comparer, rien
apprécier; elle accepte l'amour et l'étudie. L'une
nous instruit, nous conseille à un âge où l'on aime à
se laisser guider, où l'obéissance est un plaisir;
l'autre veut tout apprendre et se montre naïve là où
l'autre est tendre. Celle-là ne vous présente qu'un
seul triomphe, celle-ci vous oblige à des combats
perpétuels. La première n'a que des larmes et des
plaisirs, la seconde a des voluptés et des remords.

Pour qu'une jeune fille soit la maîtresse, elle doit
être trop corrompue, et on l'abandonne alors avec
horreur; tandis qu'une femme a mille moyens de
conserver tout à la fois son pouvoir et sa dignité.
L'une, trop soumise, vous offre les tristes sécurités
du repos; l'autre perd trop pour ne pas demander à
l'amour ses mille métamorphoses. L'une se déshonore toute seule, l'autre tue à votre profit une
famille entière. La jeune fille n'a qu'une coquetterie, et croit avoir tout dit quand elle a quitté son
vêtement; mais la femme en a d'innombrables et se
cache sous mille voiles; enfin elle caresse toutes les
vanités, et la novice n'en flatte qu'une. Il s'émeut
d'ailleurs des indécisions, des terreurs, des craintes,
des troubles et des orages chez la femme de trente
ans, qui ne se rencontrent jamais dans l'amour
d'une jeune fille. Arrivée à cet âge, la femme
demande à un jeune homme de lui restituer l'estime
qu'elle lui a sacrifiée; elle ne vit que pour lui,
s'occupe de son avenir, lui veut une belle vie, la lui
ordonne glorieuse; elle obéit, elle prie et commande,
s'abaisse et s'élève, et sait consoler en mille occasions, où la jeune fille ne sait que gémir. Enfin,
outre tous les avantages de sa position, la femme de
trente ans peut se faire jeune fille, jouer tous les
rôles, être pudique, et s'embellir même d'un malheur. Entre elles deux se trouve l'incommensurable
différence du prévu à l'imprévu, de la force à la
faiblesse. La femme de trente ans satisfait tout, et
la jeune fille, sous peine de ne pas être, doit ne rien
satisfaire. Ces idées se développent au cœur d'un

jeune homme, et composent chez lui la plus forte
des passions, car elle réunit les sentiments factices
créés par les mœurs, aux sentiments réels de la
nature.

La démarche la plus capitale et la plus décisive
dans la vie des femmes est précisément celle qu'une
femme regarde toujours comme la plus insigni-
fiante. Mariée, elle ne s'appartient plus, elle est la
reine et l'esclave du foyer domestique. La sainteté
des femmes est inconciliable avec les devoirs et les
libertés du monde. Émanciper les femmes, c'est les
corrompre. En accordant à un étranger le droit
d'entrer dans le sanctuaire du ménage, n'est-ce pas
se mettre à sa merci ? mais qu'une femme l'y attire,
n'est-ce pas une faute, ou, pour être exact, le
commencement d'une faute ? Il faut accepter cette
théorie dans toute sa rigueur, ou absoudre les
passions. Jusqu'à présent, en France, la Société
a su prendre un *mezzo termine :* elle se moque
des malheurs. Comme les Spartiates qui ne punis-
saient que la maladresse, elle semble admettre le
vol. Mais peut-être ce système est-il très sage. Le
mépris général constitue le plus affreux de tous les
châtiments, en ce qu'il atteint la femme au cœur.
Les femmes tiennent et doivent toutes tenir à
être honorées, car sans l'estime elles n'existent
plus. Aussi est-ce le premier sentiment qu'elles
demandent à l'amour. La plus corrompue d'entre
elles exige, même avant tout, une absolution pour le
passé, en vendant son avenir, et tâche de faire
comprendre à son amant qu'elle échange contre

d'irrésistibles félicités, les honneurs que le monde
lui refusera. Il n'est pas de femme qui, en recevant
chez elle, pour la première fois, un jeune homme, et
en se trouvant seule avec lui, ne conçoive quelques-
unes de ces réflexions; surtout si, comme Charles
Vandenesse, il est bien fait ou spirituel. Pareille-
ment, peu de jeunes gens manquent de fonder
quelques vœux secrets sur une des mille idées qui
justifient leur amour inné pour les femmes belles,
spirituelles et malheureuses comme l'était madame
d'Aiglemont. Aussi la marquise, en entendant
annoncer monsieur de Vandenesse, fut-elle troublée; et lui, fut-il presque honteux, malgré l'assu-
rance qui, chez les diplomates, est en quelque sorte
de costume. Mais la marquise prit bientôt cet air
affectueux, sous lequel les femmes s'abritent contre
les interprétations de la vanité. Cette contenance
exclut toute arrière-pensée, et fait pour ainsi dire la
part au sentiment en le tempérant par les formes de
la politesse. Les femmes se tiennent alors aussi
longtemps qu'elles le veulent dans cette position
équivoque, comme dans un carrefour qui mène
également au respect, à l'indifférence, à l'étonnement ou à la passion. A trente ans seulement une
femme peut connaître les ressources de cette situation. Elle y sait rire, plaisanter, s'attendrir sans se
compromettre. Elle possède alors le tact nécessaire
pour attaquer chez un homme toutes les cordes
sensibles, et pour étudier les sons qu'elle en tire.
Son silence est aussi dangereux que sa parole. Vous
ne devinez jamais si, à cet âge, elle est franche ou

fausse, si elle se moque ou si elle est de bonne foi
dans ses aveux. Après vous avoir donné le droit de
lutter avec elle, tout à coup, par un mot, par un
regard, par un de ces gestes dont la puissance leur
est connue, elles ferment le combat, vous aban-
donnent, et restent maîtresses de votre secret, libres
de vous immoler par une plaisanterie, libres de
s'occuper de vous, également protégées par leur
faiblesse et par votre force. Quoique la marquise se
plaçât, pendant cette première visite, sur ce terrain
neutre, elle sut y conserver une haute dignité de
femme. Ses douleurs secrètes planèrent toujours sur
sa gaieté factice comme un léger nuage qui dérobe
imparfaitement le soleil. Vandenesse sortit après
avoir éprouvé dans cette conversation des délices
inconnues; mais il demeura convaincu que la
marquise était de ces femmes dont la conquête
coûte trop cher pour qu'on puisse entreprendre de
les aimer.

— Ce serait, dit-il en s'en allant, du sentiment à
perte de vue, une correspondance à fatiguer un
sous-chef ambitieux! Cependant, si je voulais bien...
Ce fatal — *Si je voulais bien!* a constamment perdu
les entêtés. En France l'amour-propre mène à la
passion. Charles revint chez madame d'Aiglemont
et crut s'apercevoir qu'elle prenait plaisir à sa
conversation. Au lieu de se livrer avec naïveté au
bonheur d'aimer, il voulut alors jouer un double
rôle. Il essaya de paraître passionné, puis d'analyser
froidement la marche de cette intrigue, d'être
amant et diplomate; mais il était généreux et jeune,

cet examen devait le conduire à un amour sans
bornes ; car, artificieuse ou naturelle, la marquise
était toujours plus forte que lui. Chaque fois qu'il
sortait de chez madame d'Aiglemont, Charles per-
sistait dans sa méfiance et soumettait les situations
progressives par lesquelles passait son âme à une
sévère analyse, qui tuait ses propres émotions.

— Aujourd'hui, se disait-il à la troisième visite,
elle m'a fait comprendre qu'elle était très malheureuse et seule dans la vie, que sans sa fille elle
désirerait ardemment la mort. Elle a été d'une
résignation parfaite. Or, je ne suis ni son frère ni
son confesseur, pourquoi m'a-t-elle confié ses
chagrins ? Elle m'aime.

Deux jours après, en s'en allant, il apostrophait
les mœurs modernes.

— L'amour prend la couleur de chaque siècle. En
1822 [116] il est doctrinaire. Au lieu de se prouver,
comme jadis, par des faits, on le discute, on le
disserte, on le met en discours de tribune. Les
femmes en sont réduites à trois moyens : d'abord
elles mettent en question notre passion, nous
refusent le pouvoir d'aimer autant qu'elles aiment.
Coquetterie ! véritable défi que la marquise m'a
porté ce soir. Puis elles se font très malheureuses
pour exciter nos générosités naturelles ou notre
amour-propre. Un jeune homme n'est-il pas flatté
de consoler une grande infortune ? Enfin elles ont la
manie de la virginité ! Elle a dû penser que je la
croyais toute neuve. Ma bonne foi peut devenir une
excellente spéculation.

Mais un jour, après avoir épuisé ses pensées de défiance, il se demanda si la marquise était sincère, si tant de souffrances pouvaient être jouées, pourquoi feindre de la résignation? elle vivait dans une solitude profonde, et dévorait en silence des chagrins qu'elle laissait à peine deviner par l'accent plus ou moins contraint d'une interjection. Dès ce moment Charles prit un vif intérêt à madame d'Aiglemont. Cependant, en venant à un rendez-vous habituel qui leur était devenu nécessaire l'un à l'autre, heure réservée par un mutuel instinct, Vandenesse trouvait encore sa maîtresse plus habile que vraie, et son dernier mot était : — Décidément, cette femme est très adroite. Il entra, vit la marquise dans son attitude favorite, attitude pleine de mélancolie; elle leva les yeux sur lui sans faire un mouvement, et lui jeta un de ces regards pleins qui ressemblent à un sourire. Madame d'Aiglemont exprimait une confiance, une amitié vraie, mais point d'amour. Charles s'assit et ne put rien dire. Il était ému par une de ces sensations pour lesquelles il manque un langage.

— Qu'avez-vous? lui dit-elle d'un son de voix attendrie.

— Rien. Si, reprit-il, je songe à une chose qui ne vous a point encore occupée.

— Qu'est-ce?

— Mais... le congrès est fini.

— Eh! bien, dit-elle, vous deviez donc aller au congrès?

Une réponse directe était la plus éloquente et la

plus délicate des déclarations: mais Charles ne la fit
pas. La physionomie de madame d'Aiglemont attestait une candeur d'amitié qui détruisait tous les
calculs de la vanité, toutes les espérances de
l'amour, toutes les défiances du diplomate; elle
ignorait ou paraissait ignorer complètement qu'elle
fût aimée; et, lorsque Charles, tout confus, se replia
sur lui-même, il fut forcé de s'avouer qu'il n'avait
rien fait ni rien dit qui autorisât cette femme à le
penser. Monsieur de Vandenesse trouva pendant
cette soirée la marquise ce qu'elle était toujours:
simple et affectueuse, vraie dans sa douleur, heureuse d'avoir un ami, fière de rencontrer une âme
qui sût entendre la sienne; elle n'allait pas au-delà,
et ne supposait pas qu'une femme pût se laisser
deux fois séduire; mais elle avait connu l'amour et
le gardait encore saignant au fond de son cœur; elle
n'imaginait pas que le bonheur pût apporter deux
fois à une femme ses enivrements, car elle ne
croyait pas seulement à l'esprit, mais à l'âme; et,
pour elle, l'amour n'était pas une séduction, il
comportait toutes les séductions nobles. En ce
moment Charles redevint jeune homme, il fut
subjugué par l'éclat d'un si grand caractère, et
voulut être initié dans tous les secrets de cette
existence flétrie par le hasard plus que par une
faute. Madame d'Aiglemont ne jeta qu'un regard à
son ami en l'entendant demander compte du
surcroît de chagrin qui communiquait à sa beauté
toutes les harmonies de la tristesse; mais ce regard
profond fut comme le sceau d'un contrat solennel.

— Ne me faites plus de questions semblables, dit-elle. Il y a trois ans, à pareil jour, celui qui m'aimait, le seul homme au bonheur de qui j'eusse sacrifié jusqu'à ma propre estime, est mort, et mort pour me sauver l'honneur. Cet amour a cessé jeune, pur, plein d'illusions. Avant de me livrer à une passion vers laquelle une fatalité sans exemple me poussa, j'avais été séduite par ce qui perd tant de jeunes filles, par un homme nul, mais de formes agréables. Le mariage effeuilla mes espérances une à une. Aujourd'hui j'ai perdu le bonheur légitime et ce bonheur que l'on nomme criminel, sans avoir connu le bonheur. Il ne me reste rien. Si je n'ai pas su mourir, je dois être au moins fidèle à mes souvenirs.

A ces mots, elle ne pleura pas, elle baissa les yeux et se tordit légèrement les doigts, qu'elle avait croisés par son geste habituel. Cela fut dit simplement, mais l'accent de sa voix était l'accent d'un désespoir aussi profond que paraissait l'être son amour, et ne laissait aucune espérance à Charles. Cette affreuse existence traduite en trois phrases et commentée par une torsion de main, cette forte douleur dans une femme frêle, cet abîme dans une jolie tête, enfin les mélancolies, les larmes d'un deuil de trois ans fascinèrent Vandenesse qui resta silencieux et petit devant cette grande et noble femme : il n'en voyait plus les beautés matérielles si exquises, si achevées, mais l'âme si éminemment sensible. Il rencontrait enfin cet être idéal si fantastiquement rêvé, si vigoureusement appelé par

tous ceux qui mettent la vie dans une passion, la
cherchent avec ardeur, et souvent meurent sans
avoir pu jouir de tous ses trésors rêvés.

En entendant ce langage et devant cette beauté
sublime, Charles trouva ses idées étroites. Dans
l'impuissance où il était de mesurer ses paroles à la
hauteur de cette scène, tout à la fois si simple et si
élevée, il répondit par des lieux communs sur la
destinée des femmes.

— Madame, il faut savoir oublier ses douleurs,
ou se creuser une tombe, dit-il.

Mais la raison est toujours mesquine auprès du
sentiment; l'une est naturellement bornée, comme
tout ce qui est positif, et l'autre est infini. Raison-
ner là où il faut sentir est le propre des âmes sans
portée. Vandenesse garda donc le silence, contempla
longtemps madame d'Aiglemont et sortit. En proie
à des idées nouvelles qui lui grandissaient la femme,
il ressemblait à un peintre qui, après avoir pris
pour types les vulgaires modèles de son atelier,
rencontrerait tout à coup la Mnémosyne du Musée,
la plus belle et la moins appréciée des statues
antiques. Charles fut profondément épris. Il aima
madame d'Aiglemont avec cette bonne foi de la
jeunesse, avec cette ferveur qui communique aux
premières passions une grâce ineffable, une candeur
que l'homme ne retrouve plus qu'en ruines lorsque
plus tard il aime encore : délicieuses passions,
presque toujours délicieusement savourées par les
femmes qui les font naître, parce qu'à ce bel âge de
trente ans, sommité poétique de la vie des femmes,

elles peuvent en embrasser tout le cours et voir
aussi bien dans le passé que dans l'avenir. Les
femmes connaissent alors tout le prix de l'amour et
en jouissent avec la crainte de le perdre : alors leur
âme est encore belle de la jeunesse qui les abandonne, et leur passion va se renforçant toujours
d'un avenir qui les effraie.

— J'aime, disait cette fois Vandenesse en quittant la marquise, et pour mon malheur je trouve
une femme attachée à des souvenirs. La lutte est
difficile contre un mort qui n'est plus là, qui ne
peut pas faire de sottises, ne déplaît jamais, et de
qui l'on ne voit que les belles qualités. N'est-ce pas
vouloir détrôner la perfection que d'essayer à tuer
les charmes de la mémoire et les espérances qui
survivent à un amant perdu, précisément parce
qu'il n'a réveillé que des désirs, tout ce que l'amour
a de plus beau, de plus séduisant ?

Cette triste réflexion, due au découragement et à
la crainte de ne pas réussir, par lesquels commencent toutes les passions vraies, fut le dernier
calcul de sa diplomatie expirante. Dès lors il n'eut
plus d'arrière-pensées, devint le jouet de son amour
et se perdit dans les riens de ce bonheur inexplicable qui se repaît d'un mot, d'un silence, d'un
vague espoir. Il voulut aimer platoniquement,
vint tous les jours respirer l'air que respirait
madame d'Aiglemont, s'incrusta presque dans sa
maison et l'accompagna partout avec la tyrannie
d'une passion qui mêle son égoïsme au dévouement
le plus absolu. L'amour a son instinct, il sait

trouver le chemin du cœur comme le plus faible
insecte marche à sa fleur avec une irrésistible
volonté qui ne s'épouvante de rien. Aussi, quand un
sentiment est vrai, sa destinée n'est-elle pas douteuse. N'y a-t-il pas de quoi jeter une femme dans
toutes les angoisses de la terreur, si elle vient à
penser que sa vie dépend du plus ou du moins de
vérité, de force, de persistance que son amant
mettra dans ses désirs! Or, il est impossible à une
femme, à une épouse, à une mère, de se préserver
contre l'amour d'un jeune homme; la seule chose
qui soit en sa puissance est de ne pas continuer à le
voir au moment où elle devine ce secret du cœur
qu'une femme devine toujours. Mais ce parti semble
trop décisif pour qu'une femme puisse le prendre à
un âge où le mariage pèse, ennuie et lasse, où
l'affection conjugale est plus que tiède, si déjà
même son mari ne l'a pas abandonnée. Laides, les
femmes sont flattées par un amour qui les fait
belles; jeunes et charmantes, la séduction doit être
à la hauteur de leurs séductions, elle est immense;
vertueuses, un sentiment terrestrement sublime les
porte à trouver je ne sais quelle absolution dans la
grandeur même des sacrifices qu'elles font à leur
amant et de la gloire dans cette lutte difficile. Tout
est piège. Aussi nulle leçon n'est-elle trop forte pour
de si fortes tentations. La réclusion ordonnée
autrefois à la femme en Grèce, en Orient, et qui
devient de mode en Angleterre [117], est la seule
sauvegarde de la morale domestique; mais, sous
l'empire de ce système, les agréments du monde

périssent : ni la société, ni la politesse, ni l'élégance
des mœurs ne sont alors possibles. Les nations
devront choisir.

Ainsi, quelques mois après sa première rencontre,
madame d'Aiglemont trouva sa vie étroitement liée
à celle de Vandenesse, elle s'étonna sans trop de
confusion, et presque avec un certain plaisir, d'en
partager les goûts et les pensées. Avait-elle pris les
idées de Vandenesse, ou Vandenesse avait-il épouse
ses moindres caprices? elle n'examina rien. Déjà
saisie par le courant de la passion, cette adorable
femme se dit avec la fausse bonne foi de la peur : —
Oh! non! je serai fidèle à celui qui mourut pour
moi.

Pascal a dit : Douter de Dieu, c'est y croire [118].
De même, une femme ne se débat que quand elle est
prise. Le jour où la marquise s'avoua qu'elle était
aimée, il lui arriva de flotter entre mille sentiments
contraires. Les superstitions de l'expérience par-
lèrent leur langage. Serait-elle heureuse? pourrait-
elle trouver le bonheur en dehors des lois dont la
Société fait, à tort ou à raison, sa morale? Jusqu'alors la vie ne lui avait versé que de l'amertume. Y avait-il un heureux dénouement possible
aux liens qui unissent deux êtres séparés par des
convenances sociales? Mais aussi le bonheur se paie-
t-il jamais trop cher? Puis ce bonheur si ardemment voulu, et qu'il est si naturel de chercher,
peut-être le rencontrerait-elle enfin! La curiosité
plaide toujours la cause des amants. Au milieu de
cette discussion secrète, Vandenesse arriva. Sa pre-

sence fit évanouir le fantôme métaphysique de la
raison. Si telles sont les transformations successives
par lesquelles passe un sentiment même rapide chez
un jeune homme et chez une femme de trente ans [119],
il est un moment où les nuances se fondent, où
les raisonnements s'abolissent en un seul, en une
dernière réflexion qui se confond dans un désir et
qui le corrobore. Plus la résistance a été longue,
plus puissante alors est la voix de l'amour. Ici donc
s'arrête cette leçon ou plutôt cette étude faite sur
l'*écorché*, s'il est permis d'emprunter à la peinture
une de ses expressions les plus pittoresques; car
cette histoire explique les dangers et le mécanisme
de l'amour plus qu'elle ne le peint. Mais dès ce
moment, chaque jour ajouta des couleurs à ce squelette, le revêtit des grâces de la jeunesse, en
raviva les chairs, en vivifia les mouvements, lui
rendit l'éclat, la beauté, les séductions du sentiment
et les attraits de la vie. Charles trouva madame
d'Aiglemont pensive; et, lorsqu'il lui eut dit de ce
ton pénétré que les douces magies du cœur rendirent persuasif : — Qu'avez-vous ? elle se garda
bien de répondre. Cette délicieuse demande accusait une parfaite entente d'âme; et, avec l'instinct
merveilleux de la femme, la marquise comprit que
des plaintes ou l'expression de son malheur intime
seraient en quelque sorte des avances. Si déjà cha-
cune de ces paroles avait une signification entendue
par tous deux, dans quel abîme n'allait-elle pas
mettre les pieds ? Elle lut en elle-même par un

regard lucide et clair, se tut, et son silence fut
imité par Vandenesse.

— Je suis souffrante, dit-elle enfin effrayée de la
haute portée d'un moment où le langage des yeux
suppléa complètement à l'impuissance du discours.

— Madame, répondit Charles d'une voix affectueuse mais violemment émue, âme et corps, tout se
tient. Si vous étiez heureuse, vous seriez jeune et
fraîche. Pourquoi refusez-vous de demander à
l'amour tout ce dont l'amour vous a privée? Vous
croyez la vie terminée au moment où, pour vous,
elle commence. Confiez-vous aux soins d'un ami. Il
est si doux d'être aimé!

— Je suis déjà vieille, dit-elle, rien ne m'excuse-
rait donc de ne pas continuer à souffrir comme par
le passé. D'ailleurs il faut aimer, dites-vous? Eh!
bien, je ne le dois ni ne le puis. Hors vous, dont
l'amitié jette quelques douceurs sur ma vie, personne ne me plaît, personne ne saurait effacer mes
souvenirs. J'accepte un ami, je fuirais un amant.
Puis serait-il bien généreux à moi d'échanger un
cœur flétri contre un jeune cœur, d'accueillir des
illusions que je ne puis plus partager, de causer un
bonheur auquel je ne croirais point, ou que je
tremblerais de perdre? Je répondrais peut-être par
de l'égoïsme à son dévouement, et calculerais quand
il sentirait; ma mémoire offenserait la vivacité de
ses plaisirs. Non, voyez-vous, un premier amour ne
se remplace jamais. Enfin, quel homme voudrait à
ce prix de mon cœur?

Ces paroles, empreintes d'une horrible coquette-

rie, étaient le dernier effort de la sagesse. — S'il se
décourage, eh! bien, je resterai seule et fidèle. Cette
pensée vint au cœur de cette femme, et fut pour elle
ce qu'est la branche de saule trop faible que saisit
un nageur avant d'être emporté par le courant. En
entendant cet arrêt, Vandenesse laissa échapper un
tressaillement involontaire qui fut plus puissant sur
le cœur de la marquise que ne l'avaient été toutes
ses assiduités passées. Ce qui touche le plus les
femmes, n'est-ce pas de rencontrer en nous des déli-
catesses gracieuses, des sentiments exquis autant
que le sont les leurs; car chez elles la grâce et
la délicatesse sont les indices du *vrai*. Le geste de
Charles révélait un véritable amour, Madame d'Aiglemont connut la force de l'affection de Vandenesse à la force de sa douleur. Le jeune homme
dit froidement : — Vous avez peut-être raison.
Nouvel amour, chagrin nouveau. Puis, il changea de conversation, et s'entretint de choses indifférentes; mais il était visiblement ému, regardait
madame d'Aiglemont avec une attention concentrée, comme s'il l'eût vue pour la dernière fois.
Enfin il la quitta, en lui disant avec émotion : —
Adieu, madame.

— Au revoir, dit-elle avec cette coquetterie fine
dont le secret n'appartient qu'aux femmes d'élite. Il
ne répondit pas, et sortit.

Quand Charles ne fut plus là, que sa chaise vide
parla pour lui, elle eut mille regrets, et se trouva des
torts. La passion fait un progrès énorme chez une
femme au moment où elle croit avoir agi peu

généreusement, ou avoir blessé quelque âme noble.
Jamais il ne faut se défier des sentiments mauvais
en amour, ils sont très salutaires; les femmes ne
succombent que sous le coup d'une vertu. *L'enfer
est pavé de bonnes intentions* n'est pas un paradoxe
de prédicateur. Vandenesse resta pendant quelques
jours sans venir. Pendant chaque soirée, à l'heure
du rendez-vous habituel, la marquise l'attendit avec
une impatience pleine de remords. Écrire était un
aveu; d'ailleurs, son instinct lui disait qu'il revien-
drait. Le sixième jour, son valet de chambre le lui
annonça. Jamais elle n'entendit ce nom avec plus
de plaisir. Sa joie l'effraya.

— Vous m'avez bien punie! lui dit-elle.

Vandenesse la regarda d'un air hébété.

— Punie! répéta-t-il. Et de quoi?

Charles comprenait bien la marquise; mais il
voulait se venger des souffrances auxquelles il avait
été en proie, du moment où elle les soupçonnait.

— Pourquoi n'êtes-vous pas venu me voir?
demanda-t-elle en souriant.

— Vous n'avez donc vu personne? dit-il pour ne
pas faire une réponse directe.

— Monsieur de Ronquerolles et monsieur de
Marsay, le petit d'Esgrignon[120], sont restés ici, l'un
hier, l'autre ce matin, près de deux heures. J'ai vu,
je crois, aussi madame Firmiani et votre sœur,
madame de Listomère.

Autre souffrance! Douleur incompréhensible pour
ceux qui n'aiment pas avec ce despotisme envahis-
seur et féroce dont le moindre effet est une jalousie

monstrueuse, un perpétuel désir de dérober l'être aimé à toute influence étrangère à l'amour.

— Quoi! se dit en lui-même Vandenesse, elle a reçu, elle a vu des êtres contents, elle leur a parlé, tandis que je restais solitaire, malheureux!

Il ensevelit son chagrin et jeta son amour au fond de son cœur, comme un cercueil à la mer. Ses pensées étaient de celles que l'on n'exprime pas; elles ont la rapidité de ces acides qui tuent en s'évaporant. Cependant son front se couvrit de nuages, et madame d'Aiglemont obéit à l'instinct de la femme en partageant cette tristesse sans la concevoir. Elle n'était pas complice du mal qu'elle faisait, et Vandenesse s'en aperçut. Il parla de sa situation et de sa jalousie, comme si c'eût été l'une de ces hypothèses que les amants se plaisent à discuter. La marquise comprit tout, et fut alors si vivement touchée qu'elle ne put retenir ses larmes. Dès ce moment, ils entrèrent dans les cieux de l'amour. Le ciel et l'enfer sont deux grands poèmes qui formulent les deux seuls points sur lesquels tourne notre existence : la joie ou la douleur. Le ciel n'est-il pas, ne sera-t-il pas toujours une image de l'infini de nos sentiments qui ne sera jamais peint que dans ses détails, parce que le bonheur est un; et l'enfer ne représente-t-il pas les tortures infinies de nos douleurs dont nous pouvons faire œuvre de poésie, parce qu'elles sont toutes dissemblables?

Un soir, les deux amants étaient seuls, assis l'un près de l'autre, en silence, et occupés à contempler une des plus belles phases du firmament. un de ces

ciels purs dans lesquels les derniers rayons du soleil
jettent de faibles teintes d'or et de pourpre. En ce
moment de la journée, les lentes dégradations de la
lumière semblent réveiller les sentiments doux; nos
passions vibrent mollement, et nous savourons les
troubles de je ne sais quelle violence au milieu du
calme. En nous montrant le bonheur par de vagues
images, la nature nous invite à en jouir quand il est
près de nous, ou nous le fait regretter quand il a fui.
Dans ces instants fertiles en enchantements, sous le
dais de cette lueur dont les tendres harmonies
s'unissent à des séductions intimes, il est difficile de
résister aux vœux du cœur qui ont alors tant de
magie! alors le chagrin s'émousse, la joie enivre, et
la douceur accable. Les pompes du soir sont le
signal des aveux et les encouragent. Le silence
devient plus dangereux que la parole, en communiquant aux yeux toute la puissance de l'infini des
cieux qu'ils reflètent. Si l'on parle, le moindre mot
possède une irrésistible puissance. N'y a-t-il pas
alors de la lumière dans la voix. de la pourpre dans
le regard? Le ciel n'est-il pas comme en nous, ou ne
nous semble-t-il pas être dans le ciel? Cependant
Vandenesse et Juliette, car depuis quelques jours
elle se laissait appeler ainsi familièrement par celui
qu'elle se plaisait à nommer Charles, donc tous deux
parlaient; mais le sujet primitif de leur conversation était bien loin d'eux; et, s'ils ne savaient plus
le sens de leurs paroles, ils écoutaient avec délices
les pensées secrètes qu'elles couvraient. La main de
la marquise était dans celle de Vandenesse, et elle la

lui abandonnait sans croire que ce fût une faveur.

Ils se penchèrent ensemble pour voir un de ces majestueux paysages pleins de neige, de glaciers, d'ombres grises qui teignent les flancs de montagnes fantastiques; un de ces tableaux remplis de brusques oppositions entre les flammes rouges et les tons noirs qui décorent les cieux avec une inimitable et fugace poésie; magnifiques langes dans lesquels renaît le soleil, beau linceul où il expire. En ce moment, les cheveux de Juliette effleurèrent les joues de Vandenesse: elle sentit ce contact léger, elle en frissonna violemment, et lui plus encore; car tous deux étaient graduellement arrivés à une de ces inexplicables crises où le calme communique aux sens une perception si fine, que le plus faible choc fait verser des larmes et déborder la tristesse si le cœur est perdu dans ces mélancolies, ou lui donne d'ineffables plaisirs s'il est perdu dans les vertiges de l'amour. Juliette pressa presque involontairement la main de son ami. Cette pression persuasive donna du courage à la timidité de l'amant. Les joies de ce moment et les espérances de l'avenir, tout se fondit dans une émotion, celle d'une première caresse, du chaste et modeste baiser que madame d'Aiglemont laissa prendre sur sa joue. Plus faible était la faveur, plus puissante, plus dangereuse elle fut. Pour leur malheur à tous deux, il n'y avait ni semblants ni fausseté. Ce fut l'entente de deux belles âmes, séparées par tout ce qui est loi, réunies par tout ce qui est séduction dans la nature. En ce moment le général d'Aiglemont entra.

— Le ministère est changé, dit-il. Votre oncle [121] fait partie du nouveau cabinet. Ainsi, vous avez de bien belles chances pour être ambassadeur, Vandenesse.

Charles et Julie se regardèrent en rougissant. Cette pudeur mutuelle fut encore un lien. Tous deux, ils eurent la même pensée. le même remords ; lien terrible et tout aussi fort entre deux brigands qui viennent d'assassiner un homme, qu'entre deux amants coupables d'un baiser. Il fallait une réponse au marquis.

— Je ne veux plus quitter Paris, dit Charles Vandenesse.

— Nous savons pourquoi, répliqua le général en affectant la finesse d'un homme qui découvre un secret. Vous ne voulez pas abandonner votre oncle, pour vous faire déclarer l'héritier de sa pairie.

La marquise s'enfuit dans sa chambre, en se disant sur son mari cet effroyable mot : — Il est aussi par trop bête !

IV

LE DOIGT DE DIEU

Entre la barrière d'Italie et celle de la Santé, sur le boulevard intérieur qui mène au Jardin des Plantes[122], il existe une perspective digne de ravir l'artiste ou le voyageur le plus blasé sur les jouissances de la vue. Si vous atteignez une légère éminence à partir de laquelle le boulevard, ombragé par de grands arbres touffus, tourne avec la grâce d'une allée forestière verte et silencieuse, vous voyez devant vous, à vos pieds, une vallée profonde, peuplée de fabriques[123] à demi villageoises, clairsemée de verdure, arrosée par les eaux brunes de la Bièvre ou des Gobelins. Sur le versant opposé, quelques milliers de toits, pressés comme les têtes d'une foule, recèlent les misères du faubourg Saint-Marceau. La magnifique coupole du Panthéon, le dôme terne et mélancolique du Val-de-Grâce dominent orgueilleusement toute une ville en amphithéâtre dont les gradins sont bizarrement dessinés par des rues tortueuses. De là, les proportions des deux monuments semblent gigantesques; elles écrasent et les demeures frêles et les plus hauts

peupliers du vallon. A gauche, l'Observatoire, à
travers les fenêtres et les galeries duquel le jour
passe en produisant d'inexplicables fantaisies, apparaît comme un spectre noir et décharné. Puis, dans
le lointain, l'élégante lanterne des Invalides flam-
boie entre les masses bleuâtres du Luxembourg et
les tours grises de Saint-Sulpice. Vues de là, ces
lignes architecturales sont mêlées à des feuillages. à
ces ombres, sont soumises aux caprices d'un ciel qui
change incessamment de couleur, de lumière ou
d'aspect. Loin de vous, les édifices meublent les
airs; autour de vous, serpentent des arbres
ondoyants, des sentiers campagnards. Sur la droite,
par une large découpure de ce singulier paysage.
vous apercevez la longue nappe blanche du canal
Saint-Martin, encadré de pierres rougeâtres, paré de
ses tilleuls, bordé par les constructions vraiment
romaines des Greniers d'abondance[124]. Là, sur le
dernier plan, les vaporeuses collines de Belleville.
chargées de maisons et de moulins, confondent leurs
accidents avec ceux des nuages. Cependant il existe
une ville, que vous ne voyez pas, entre la rangée de
toits qui borde le vallon et cet horizon aussi vague
qu'un souvenir d'enfance; immense cité, perdue
comme dans un précipice entre les cimes de la Pitié
et le faîte du cimetière de l'Est, entre la souffrance
et la mort. Elle fait entendre un bruissement sourd
semblable à celui de l'Océan qui gronde derrière une
falaise comme pour dire : — Je suis là. Si le soleil
jette ses flots de lumière sur cette face de Paris, s'il
en épure, s'il en fluidifie les lignes; s'il y allume

quelques vitres, s'il en égaie les tuiles, embrase les
croix dorées, blanchit les murs et transforme
l'atmosphère en un voile de gaze; s'il crée de riches
contrastes avec les ombres fantastiques; si le ciel est
d'azur et la terre frémissante, si les cloches parlent,
alors de là vous admirerez une de ces féeries
éloquentes que l'imagination n'oublie jamais, dont
vous serez idolâtre, affolé comme d'un merveilleux
aspect de Naples, de Stamboul ou des Florides.
Nulle harmonie ne manque à ce concert. Là,
murmurent le bruit du monde et la poétique paix
de la solitude, la voix d'un million d'êtres et la voix
de Dieu. Là gît une capitale couchée sous les
paisibles cyprès du Père-Lachaise.

Par une matinée de printemps, au moment où le
soleil faisait briller toutes les beautés de ce paysage,
je les admirais, appuyé sur un gros orme qui livrait
au vent ses fleurs jaunes [125]. Puis, à l'aspect de ces
riches et sublimes tableaux, je pensais amèrement
au mépris que nous professons, jusque dans nos
livres, pour notre pays d'aujourd'hui. Je maudissais
ces pauvres riches qui, dégoûtés de notre belle
France, vont acheter à prix d'or le droit de
dédaigner leur patrie en visitant au galop, en
examinant à travers un lorgnon les sites de cette
Italie devenue si vulgaire. Je contemplais avec
amour le Paris moderne, je rêvais, lorsque tout à
coup le bruit d'un baiser troubla ma solitude et fit
enfuir la philosophie. Dans la contre-allée qui
couronne la pente rapide au bas de laquelle fris-
sonnent les eaux, et en regardant au-delà du pont

des Gobelins, je découvris une femme qui me parut
encore assez jeune, mise avec la simplicité la plus
élégante, et dont la physionomie douce semblait
refléter le gai bonheur du paysage. Un beau jeune
homme posait à terre le plus joli petit garçon qu'il
fût possible de voir, en sorte que je n'ai jamais su si
le baiser avait retenti sur les joues de la mère ou sur
celles de l'enfant. Une même pensée, tendre et vive,
éclatait dans les yeux, dans les gestes, dans le
sourire des deux jeunes gens. Ils entrelacèrent leurs
bras avec une si joyeuse promptitude, et se rappro-
chèrent avec une si merveilleuse entente de mouvement, que, tout à eux-mêmes, ils ne s'aperçurent
point de ma présence. Mais un autre enfant,
mécontent, boudeur, et qui leur tournait le dos, me
jeta des regards empreints d'une expression saisis-
sante. Laissant son frère courir seul, tantôt en
arrière, tantôt en avant de sa mère et du jeune
homme, cet enfant, vêtu comme l'autre, aussi
gracieux, mais plus doux de formes, resta muet,
immobile, et dans l'attitude d'un serpent engourdi.
C'était une petite fille. La promenade de la jolie
femme et de son compagnon avait je ne sais quoi de
machinal. Se contentant, par distraction peut-être,
de parcourir le faible espace qui se trouvait entre le
petit pont et une voiture arrêtée au détour du
boulevard, ils recommençaient constamment leur
courte carrière en s'arrêtant, se regardant, riant au
gré des caprices d'une conversation tour à tour
animée, languissante, folle ou grave.

Caché par le gros orme, j'admirais cette scène

délicieuse, et j'en aurais sans doute respecté les
mystères si je n'avais surpris sur le visage de la
petite fille rêveuse et taciturne les traces d'une
pensée plus profonde que ne le comportait son âge.
Quand sa mère et le jeune homme se retournaient
après être venus près d'elle, souvent elle penchait
sournoisement la tête, et lançait sur eux comme sur
son frère un regard furtif vraiment extraordinaire.
Mais rien ne saurait rendre la perçante finesse, la
malicieuse naïveté, la sauvage attention qui animait
ce visage enfantin aux yeux légèrement cernés,
quand la jolie femme ou son compagnon caressaient
les boucles blondes, pressaient gentiment le cou
frais, la blanche collerette du petit garçon, au
moment où, par enfantillage, il essayait de marcher
avec eux. Il y avait certes une passion d'homme sur
la physionomie grêle de cette petite fille bizarre.
Elle souffrait ou pensait. Or, qui prophétise plus
sûrement la mort chez ces créatures en fleur? est-ce
la souffrance logée au corps, ou la pensée hâtive
dévorant leurs âmes, à peine germées? Une mère
sait cela peut-être. Pour moi, je ne connais maintenant rien de plus horrible qu'une pensée de vieillard
sur un front d'enfant; le blasphème aux lèvres
d'une vierge est moins monstrueux encore. Aussi
l'attitude presque stupide de cette fille déjà pensive, la rareté de ses gestes, tout m'intéressa-t-il. Je
l'examinai curieusement. Par une fantaisie naturelle
aux observateurs, je la comparais à son frère, en
cherchant à surprendre les rapports et les différences qui se trouvaient entre eux. La première

avait des cheveux bruns, des yeux noirs et une
puissance précoce qui formaient une riche opposition avec la blonde chevelure, les yeux vert de mer
et la gracieuse faiblesse du plus jeune. L'aînée
pouvait avoir environ sept à huit ans, l'autre six à
peine. Ils étaient habillés de la même manière.
Cependant, en les regardant avec attention, je
remarquai dans les collerettes de leurs chemises une
différence assez frivole, mais qui plus tard me
révéla tout un roman dans le passé, tout un drame
dans l'avenir. Et c'était bien peu de chose. Un
simple ourlet bordait la collerette de la petite fille
brune, tandis que de jolies broderies ornaient celle
du cadet, et trahissaient un secret de cœur, une
prédilection tacite que les enfants lisent dans l'âme
de leurs mères, comme si l'esprit de Dieu était en
eux. Insouciant et gai, le blond ressemblait à une
petite fille, tant sa peau blanche avait de fraîcheur,
ses mouvements de grâce, sa physionomie de
douceur ; tandis que l'aînée, malgré sa force, malgré
la beauté de ses traits et l'éclat de son teint,
ressemblait à un petit garçon maladif. Ses yeux
vifs, dénués de cette humide vapeur qui donne tant
de charme aux regards des enfants, semblaient
avoir été, comme ceux des courtisans, séchés par un
feu intérieur. Enfin, sa blancheur avait je ne sais
quelle nuance mate, olivâtre, symptôme d'un vigoureux caractère. A deux reprises son jeune frère était
venu lui offrir, avec une grâce touchante, avec un
joli regard, avec une mine expressive qui eût ravi
Charlet, le petit cor de chasse dans lequel il soufflait

par instants; mais, chaque fois, elle n'avait répondu
que par un farouche regard à cette phrase :
Tiens, Hélène, le veux-tu? dite d'une voix caressante. Et, sombre et terrible sous sa mine insouciante en apparence, la petite fille tressaillait et
rougissait même assez vivement lorsque son frère
approchait; mais le cadet ne paraissait pas s'apercevoir de l'humeur noire de sa sœur, et son insouciance, mêlée d'intérêt, achevait de faire contraster
le véritable caractère de l'enfance avec la science
soucieuse de l'homme, inscrite déjà sur la figure de
la petite fille, et qui déjà l'obscurcissait de ses
sombres nuages.

— Maman, Hélène ne veut pas jouer, s'écria le
petit qui saisit pour se plaindre un moment où sa
mère et le jeune homme étaient restés silencieux sur
le pont des Gobelins.

— Laisse-la, Charles [126]. Tu sais bien qu'elle est
toujours grognon.

Ces paroles, prononcées au hasard par la mère,
qui ensuite se retourna brusquement avec le jeune
homme, arrachèrent des larmes à Hélène. Elle les
dévora silencieusement, lança sur son frère un de
ces regards profonds qui me semblaient inexplicables, et contempla d'abord avec une sinistre
intelligence le talus sur le faîte duquel il était, puis
la rivière de Bièvre, le pont, le paysage et moi.

Je craignis d'être aperçu par le couple joyeux, de
qui j'aurais sans doute troublé l'entretien; je me
retirai doucement, et j'allai me réfugier derrière une
haie de sureau dont le feuillage me déroba com-

plètement à tous les regards. Je m'assis tranquillement sur le haut du talus, en regardant en silence et tour à tour, soit les beautés changeantes du site, soit la petite fille sauvage qu'il m'était encore possible d'entrevoir à travers les interstices de la haie et le pied des sureaux sur lesquels ma tête reposait, presque au niveau du boulevard. En ne me voyant plus, Hélène parut inquiète; ses yeux noirs me cherchèrent dans le lointain de l'allée, derrière les arbres, avec une indéfinissable curiosité. Qu'étais-je donc pour elle? En ce moment, les rires naïfs de Charles retentirent dans le silence comme un chant d'oiseau. Le beau jeune homme, blond comme lui, le faisait danser dans ses bras, et l'embrassait en lui prodiguant ces petits mots sans suite et détournés de leur sens véritable que nous adressons amicalement aux enfants. La mère souriait à ces jeux, et, de temps à autre, disait, sans doute à voix basse, des paroles sorties du cœur; car son compagnon s'arrêtait, tout heureux, et la regardait d'un œil bleu plein de feu, plein d'idolâtrie. Leurs voix mêlées à celle de l'enfant avaient je ne sais quoi de caressant. Ils étaient charmants tous trois. Cette scène délicieuse, au milieu de ce magnifique paysage, y répandait une incroyable suavité. Une femme, belle, blanche, rieuse, un enfant d'amour, un homme ravissant de jeunesse, un ciel pur, enfin toutes les harmonies de la nature s'accordaient pour réjouir l'âme. Je me surpris à sourire, comme si ce bonheur était le mien. Le beau jeune homme entendit sonner neuf heures. Après

avoir tendrement embrassé sa compagne, devenue
sérieuse et presque triste, il revint alors vers son
tilbury qui s'avançait lentement conduit par un
vieux domestique. Le babil de l'enfant chéri se mêla
aux derniers baisers que lui donna le jeune homme.
Puis, quand celui-ci fut monté dans sa voiture, que
la femme immobile écouta le tilbury roulant, en
suivant la trace marquée par la poussière nuageuse,
dans la verte allée du boulevard, Charles accourut à
sa sœur près du pont, et j'entendis qu'il lui disait
d'une voix argentine : — Pourquoi donc que tu n'es
pas venue dire adieu à mon bon ami ?

En voyant son frère sur le penchant du talus,
Hélène lui lança le plus horrible regard qui jamais
ait allumé les yeux d'un enfant, et le poussa par un
mouvement de rage. Charles glissa sur le versant
rapide, y rencontra des racines qui le rejetèrent
violemment sur les pierres coupantes du mur; il s'y
fracassa le front; puis, tout sanglant, alla tomber
dans les eaux boueuses de la rivière. L'onde s'écarta
en mille jets bruns sous sa jolie tête blonde.
J'entendis les cris aigus du pauvre petit; mais
bientôt ses accents se perdirent étouffés dans la
vase, où il disparut en rendant un son lourd comme
celui d'une pierre qui s'engouffre. L'éclair n'est pas
plus prompt que ne le fut cette chute. Je me levai
soudain et descendis par un sentier. Hélène stupéfaite poussa des cris perçants : — Maman! maman!
La mère était là, près de moi. Elle avait volé comme
un oiseau. Mais ni les yeux de la mère ni les miens
ne pouvaient reconnaître la place précise où l'enfant

était enseveli. L'eau noire bouillonnait sur un espace immense. Le lit de la Bièvre a, dans cet endroit, dix pieds de boue. L'enfant devait y mourir, il était impossible de le secourir. A cette heure, un dimanche, tout était en repos. La Bièvre n'a ni bateaux ni pêcheurs. Je ne vis ni perches pour sonder le ruisseau puant, ni personne dans le lointain. Pourquoi donc aurais-je parlé de ce sinistre accident, ou dit le secret de ce malheur? Hélène avait peut-être vengé son père. Sa jalousie était sans doute le glaive de Dieu. Cependant je frissonnai en contemplant la mère. Quel épouvantable interrogatoire son mari, son juge éternel, n'allait-il pas lui faire subir? Et elle traînait avec elle un témoin incorruptible. L'enfance a le front transparent, le teint diaphane; et le mensonge est, chez elle, comme une lumière qui lui rougit même le regard. La malheureuse femme ne pensait pas encore au supplice qui l'attendait au logis. Elle regardait la Bièvre.

Un semblable événement devait produire d'affreux retentissements dans la vie d'une femme, et voici l'un des échos les plus terribles qui de temps en temps troublèrent les amours de Juliette.

Deux ou trois ans après, un soir, après dîner, chez le marquis de Vandenesse alors en deuil de son père, et qui avait une succession à régler, se trouvait un notaire. Ce notaire n'était pas le petit notaire de Sterne [127], mais un gros et gras notaire de Paris, un de ces hommes estimables qui font une sottise avec mesure, mettent lourdement le pied sur une plaie

inconnue, et demandent pourquoi l'on se plaint. Si,
par hasard, ils apprennent le pourquoi de leur bêtise
assassine, ils disent : — Ma foi, je n'en savais rien!
Enfin, c'était un notaire honnêtement niais, qui ne
voyait que des *actes* dans la vie. Le diplomate avait
près de lui madame d'Aiglemont. Le général s'en
était allé poliment avant la fin du dîner pour conduire
ses deux enfants au spectacle, sur les boulevards,
à l'Ambigu-Comique ou à la Gaieté. Quoique les
mélodrames surexcitent les sentiments, ils passent à
Paris pour être à la portée de l'enfance, et sans
danger, parce que l'innocence y triomphe toujours.
Le père était parti sans attendre le dessert, tant sa
fille et son fils l'avaient tourmenté pour arriver au
spectacle avant le lever du rideau.

Le notaire, l'imperturbable notaire, incapable
de se demander pourquoi madame d'Aiglemont
envoyait au spectacle ses enfants et son mari sans
les y accompagner, était, depuis le dîner, comme
vissé sur sa chaise. Une discussion avait fait traîner
le dessert en longueur, et les gens tardaient à servir
le café. Ces incidents, qui dévoraient un temps sans
doute précieux, arrachaient des mouvements d'impatience à la jolie femme : on aurait pu la comparer
à un cheval de race piaffant avant la course. Le
notaire, qui ne se connaissait ni en chevaux ni en
femmes, trouvait tout bonnement la marquise une
vive et sémillante femme. Enchanté d'être dans la
compagnie d'une femme à la mode et d'un homme
politique célèbre, ce notaire faisait de l'esprit; il
prenait pour une approbation le faux sourire de la

marquise, qu'il impatientait considérablement, et il
allait son train. Déjà le maître de la maison, de
concert avec sa compagne, s'était permis de garder
à plusieurs reprises le silence là où le notaire
attendait une réponse élogieuse; mais, pendant ces
repos significatifs, ce diable d'homme regardait le
feu en cherchant des anecdotes. Puis le diplomate
avait eu recours à sa montre. Enfin, la jolie femme
s'était recoiffée de son chapeau pour sortir, et ne
sortait pas. Le notaire ne voyait, n'entendait rien;
il était ravi de lui-même, et sûr d'intéresser assez la
marquise pour la clouer là. « J'aurai bien certainement cette femme-là pour cliente », se disait-il.

La marquise se tenait debout, mettait ses gants,
se tordait les doigts et regardait alternativement le
marquis de Vandenesse qui partageait son impatience, ou le notaire qui plombait chacun de ses
traits d'esprit. A chaque pause que faisait ce digne
homme, le joli couple respirait en se disant par un
signe : — Enfin, il va donc s'en aller! Mais point.
C'était un cauchemar moral qui devait finir par
irriter les deux personnes passionnées sur lesquelles
le notaire agissait comme un serpent sur des
oiseaux, et les obliger à quelque brusquerie. Au
beau milieu du récit des ignobles moyens par
lesquels du Tillet, un homme d'affaires alors en
faveur, avait fait sa fortune [128], et dont les infamies
étaient scrupuleusement détaillées par le spirituel
notaire, le diplomate entendit sonner neuf heures à
la pendule; il vit que son notaire était bien
décidément un imbécile qu'il fallait tout uniment

congédier, et il l'arrêta résolument par un geste.

— Vous voulez les pincettes, monsieur le marquis? dit le notaire en les présentant à son client.

— Non, monsieur, je suis forcé de vous renvoyer. Madame veut aller rejoindre ses enfants, et je vais avoir l'honneur de l'accompagner.

— Déjà neuf heures! Le temps passe comme l'ombre dans la compagnie des gens aimables, dit le notaire qui parlait tout seul depuis une heure.

Il chercha son chapeau, puis il vint se planter devant la cheminée, retint difficilement un hoquet, et dit à son client, sans voir les regards foudroyants que lui lançait la marquise : — Résumons-nous, monsieur le marquis. Les affaires passent avant tout. Demain donc nous lancerons une assignation à monsieur votre frère pour le mettre en demeure; nous procéderons à l'inventaire, et après, ma foi...

Le notaire avait si mal compris les intentions de son client, qu'il en prenait l'affaire en sens inverse des instructions que celui-ci venait de lui donner. Cet incident était trop délicat pour que Vandenesse ne rectifiât pas involontairement les idées du balourd notaire, et il s'ensuivit une discussion qui prit un certain temps.

— Écoutez, dit enfin le diplomate sur un signe que lui fit la jeune femme, vous me cassez la tête, revenez demain à neuf heures avec mon avoué.

— Mais j'aurais l'honneur de vous faire observer, monsieur le marquis, que nous ne sommes pas certains de rencontrer demain monsieur Desroches, et si la mise en demeure n'est pas lancée avant midi, le délai expire, et...

En ce moment une voiture entra dans la cour; et au bruit qu'elle fit, la pauvre femme se retourna vivement pour cacher des pleurs qui lui vinrent aux yeux. Le marquis sonna pour faire dire qu'il était sorti; mais le général, revenu comme à l'improviste de la Gaieté, précéda le valet de chambre, et parut en tenant d'une main sa fille dont les yeux étaient rouges, et de l'autre son petit garçon tout grimaud et fâché.

— Que vous est-il donc arrivé, demanda la femme à son mari.

— Je vous dirai cela plus tard, répondit le général en se dirigeant vers un boudoir voisin dont la porte était ouverte et où il aperçut les journaux.

La marquise impatientée se jeta désespérément sur un canapé. Le notaire, qui se crut obligé de faire le gentil avec les enfants, prit un ton mignard pour dire au garçon : — Hé bien, mon petit, que donnait-on à la comédie ?

— *La Vallée du torrent*, répondit Gustave en grognant.

— Foi d'homme d'honneur, dit le notaire, les auteurs de nos jours sont à moitié fous! *La Vallée du torrent!* Pourquoi pas *Le Torrent de la vallée?* il est possible qu'une vallée n'ait pas de torrent, et en disant *Le Torrent de la vallée*, les auteurs auraient accusé quelque chose de net, de précis, de caractérisé, de compréhensible[129]. Mais laissons cela. Maintenant comment peut-il se rencontrer un drame

dans un torrent et dans une vallée? Vous me
répondrez qu'aujourd'hui le principal attrait de ces
sortes de spectacles gît dans les décorations, et ce
titre en indique de fort belles. Vous êtes-vous bien
amusé, mon petit compère? ajouta-t-il en s'asseyant devant l'enfant.

Au moment où le notaire demanda quel drame
pouvait se rencontrer au fond d'un torrent, la fille
de la marquise se retourna lentement et pleura. La
mère était si violemment contrariée qu'elle n'aperçut pas le mouvement de sa fille.

— Oh! oui, monsieur, je m'amusais bien, répondit l'enfant. Il y avait dans la pièce un petit garçon
bien gentil qu'était [130] seul au monde, parce que son
papa n'avait pas pu être son père. Voilà que, quand
il arrive en haut du pont qui est sur le torrent, un
grand vilain barbu, vêtu tout en noir, le jette dans
l'eau. Hélène s'est mise alors à pleurer, à sangloter:
toute la salle a crié après nous, et mon père nous a
bien vite, bien vite emmenés...

Monsieur de Vandenesse et la marquise restèrent
tous deux stupéfaits, et comme saisis par un mal
qui leur ôta la force de penser et d'agir.

— Gustave, taisez-vous donc, cria le général. Je
vous ai défendu de parler sur ce qui s'est passé au
spectacle, et vous oubliez déjà mes recommanda-
tions.

— Que Votre Seigneurie l'excuse, monsieur le
marquis, dit le notaire, j'ai eu le tort de l'interroger,
mais j'ignorais la gravité de...

— Il devait ne pas répondre, dit le père en regardant son fils avec froideur.

La cause du brusque retour des enfants et de leur père parut alors être bien connue du diplomate et de la marquise. La mère regarda sa fille, la vit en pleurs, et se leva pour aller à elle; mais alors son visage se contracta violemment et offrit les signes d'une sévérité que rien ne tempérait.

— Assez, Hélène, lui dit-elle, allez sécher vos larmes dans le boudoir.

— Qu'a-t-elle donc fait, cette pauvre petite? dit le notaire, qui voulut calmer à la fois la colère de la mère et les pleurs de la fille. Elle est si jolie que ce doit être la plus sage créature du monde; je suis bien sûr, madame, qu'elle ne vous donne que des jouissances; pas vrai, ma petite?

Hélène regarda sa mère en tremblant, essuya ses larmes, tâcha de se composer un visage calme, et s'enfuit dans le boudoir.

— Et certes, disait le notaire en continuant toujours, madame, vous êtes trop bonne mère pour ne pas aimer également tous vos enfants. Vous êtes d'ailleurs trop vertueuse pour avoir de ces tristes préférences dont les funestes effets se révèlent plus particulièrement à nous autres notaires. La société nous passe par les mains. Aussi en voyons-nous les passions sous leur forme la plus hideuse, l'intérêt. Ici, une mère veut déshériter les enfants de son mari au profit des enfants qu'elle leur préfère; tandis que, de son côté, le mari veut quelquefois réserver sa fortune à l'enfant qui a mérité la haine de la mère. Et c'est alors des combats, des craintes, des actes, des contre-lettres, des ventes simulées, des fidéicommis; enfin, un gâchis pitoyable, ma parole d'honneur, pitoyable! Là, des pères passent leur vie à déshériter leurs enfants en volant le bien de leurs femmes... Oui, volant est le mot. Nous parlions de drame, ah! je vous assure que si nous pouvions dire le secret de certaines donations, nos auteurs pourraient en faire de terribles tragédies bourgeoises. Je ne sais pas de quel pouvoir usent les femmes pour faire ce qu'elles veulent : car, malgré les apparences et leur faiblesse, c'est toujours elles qui l'emportent. Ah! par exemple, elles ne m'attrapent pas, moi. Je devine toujours la raison de ces prédilections que dans le monde on qualifie poliment d'indéfinissables! Mais les maris ne la devinent jamais, c'est une justice à leur rendre. Vous me répondrez à cela qu'il y a des grâces d'ét...

Hélène, revenue avec son père du boudoir dans le salon, écoutait attentivement le notaire, et le comprenait si bien, qu'elle jeta sur sa mère un coup d'œil craintif en pressentant avec tout l'instinct du jeune âge que cette circonstance allait redoubler la sévérité qui grondait sur elle. La marquise pâlit en montrant au comte [131] par un geste de terreur son mari qui regardait pensivement les fleurs du tapis. En ce moment, malgré son savoir-vivre, le diplomate ne se contint plus et lança sur le notaire un regard foudroyant.

— Venez par ici, monsieur, lui dit-il en se

dirigeant vivement vers la pièce qui précédait le salon.

Le notaire l'y suivit en tremblant et sans achever sa phrase.

— Monsieur, lui dit alors avec une rage concentrée le marquis de Vandenesse qui ferma violemment la porte du salon où il laissait la femme et le mari, depuis le dîner, vous n'avez fait ici que des sottises et dit que des bêtises. Pour Dieu! allez-vous-en. Vous finiriez par causer les plus grands malheurs. Si vous êtes un excellent notaire, restez dans votre étude; mais si, par hasard, vous vous trouvez dans le monde, tâchez d'y être plus circonspect...

Puis il rentra dans le salon, en quittant le notaire sans le saluer. Celui-ci resta pendant un moment tout ébaubi, perclus, sans savoir où il en était. Quand les bourdonnements qui lui tintaient aux oreilles cessèrent, il crut entendre des gémissements, des allées et venues dans le salon, où les sonnettes furent violemment tirées. Il eut peur de revoir le comte, et retrouva l'usage de ses jambes pour déguerpir et gagner l'escalier; mais, à la porte des appartements, il se heurta dans les valets qui s'empressaient de venir prendre les ordres de leur maître.

— Voilà comme sont tous ces grands seigneurs [132], se dit-il enfin quand il fut dans la rue à la recherche d'un cabriolet, ils vous engagent à parler, vous y invitent par des compliments; vous croyez les amuser, point du tout! Ils vous font des

impertinences, vous mettent à distance et vous
jettent même à la porte sans se gêner. Enfin, j'étais
fort spirituel, je n'ai rien dit qui ne fût sensé, posé,
convenable. Ma foi, il me recommande d'avoir plus
de circonspection, je n'en manque pas. Hé! diantre,
je suis notaire et membre de ma chambre. Bah!
c'est une boutade d'ambassadeur, rien n'est sacré
pour ces gens-là. Demain il m'expliquera comment
je n'ai fait chez lui que des bêtises et dit que des
sottises. Je lui demanderai raison; c'est-à-dire, je lui
en demanderai la raison. Au total, j'ai tort, peut-
être... Ma foi, je suis bien bon de me casser la tête!
Qu'est-ce que cela me fait?

Le notaire revint chez lui, et soumit l'énigme à sa
notairesse en lui racontant de point en point les
événements de la soirée.

— Mon cher Crottat, Son Excellence a eu parfaitement raison en te disant que tu n'avais fait que
des sottises et dit que des bêtises[133].

— Pourquoi?

— Mon cher, je te le dirais, que cela ne t'empê-
cherait pas de recommencer ailleurs demain. Seulement, je te recommande encore de ne jamais parler
que d'affaires en société.

— Si tu ne veux pas me le dire, je le demanderai
demain à...

— Mon Dieu, les gens les plus niais s'étudient à
cacher ces choses-là, et tu crois qu'un ambassadeur
ira te les dire! Mais, Crottat, je ne t'ai jamais vu si
dénué de sens.

— Merci, ma chère!

V

LES DEUX RENCONTRES

Un ancien officier d'ordonnance de Napoléon, que nous appellerons seulement le marquis ou le général, et qui sous la Restauration fit une haute fortune, était venu passer les beaux jours à Versailles, où il habitait une maison de campagne située entre l'église et la barrière de Montreuil, sur le chemin qui conduit à l'avenue de Saint-Cloud. Son service à la cour ne lui permettait pas de s'éloigner de Paris.

Élevé jadis pour servir d'asile aux passagères amours de quelque grand seigneur, ce pavillon avait de très vastes dépendances. Les jardins au milieu desquels il était placé, l'éloignaient également à droite et à gauche des premières maisons de Montreuil et des chaumières construites aux environs de la barrière; ainsi, sans être par trop isolés, les maîtres de cette propriété jouissaient, à deux pas d'une ville, de tous les plaisirs de la solitude. Par une étrange contradiction, la façade et la porte d'entrée de la maison donnaient immédiatement sur le chemin, qui, peut-être autrefois, était peu fréquenté. Cette hypothèse paraît vraisemblable si l'on vient à songer qu'il aboutit au délicieux pavillon bâti par Louis XV pour mademoiselle de Romans, et qu'avant d'y arriver, les curieux reconnaissent, çà et là, plus d'un *casino* dont l'intérieur et le décor trahissent les spirituelles débauches de nos aïeux, qui, dans la licence dont on les accuse, cherchaient néanmoins l'ombre et le mystère.

Par une soirée d'hiver, le marquis, sa femme et ses enfants se trouvèrent seuls dans cette maison déserte. Leurs gens avaient obtenu la permission d'aller célébrer à Versailles la noce de l'un d'entre eux, et présumant que la solennité de Noël, jointe à cette circonstance, leur offrirait une valable excuse auprès de leurs maîtres, ils ne faisaient pas scrupule de consacrer à la fête un peu plus de temps que ne leur en avait octroyé l'ordonnance domestique. Cependant, comme le général était connu pour un homme qui n'avait jamais manqué d'accomplir sa parole avec une inflexible probité, les réfractaires ne dansèrent pas sans quelques remords quand le moment du retour fut expiré. Onze heures venaient de sonner, et pas un domestique n'était arrivé. Le profond silence qui régnait sur la campagne permettait d'entendre, par intervalles, la bise sifflant à travers les branches noires des arbres, mugissant autour de la maison, ou s'engouffrant dans les longs corridors. La gelée avait si bien purifié l'air, durci la terre et saisi les pavés, que tout avait cette sonorité sèche dont les phénomènes nous surprennent tou-

jours. La lourde démarche d'un buveur attardé, ou
le bruit d'un fiacre retournant à Paris, retentissaient plus vivement et se faisaient écouter plus loin
que de coutume. Les feuilles mortes, mises en danse
par quelques tourbillons soudains, frissonnaient sur
les pierres de la cour de manière à donner une voix
à la nuit, quand elle voulait devenir muette. C'était
enfin une de ces âpres soirées qui arrachent à notre
égoïsme une plainte stérile en faveur du pauvre ou
du voyageur, et nous rendent le coin du feu si
voluptueux. En ce moment, la famille réunie au
salon, ne s'inquiétait ni de l'absence des domestiques, ni des gens sans foyer, ni de la poésie dont
étincelle une veillée d'hiver. Sans philosopher hors
de propos, et confiants en la protection d'un vieux
soldat, femmes et enfants se livraient aux délices
qu'engendre la vie intérieure quand les sentiments
n'y sont pas gênés, quand l'affection et la franchise
animent les discours, les regards et les jeux.

Le général était assis, ou, pour mieux dire,
enseveli dans une haute et spacieuse bergère, au
coin de la cheminée, où brillait un feu nourri qui
répandait cette chaleur piquante, symptôme d'un
froid excessif au-dehors. Appuyée sur le dos du siège
et légèrement inclinée, la tête de ce brave père
restait dans une pose dont l'indolence peignait un
calme parfait, un doux épanouissement de joie. Ses
bras, à moitié endormis, mollement jetés hors de la
bergère, achevaient d'exprimer une pensée de bonheur. Il contemplait le plus petit de ses enfants, un
garçon à peine âgé de cinq ans, qui, demi-nu, se

refusait à se laisser déshabiller par sa mère. Le
bambin fuyait la chemise ou le bonnet de nuit avec
lequel la marquise le menaçait parfois; il gardait sa
collerette brodée, riait à sa mère quand elle l'appelait, en s'apercevant qu'elle riait elle-même de cette
rébellion enfantine; il se remettait alors à jouer
avec sa sœur, aussi naïve, mais plus malicieuse, et
qui parlait déjà plus distinctement que lui, dont les
vagues paroles et les idées confuses étaient à peine
intelligibles pour ses parents. La petite Moïna, son
aînée de deux ans, provoquait par des agaceries
déjà féminines d'interminables rires, qui partaient
comme des fusées et semblaient ne pas avoir de
cause; mais à les voir tous deux se roulant devant le
feu, montrant sans honte leurs jolis corps potelés,
leurs formes blanches et délicates, confondant les
boucles de leurs chevelures noire et blonde, heur-
tant leurs visages roses, où la joie traçait des
fossettes ingénues, certes un père et surtout une
mère comprenaient ces petites âmes, pour eux déjà
caractérisées, pour eux déjà passionnées. Ces deux
anges faisaient pâlir par les vives couleurs de leurs
yeux humides, de leurs joues brillantes, de leur
teint blanc, les fleurs du tapis moelleux, ce théâtre
de leurs ébats, sur lequel ils tombaient, se renver-
saient, se combattaient, se roulaient sans danger.
Assise sur une causeuse à l'autre coin de la
cheminée, en face de son mari, la mère était
entourée de vêtements épars et restait, un soulier
rouge a la main, dans une attitude pleine de laisser-
aller. Son indécise sévérité mourait dans un doux

sourire gravé sur ses lèvres. Agée d'environ trente-
six ans, elle conservait encore une beauté due à la
rare perfection des lignes de son visage, auquel la
chaleur, la lumière et le bonheur prêtaient en ce
moment un éclat surnaturel. Souvent elle cessait de
regarder ses enfants pour reporter ses yeux cares-
sants sur la grave figure de son mari; et parfois, en
se rencontrant, les yeux des deux époux échangeaient de muettes jouissances et de profondes
réflexions. Le général avait un visage fortement
basané. Son front large et pur était sillonné par
quelques mèches de cheveux grisonnants. Les mâles
éclairs de ses yeux bleus, la bravoure inscrite dans
les rides de ses joues flétries, annonçaient qu'il avait
acheté par de rudes travaux le ruban rouge qui
fleurissait la boutonnière de son habit. En ce
moment les innocentes joies exprimées par ses deux
enfants se reflétaient sur sa physionomie vigoureuse
et ferme où perçaient une bonhomie, une candeur
indicibles. Ce vieux capitaine était redevenu petit
sans beaucoup d'efforts. N'y a-t-il pas toujours un
peu d'amour pour l'enfance chez les soldats qui ont
assez expérimenté les malheurs de la vie pour avoir
su reconnaître les misères de la force et les
privilèges de la faiblesse? Plus loin, devant une
table ronde éclairée par des lampes astrales dont les
vives lumières luttaient avec les lueurs pâles des
bougies placées sur la cheminée, était un jeune
garçon de treize ans qui tournait rapidement les
pages d'un gros livre. Les cris de son frère ou de sa
sœur ne lui causaient aucune distraction, et sa

figure accusait la curiosité de la jeunesse. Cette
profonde préoccupation était justifiée par les atta-
chantes merveilles des *Mille et une Nuits* et par un
uniforme de lycéen [134]. Il restait immobile, dans une
attitude méditative, un coude sur la table et la tête
appuyée sur l'une de ses mains, dont les doigts
blancs tranchaient au milieu d'une chevelure brune.
La clarté tombant d'aplomb sur son visage, et le
reste du corps étant dans l'obscurité, il ressemblait
ainsi à ces portraits noirs où Raphaël s'est représenté lui-même attentif, penché, songeant à l'avenir. Entre cette table et la marquise, une grande et
belle jeune fille travaillait, assise devant un métier
à tapisserie sur lequel se penchait et d'où s'éloignait
alternativement sa tête, dont les cheveux d'ébène
artistement lissés réfléchissaient la lumière. A elle
seule Hélène était un spectacle. Sa beauté se
distinguait par un rare caractère de force et
d'élégance. Quoique relevée de manière à dessiner
des traits vifs autour de la tête, la chevelure était si
abondante que, rebelle aux dents du peigne, elle se
frisait énergiquement à la naissance du cou. Ses
sourcils, très fournis et régulièrement plantés, tranchaient avec la blancheur de son front pur. Elle
avait même sur la lèvre supérieure quelques signes
de courage qui figuraient une légère teinte de bistre
sous un nez grec dont les contours étaient d'une
exquise perfection. Mais la captivante rondeur des
formes, la candide expression des autres traits, la
transparence d'une carnation délicate, la voluptueuse mollesse des lèvres, le fini de l'ovale décrit

par le visage, et surtout la sainteté de son regard
vierge, imprimaient à cette beauté vigoureuse la
suavité féminine, la modestie enchanteresse que
nous demandons à ces anges de paix et d'amour.
Seulement il n'y avait rien de frêle dans cette jeune
fille, et son cœur devait être aussi doux, son âme
aussi forte que ses proportions étaient magnifiques
et que sa figure était attrayante. Elle imitait le
silence de son frère le lycéen, et paraissait en proie à
l'une de ces fatales méditations de jeune fille,
souvent impénétrables à l'observation d'un père ou
même à la sagacité des mères : en sorte qu'il était
impossible de savoir s'il fallait attribuer au jeu de la
lumière ou à des peines secrètes les ombres capricieuses qui passaient sur son visage comme de
faibles nuées sur un ciel pur.

Les deux aînés étaient en ce moment complètement oubliés par le mari et par la femme. Cependant plusieurs fois le coup d'œil interrogateur du
général avait embrassé la scène muette qui, sur le
second plan, offrait une gracieuse réalisation des
espérances écrites dans les tumultes enfantins placés sur le devant de ce tableau domestique. En
expliquant la vie humaine par d'insensibles grada-
tions, ces figures composaient une sorte de poème
vivant. Le luxe des accessoires qui décoraient le
salon, la diversité des attitudes, les oppositions dues
à des vêtements tous divers de couleur, les
contrastes de ces visages si caractérisés par les
différents âges et par les contours que les lumières
mettaient en saillie, répandaient sur ces pages

humaines toutes les richesses demandées à la
sculpture, aux peintres, aux écrivains. Enfin, le
silence et l'hiver, la solitude et la nuit prêtaient leur
majesté à cette sublime et naïve composition,
délicieux effet de nature. La vie conjugale est pleine
de ces heures sacrées dont le charme indéfinissable
est dû peut-être à quelque souvenance d'un monde
meilleur. Des rayons célestes jaillissent sans doute
sur ces sortes de scènes, destinées à payer à
l'homme une partie de ses chagrins, à lui faire
accepter l'existence. Il semble que l'univers soit là,
devant nous, sous une forme enchanteresse, qu'il
déroule ses grandes idées d'ordre, que la vie sociale
plaide pour ses lois en parlant de l'avenir.

Cependant, malgré le regard d'attendrissement
jeté par Hélène sur Abel et Moïna quand éclatait
une de leurs joies; malgré le bonheur peint sur sa
lucide figure lorsqu'elle contemplait furtivement
son père, un sentiment de profonde mélancolie était
empreint dans ses gestes, dans son attitude, et
surtout dans ses yeux voilés par de longues paupières. Ses blanches et puissantes mains, à travers
lesquelles la lumière passait en leur communiquant
une rougeur diaphane et presque fluide, eh! bien,
ses mains tremblaient. Une seule fois, sans se défier
mutuellement, ses yeux et ceux de la marquise se
heurtèrent. Ces deux femmes se comprirent alors
par un regard terne, froid, respectueux chez Hélène,
sombre et menaçant chez la mère. Hélène baissa
promptement sa vue sur le métier, tira l'aiguille
avec prestesse, et de longtemps ne releva sa tête,

qui semblait lui être devenue trop lourde à porter.
La mère était-elle trop sévère pour sa fille, et
jugeait-elle cette sévérité nécessaire? Était-elle
jalouse de la beauté d'Hélène, avec qui elle pouvait
rivaliser encore, mais en déployant tous les prestiges de la toilette? Ou la fille avait-elle surpris,
comme beaucoup de filles quand elles deviennent
clairvoyantes, des secrets que cette femme, en
apparence si religieusement fidèle à ses devoirs,
croyait avoir ensevelis dans son cœur aussi profondément que dans une tombe?

Hélène était arrivée à un âge où la pureté de
l'âme porte à des rigidités qui dépassent la juste
mesure dans laquelle doivent rester les sentiments.
Dans certains esprits, les fautes prennent les proportions du crime; l'imagination réagit alors sur la
conscience; souvent alors les jeunes filles exagèrent
la punition en raison de l'étendue qu'elles donnent
aux forfaits. Hélène paraissait ne se croire digne de
personne. Un secret de sa vie antérieure, un
accident peut-être, incompris d'abord, mais développé par les susceptibilités de son intelligence sur
laquelle influaient les idées religieuses, semblait
l'avoir depuis peu comme dégradée romanesque-
ment à ses propres yeux. Ce changement dans sa
conduite avait commencé le jour où elle avait lu,
dans la récente traduction des théâtres étrangers, la
belle tragédie de GUILLAUME TELL, par Schiller[135].
Après avoir grondé sa fille de laisser tomber le
volume, la mère avait remarqué que le ravage causé
par cette lecture dans l'âme d'Hélène venait de la

scène où le poète établit une sorte de fraternité
entre Guillaume Tell, qui verse le sang d'un homme
pour sauver tout un peuple, et Jean-le-Parricide [136].
Devenue humble, pieuse et recueillie, Hélène ne
souhaitait plus d'aller au bal. Jamais elle n'avait
été si caressante pour son père, surtout quand la
marquise n'était pas témoin de ses cajoleries de
jeune fille. Néanmoins, s'il existait du refroidissement dans l'affection d'Hélène pour sa mère, il était
si finement exprimé, que le général ne devait pas
s'en apercevoir, quelque jaloux qu'il pût être de
l'union qui régnait dans sa famille. Nul homme
n'aurait eu l'œil assez perspicace pour sonder la
profondeur de ces deux cœurs féminins : l'un jeune
et généreux, l'autre sensible et fier; le premier,
trésor d'indulgence; le second, plein de finesse et
d'amour. Si la mère contristait sa fille par un adroit
despotisme de femme, il n'était sensible qu'aux
yeux de la victime. Au reste, l'événement seulement
fit naître ces conjectures toutes insolubles. Jusqu'à
cette nuit, aucune lumière accusatrice ne s'était
échappée de ces deux âmes; mais entre elles et Dieu
certainement il s'élevait quelque sinistre mystère.

— Allons, Abel, s'écria la marquise en saisissant
un moment où silencieux et fatigués Moïna et son
frère restaient immobiles; allons, venez, mon fils, il
faut vous coucher... Et, lui lançant un regard
impérieux, elle le prit vivement sur ses genoux.

— Comment, dit le général, il est dix heures et
demie, et pas un de nos domestiques n'est rentré?
Ah! les compères. Gustave, ajouta-t-il en se tour-

nant vers son fils, je ne t'ai donné ce livre qu'à la
condition de le quitter à dix heures; tu aurais dû le
fermer toi-même à l'heure dite et t'aller coucher
comme tu me l'avais promis. Si tu veux être un
homme remarquable, il faut faire de ta parole une
seconde religion, et y tenir comme à ton honneur.
Fox, un des plus grands orateurs de l'Angleterre,
était surtout remarquable par la beauté de son
caractère. La fidélité aux engagements pris est la
principale de ses qualités. Dans son enfance, son
père, un Anglais de vieille roche, lui avait donné
une leçon assez vigoureuse pour faire une éternelle
impression sur l'esprit d'un jeune enfant. A ton âge,
Fox venait, pendant les vacances, chez son père,
qui avait, comme tous les riches Anglais, un parc
assez considérable autour de son château. Il se
trouvait dans ce parc un vieux kiosque qui devait
être abattu et reconstruit dans un endroit où le
point de vue était magnifique. Les enfants aiment
beaucoup à voir démolir. Le petit Fox voulait avoir
quelques jours de vacances de plus pour assister à la
chute du pavillon; mais son père exigeait qu'il
rentrât au collège au jour fixé pour l'ouverture des
classes; de là brouille entre le père et le fils. La
mère, comme toutes les mamans, appuya le petit
Fox. Le père promit alors solennellement à son fils
qu'il attendrait aux vacances prochaines pour
démolir le kiosque. Fox retourne au collège. Le père
crut qu'un petit garçon distrait par ses études
oublierait cette circonstance, il fit abattre le
kiosque et le reconstruisit à l'autre endroit. L'entêté

garçon ne songeait qu'à ce kiosque. Quand il vint
chez son père, son premier soin fut d'aller voir le
vieux bâtiment; mais il revint tout triste au
moment du déjeuner, et dit à son père : — Vous
m'avez trompé. Le vieux gentilhomme anglais dit
avec une confusion pleine de dignité : — C'est vrai,
mon fils, mais je réparerai ma faute. Il faut tenir à
sa parole plus qu'à sa fortune; car tenir à sa parole
donne la fortune, et toutes les fortunes n'effacent
pas la tache faite à la conscience par un manque de
parole. Le père fit reconstruire le vieux pavillon
comme il était; puis, après l'avoir reconstruit, il
ordonna qu'on l'abattît sous les yeux de son fils.
Que ceci, Gustave, te serve de leçon.

Gustave, qui avait attentivement écouté son
père, ferma le livre à l'instant. Il se fit un moment
de silence pendant lequel le général s'empara de
Moïna, qui se débattait contre le sommeil, et la posa
doucement sur lui. La petite laissa rouler sa tête
chancelante sur la poitrine du père et s'y endormit
alors tout à fait, enveloppée dans les rouleaux dorés
de sa jolie chevelure. En cet instant, des pas rapides
retentirent dans la rue, sur la terre; et soudain trois
coups, frappés à la porte, réveillèrent les échos de la
maison. Ces coups prolongés eurent un accent aussi
facile à comprendre que le cri d'un homme en
danger de mourir. Le chien de garde aboya d'un ton
de fureur. Hélène, Gustave, le général et sa femme
tressaillirent vivement; mais Abel, que sa mère
achevait de coiffer, et Moïna ne s'éveillèrent pas.

— Il est pressé, celui-là, s'écria le militaire en déposant sa fille sur la bergère.

Il sortit brusquement du salon sans avoir entendu la prière de sa femme.

— Mon ami, n'y va pas...

Le marquis passa dans sa chambre à coucher, y prit une paire de pistolets, alluma sa lanterne sourde, s'élança vers l'escalier, descendit avec la rapidité de l'éclair, et se trouva bientôt à la porte de la maison où son fils le suivit intrépidement.

— Qui est là ? demanda-t-il.

— Ouvrez, répondit une voix presque suffoquée par des respirations haletantes.

— Êtes-vous ami ?

— Oui, ami.

— Êtes-vous seul ?

— Oui, mais ouvrez, car *ils* viennent !

Un homme se glissa sous le porche avec la fantastique vélocité d'une ombre aussitôt que le général eut entrebâillé la porte ; et, sans qu'il pût s'y opposer, l'inconnu l'obligea de la lâcher en la repoussant par un vigoureux coup de pied, et s'y appuya résolument comme pour empêcher de la rouvrir. Le général, qui leva soudain son pistolet et sa lanterne sur la poitrine de l'étranger afin de le tenir en respect, vit un homme de moyenne taille enveloppé dans une pelisse fourrée, vêtement de vieillard, ample et traînant, qui semblait ne pas avoir été fait pour lui. Soit prudence ou hasard, le fugitif avait le front entièrement couvert par un chapeau qui lui tombait sur les yeux.

— Monsieur, dit-il au général, abaissez le canon de votre pistolet. Je ne prétends pas rester chez vous sans votre consentement; mais si je sors, la mort m'attend à la barrière. Et quelle mort! vous en répondriez à Dieu. Je vous demande l'hospitalité pour deux heures. Songez-y bien, monsieur, quelque suppliant que je sois, je dois commander avec le despotisme de la nécessité. Je veux l'hospitalité de l'Arabie. Que je vous sois sacré; sinon, ouvrez, j'irai mourir. Il me faut le secret, un asile et de l'eau. Oh! de l'eau! répéta-t-il d'une voix qui râlait.

— Qui êtes-vous? demanda le général, surpris de la volubilité fiévreuse avec laquelle parlait l'inconnu.

— Ah! qui je suis? Eh! bien, ouvrez, je m'éloigne, répondit l'homme avec l'accent d'une infernale ironie.

Malgré l'adresse avec laquelle le marquis promenait les rayons de sa lanterne, il ne pouvait voir que le bas de ce visage, et rien n'y plaidait en faveur d'une hospitalité si singulièrement réclamée : les joues étaient tremblantes, livides, et les traits horriblement contractés. Dans l'ombre projetée par le bord du chapeau, les yeux se dessinaient comme deux lueurs qui firent presque pâlir la faible lumière de la bougie. Cependant il fallait une réponse.

— Monsieur, dit le général, votre langage est si extraordinaire, qu'à ma place vous...

— Vous disposez de ma vie, s'écria l'étranger d'un son de voix terrible en interrompant son hôte.

— Deux heures, dit le marquis irrésolu.

— Deux heures, répéta l'homme.

Mais tout à coup il repoussa son chapeau par un geste de désespoir, se découvrit le front et lança, comme s'il voulait faire une dernière tentative, un regard dont la vive clarté pénétra l'âme du général. Ce jet d'intelligence et de volonté ressemblait à un éclair, et fut écrasant comme la foudre; car il est des moments où les hommes sont investis d'un pouvoir inexplicable [137].

— Allez, qui que vous puissiez être, vous serez en sûreté sous mon toit, reprit gravement le maître du logis qui crut obéir à l'un de ces mouvements instinctifs que l'homme ne sait pas toujours expliquer.

— Dieu vous le rende, ajouta l'inconnu en laissant échapper un profond soupir.

— Êtes-vous armé? demanda le général.

Pour toute réponse, l'étranger lui donnant à peine le temps de jeter un coup d'œil sur sa pelisse, l'ouvrit et la replia lestement. Il était sans armes apparentes et dans le costume d'un jeune homme qui sort du bal. Quelque rapide que fût l'examen du soupçonneux militaire, il en vit assez pour s'écrier :

— Où diable avez-vous pu vous éclabousser ainsi par un temps si sec ?

— Encore des questions! répondit-il avec un air de hauteur.

En ce moment, le marquis aperçut son fils et se souvint de la leçon qu'il venait de lui faire sur la stricte exécution de la parole donnée; il fut si vivement contrarié de cette circonstance, qu'il lui

dit, non sans un ton de colère : — Comment, petit
drôle, te trouves-tu là au lieu d'être dans ton lit ?

— Parce que j'ai cru pouvoir vous être utile dans
le danger, répondit Gustave.

— Allons, monte à ta chambre, dit le père adouci
par la réponse de son fils. Et vous, dit-il en
s'adressant à l'inconnu, suivez-moi.

Ils devinrent silencieux comme deux joueurs qui
se défient l'un de l'autre. Le général commença
même à concevoir de sinistres pressentiments.
L'inconnu lui pesait déjà sur le cœur comme un
cauchemar ; mais, dominé par la foi du serment, il le
conduisit à travers les corridors, les escaliers de sa
maison, et le fit entrer dans une grande chambre
située au second étage, précisément au-dessus du
salon. Cette pièce inhabitée servait de séchoir en
hiver, ne communiquait à aucun appartement, et
n'avait d'autre décoration, sur ses quatre murs
jaunis, qu'un méchant miroir laissé sur la cheminée
par le précédent propriétaire, et une grande glace
qui, s'étant trouvée sans emploi lors de l'emmé-
nagement du marquis, fut provisoirement mise en
face de la cheminée. Le plancher de cette vaste
mansarde n'avait jamais été balayé, l'air y était
glacial, et deux vieilles chaises dépaillées en composaient tout le mobilier. Après avoir posé sa lanterne
sur l'appui de la cheminée, le général dit à
l'inconnu : — Votre sécurité veut que cette misé-
rable mansarde vous serve d'asile. Et, comme vous
avez ma parole pour le secret, vous me permettrez
de vous y enfermer.

L'homme baissa la tête en signe d'adhésion.

— Je n'ai demandé qu'un asile, le secret et de l'eau, ajouta-t-il.

— Je vais vous en apporter, répondit le marquis qui ferma la porte avec soin et descendit à tâtons dans le salon pour y venir prendre un flambeau afin d'aller chercher lui-même une carafe dans l'office.

— Hé! bien, monsieur, qu'y a-t-il? demanda vivement la marquise à son mari.

— Rien, ma chère, répondit-il d'un air froid.

— Mais nous avons cependant bien écouté, vous venez de conduire quelqu'un là-haut...

— Hélène, reprit le général en regardant sa fille qui leva la tête vers lui, songez que l'honneur de votre père repose sur votre discrétion. Vous devez n'avoir rien entendu.

La jeune fille répondit par un mouvement de tête significatif. La marquise demeura tout interdite et piquée intérieurement de la manière dont s'y prenait son mari pour lui imposer silence. Le général alla prendre une carafe, un verre, et remonta dans la chambre où était son prisonnier : il le trouva debout, appuyé contre le mur, près de la cheminée, la tête nue : il avait jeté son chapeau sur une des deux chaises. L'étranger ne s'attendait sans doute pas a se voir si vivement éclairé. Son front se plissa et sa figure devint soucieuse quand ses yeux rencontrerent les yeux perçants du général ; mais il s'adoucit et prit une physionomie gracieuse pour remercier son protecteur. Lorsque ce dernier eut place le verre et la carafe sur l'appui de la cheminée, l'inconnu, après lui avoir encore jeté son regard flamboyant, rompit le silence.

— Monsieur, dit-il d'une voix douce qui n'eut plus de convulsions gutturales comme précédemment mais qui néanmoins accusait encore un tremblement intérieur, je vais vous paraître bizarre. Excusez des caprices nécessaires. Si vous restez là, je vous prierai de ne pas me regarder quand je boirai.

Contrarié de toujours obéir à un homme qui lui déplaisait, le général se retourna brusquement. L'étranger tira de sa poche un mouchoir blanc, s'en enveloppa la main droite; puis il saisit la carafe, et but d'un trait l'eau qu'elle contenait. Sans penser à enfreindre son serment tacite, le marquis regarda machinalement dans la glace; mais alors la correspondance des deux miroirs permettant à ses yeux de parfaitement embrasser l'inconnu, il vit le mouchoir se rougir soudain par le contact des mains qui étaient pleines de sang.

— Ah! vous m'avez regardé, s'écria l'homme quand après avoir bu et s'être enveloppé dans son manteau il examina le général d'un air soupçonneux. Je suis perdu. *Ils* viennent, les voici!

— Je n'entends rien, dit le marquis.

— Vous n'êtes pas intéressé, comme je le suis, à écouter dans l'espace.

— Vous vous êtes donc battu en duel, pour être ainsi couvert de sang? demanda le général assez ému en distinguant la couleur des larges taches dont les vêtements de son hôte étaient imbibés.

— Oui, un duel, vous l'avez dit, répéta l'étranger en laissant errer sur ses lèvres un sourire amer.

En ce moment, le son des pas de plusieurs chevaux au grand galop retentit dans le lointain; mais ce bruit était faible comme les premières lueurs du matin. L'oreille exercée du général reconnut la marche des chevaux disciplinés par le régime de l'escadron.

— C'est la gendarmerie, dit-il.

Il jeta sur son prisonnier un regard de nature à dissiper les doutes qu'il avait pu lui suggérer par son indiscrétion involontaire, remporta la lumière et revint au salon. A peine posait-il la clef de la chambre haute sur la cheminée que le bruit produit par la cavalerie grossit et s'approcha du pavillon avec une rapidité qui le fit tressaillir. En effet, les chevaux s'arrêtèrent à la porte de la maison. Après avoir échangé quelques paroles avec ses camarades, un cavalier descendit, frappa rudement, et obligea le général d'aller ouvrir. Ce dernier ne fut pas maître d'une émotion secrète à l'aspect de six gendarmes dont les chapeaux bordés d'argent brillaient à la clarté de la lune.

— Monseigneur, lui dit un brigadier, n'avez-vous pas entendu tout à l'heure un homme courant vers la barrière?

— Vers la barrière? Non.

— Vous n'avez ouvert votre porte à personne?

— Ai-je donc l'habitude d'ouvrir moi-même ma porte?...

— Mais, pardon, mon général, en ce moment, il me semble que...

— Ah! çà, s'écria le marquis avec un accent de colère, allez-vous me plaisanter? avez-vous le droit...

— Rien, rien, monseigneur, reprit doucement le brigadier. Vous excuserez notre zèle. Nous savons bien qu'un pair de France ne s'expose pas à recevoir un assassin à cette heure de la nuit; mais le désir d'avoir quelques renseignements...

— Un assassin! s'écria le général. Et qui donc a été...

— Monsieur le baron de Mauny vient d'être tué d'un coup de hache, reprit le gendarme. Mais l'assassin est vivement poursuivi. Nous sommes certains qu'il est dans les environs, et nous allons le traquer. Excusez, mon général.

Le gendarme parlait en remontant à cheval, en sorte qu'il ne lui fut heureusement pas possible de voir la figure du général. Habitué à tout supposer, le brigadier aurait peut-être conçu des soupçons à l'aspect de cette physionomie ouverte où se peignaient si fidèlement les mouvements de l'âme.

— Sait-on le nom du meurtrier? demanda le général.

— Non, répondit le cavalier. Il a laissé le secrétaire plein d'or et de billets de banque, sans y toucher.

— C'est une vengeance, dit le marquis.

— Ah! bah! sur un vieillard?... Non, non, ce gaillard-là n'aura pas eu le temps de faire son coup.

Et le gendarme rejoignit ses compagnons, qui galopaient déjà dans le lointain. Le général resta pendant un moment en proie à des perplexités faciles à comprendre. Bientôt il entendit ses domestiques qui revenaient en se disputant avec une sorte de chaleur, et dont les voix retentissaient dans le carrefour de Montreuil. Quand ils arrivèrent, sa colère, à laquelle il fallait un prétexte pour s'exhaler, tomba sur eux avec l'éclat de la foudre. Sa voix fit trembler les échos de la maison. Puis il s'apaisa tout à coup, lorsque le plus hardi, le plus adroit d'entre eux, son valet de chambre, excusa leur retard en lui disant qu'ils avaient été arrêtés à l'entrée de Montreuil par des gendarmes et des agents de police en quête d'un assassin. Le général se tut soudain. Puis, rappelé par ce mot aux devoirs de sa singulière position, il ordonna sèchement à tous ses gens d'aller se coucher aussitôt en les laissant étonnés de la facilité avec laquelle il admettait le mensonge du valet de chambre.

Mais pendant que ces événements se passaient dans la cour, un incident assez léger en apparence avait changé la situation des autres personnages qui figurent dans cette histoire. A peine le marquis était-il sorti que sa femme, jetant alternativement les yeux sur la clef de la mansarde et sur Hélène, finit par dire à voix basse en se penchant vers sa fille : — Hélène, votre père a laissé la clef sur la cheminée.

La jeune fille étonnée leva la tête, et regarda

timidement sa mère, dont les yeux pétillaient de curiosité.

— Hé! bien, maman? répondit-elle d'une voix troublée.

— Je voudrais bien savoir ce qui se passe là-haut. S'il y a une personne, elle n'a pas encore bougé. Vas-y donc...

— Moi? dit la jeune fille avec une sorte d'effroi.

— As-tu peur?

— Non, madame, mais je crois avoir distingué le pas d'un homme.

— Si je pouvais y aller moi-même, je ne vous aurais pas priée de monter, Hélène, reprit sa mère avec un ton de dignité froide. Si votre père rentrait et ne me trouvait pas, il me chercherait peut-être, tandis qu'il ne s'apercevra pas de votre absence.

— Madame, répondit Hélène, si vous me le commandez, j'irai; mais je perdrai l'estime de mon père...

— Comment! dit la marquise avec un accent d'ironie. Mais puisque vous prenez au sérieux ce qui n'était qu'une plaisanterie, maintenant je vous ordonne d'aller voir qui est là-haut. Voici la clef, ma fille! Votre père, en vous recommandant le silence sur ce qui se passe en ce moment chez lui, ne vous a point interdit de monter à cette chambre. Allez, et sachez qu'une mère ne doit jamais être jugée par sa fille...

Après avoir prononcé ces dernières paroles avec toute la sévérité d'une mère offensée, la marquise prit la clef et la remit à Hélène, qui se leva sans dire un mot, et quitta le salon.

Ma mère saura toujours bien obtenir son pardon; mais moi je serai perdue dans l'esprit de mon père. Veut-elle donc me priver de la tendresse qu'il a pour moi, me chasser de sa maison?

Ces idées fermentèrent soudain dans son imagination pendant qu'elle marchait sans lumière le long du corridor, au fond duquel était la porte de la chambre mystérieuse. Quand elle y arriva, le désordre de ses pensées eut quelque chose de fatal. Cette espèce de méditation confuse servit à faire déborder mille sentiments contenus jusque-là dans son cœur. Ne croyant peut-être déjà plus à un heureux avenir, elle acheva, dans ce moment affreux, de désespérer de sa vie. Elle trembla convulsivement en approchant la clef de la serrure, et son émotion devint même si forte qu'elle s'arrêta pendant un instant pour mettre la main sur son cœur, comme si elle avait le pouvoir d'en calmer les battements profonds et sonores. Enfin elle ouvrit la porte. Le cri des gonds avait sans doute vainement frappé l'oreille du meurtrier. Quoique son ouïe fût très fine, il resta presque collé sur le mur, immobile et comme perdu dans ses pensées. Le cercle de lumière projeté par la lanterne l'éclairait faiblement, et il ressemblait, dans cette zone de clair-obscur, à ces sombres statues de chevaliers, toujours debout à l'encoignure de quelque tombe noire sous les chapelles gothiques. Des gouttes de sueur froide sillonnaient son front jaune et large. Une

audace incroyable brillait sur ce visage fortement
contracté. Ses yeux de feu, fixes et secs, semblaient
contempler un combat dans l'obscurité qui était
devant lui. Des pensées tumultueuses passaient
rapidement sur cette face, dont l'expression ferme
et précise indiquait une âme supérieure. Son corps,
son attitude, ses proportions, s'accordaient avec son
génie sauvage. Cet homme était toute force et toute
puissance, et il envisageait les ténèbres comme une
visible image de son avenir. Habitué à voir les
figures énergiques des géants qui se pressaient
autour de Napoléon, et préoccupé par une curiosité
morale, le général n'avait pas fait attention aux
singularités physiques de cet homme extraordinaire; mais, sujette, comme toutes les femmes, aux
impressions extérieures, Hélène fut saisie par le
mélange de lumière et d'ombre, de grandiose et de
passion, par un poétique chaos qui donnait à
l'inconnu l'apparence de Lucifer se relevant de sa
chute[138]. Tout à coup la tempête peinte sur ce
visage s'apaisa comme par magie, et l'indéfinissable
empire dont l'étranger était, à son insu peut-être, le
principe et l'effet, se répandit autour de lui avec la
progressive rapidité d'une inondation. Un torrent
de pensées découla de son front au moment où ses
traits reprirent leurs formes naturelles. *Charmée*,
soit par l'étrangeté de cette entrevue, soit par le
mystère dans lequel elle pénétrait, la jeune fille put
alors admirer une physionomie douce et pleine
d'intérêt. Elle resta pendant quelque temps dans un
prestigieux silence et en proie à des troubles

jusqu'alors inconnus à sa jeune âme. Mais bientôt,
soit qu'Hélène eût laissé échapper une exclamation,
eût fait un mouvement; soit que l'assassin, revenant du monde idéal au monde réel, entendit une
autre respiration que la sienne, il tourna la tête vers
la fille de son hôte, et aperçut indistinctement dans
l'ombre la figure sublime et les formes majestueuses
d'une créature qu'il dut prendre pour un ange, à la
voir immobile et vague comme une apparition.

— Monsieur! dit-elle d'une voix palpitante.

Le meurtrier tressaillit.

— Une femme! s'écria-t-il doucement. Est-ce
possible? Éloignez-vous, reprit-il. Je ne reconnais à
personne le droit de me plaindre, de m'absoudre ou
de me condamner. Je dois vivre seul. Allez, mon
enfant, ajouta-t-il avec un geste de souverain, je
reconnaîtrais mal le service que me rend le maître
de cette maison, si je laissais une seule des
personnes qui l'habitent respirer le même air que
moi. Il faut me soumettre aux lois du monde.

Cette dernière phrase fut prononcée à voix basse.
En achevant d'embrasser par sa profonde intuition
les misères que réveilla cette idée mélancolique, il
jeta sur Hélène un regard de serpent, et remua dans
le cœur de cette singulière jeune fille un monde de
pensées encore endormi chez elle. Ce fut comme une
lumière qui lui aurait éclairé des pays inconnus. Son
âme fut terrassée, subjuguée, sans qu'elle trouvât la
force de se défendre contre le pouvoir magnétique
de ce regard, quelque involontairement lancé qu'il
fût. Honteuse et tremblante, elle sortit et ne revint

au salon qu'un instant avant le retour de son père, en sorte qu'elle ne put rien dire à sa mère.

Le général, tout préoccupé, se promena silencieusement, les bras croisés, allant d'un pas uniforme des fenêtres qui donnaient sur la rue aux fenêtres du jardin. Sa femme gardait Abel endormi. Moïna, posée sur la bergère comme un oiseau dans son nid, sommeillait insouciante. La sœur aînée tenait une pelote de soie dans une main, dans l'autre une aiguille, et contemplait le feu. Le profond silence qui régnait au salon, au-dehors et dans la maison, n'était interrompu que par les pas traînants des domestiques, qui allèrent se coucher un à un; par quelques rires étouffés, dernier écho de leur joie et de la fête nuptiale; puis encore par les portes de leurs chambres respectives, au moment où ils les ouvrirent en se parlant les uns aux autres, et quand ils les fermèrent. Quelques bruits sourds retentirent encore auprès des lits. Une chaise tomba. La toux d'un vieux cocher résonna faiblement et se tut. Mais bientôt la sombre majesté qui éclate dans la nature endormie à minuit domina partout. Les étoiles seules brillaient. Le froid avait saisi la terre. Pas un être ne parla, ne remua. Seulement le feu bruissait, comme pour faire comprendre la profondeur du silence. L'horloge de Montreuil sonna une heure. En ce moment des pas extrêmement légers retentirent faiblement dans l'étage supérieur. Le marquis et sa fille, certains d'avoir enfermé l'assassin de monsieur de Mauny, attribuèrent ces mouvements à une des femmes, et ne furent pas

étonnés d'entendre ouvrir les portes de la pièce qui
précédait le salon. Tout à coup le meurtrier apparut au milieu d'eux. La stupeur dans laquelle le
marquis était plongé, la vive curiosité de la mère et
l'étonnement de la fille lui ayant permis d'avancer
presque au milieu du salon, il dit au général d'une
voix singulièrement calme et mélodieuse : Monseigneur, les deux heures vont expirer.

— Vous ici! s'écria le général. Par quelle puissance? Et, d'un regard terrible, il interrogea sa
femme et ses enfants. Hélène devint rouge comme
le feu. — Vous, reprit le militaire d'un ton pénétré,
vous au milieu de nous! Un assassin couvert de
sang ici! Vous souillez ce tableau! Sortez, sortez,
ajouta-t-il avec un accent de fureur.

Au mot d'assassin, la marquise jeta un cri. Quant
à Hélène, ce mot sembla décider de sa vie, son
visage n'accusa pas le moindre étonnement. Elle
semblait avoir attendu cet homme. Ses pensées si
vastes eurent un sens. La punition que le ciel
réservait à ses fautes éclatait. Se croyant aussi
criminelle que l'était cet homme, la jeune fille le
regarda d'un œil serein : elle était sa compagne, sa
sœur. Pour elle, un commandement de Dieu se
manifestait dans cette circonstance. Quelques
années plus tard, la raison aurait fait justice de ses
remords; mais en ce moment ils la rendaient
insensée. L'étranger resta immobile et froid. Un
sourire de dédain se peignit dans ses traits et sur ses
larges lèvres rouges.

— Vous reconnaissez bien mal la noblesse de mes

procédés envers vous, dit-il lentement. Je n'ai pas
voulu toucher de mes mains le verre dans lequel
vous m'avez donné de l'eau pour apaiser ma soif. Je
n'ai pas même pensé à laver mes mains sanglantes
sous votre toit, et j'en sors n'y ayant laissé de *mon
crime* (à ces mots ses lèvres se comprimèrent) que
l'idée, en essayant de passer ici sans laisser de trace.
Enfin je n'ai pas même permis à votre fille de...

— Ma fille! s'écria le général en jetant sur
Hélène un coup d'œil d'horreur. Ah! malheureux,
sors, ou je te tue.

— Les deux heures ne sont pas expirées. Vous ne
pouvez ni me tuer ni me livrer sans perdre votre
propre estime et — la mienne.

A ce dernier mot, le militaire stupéfait essaya de
contempler le criminel; mais il fut obligé de baisser
les yeux, il se sentait hors d'état de soutenir
l'insupportable éclat d'un regard qui pour la
seconde fois lui désorganisait l'âme. Il craignit de
mollir encore en reconnaissant que sa volonté
s'affaiblissait déjà.

— Assassiner un vieillard! Vous n'avez donc
jamais vu de famille? dit-il alors en lui montrant
par un geste paternel sa femme et ses enfants.

— Oui, un vieillard, répéta l'inconnu dont le
front se contracta légèrement [139].

— Fuyez! s'écria le général sans oser regarder
son hôte. Notre pacte est rompu. Je ne vous tuerai
pas. Non! je ne me ferai jamais le pourvoyeur de
l'échafaud. Mais sortez, vous nous faites horreur.

— Je le sais, répondit le criminel avec résignation. Il n'y a pas de terre en France où je puisse poser mes pieds avec sécurité; mais, si la justice savait, comme Dieu, juger les spécialités; si elle daignait s'enquérir qui, de l'assassin ou de la victime, est le monstre, je resterais fièrement parmi les hommes. Ne devinez-vous pas des crimes antérieurs chez un homme qu'on vient de hacher? Je me suis fait juge et bourreau, j'ai remplacé la justice humaine impuissante. Voilà mon crime. Adieu, monsieur. Malgré l'amertume que vous avez jetée dans votre hospitalité, j'en garderai le souvenir. J'aurai encore dans l'âme un sentiment de reconnaissance pour un homme dans le monde, cet homme est vous... Mais je vous aurais voulu plus généreux.

Il alla vers la porte. En ce moment la jeune fille se pencha vers sa mère et lui dit un mot à l'oreille.

— Ah!... Ce cri échappé à sa femme fit tressaillir le général, comme s'il eût vu Moïna morte. Hélène était debout, et le meurtrier s'était instinctivement retourné, montrant sur sa figure une sorte d'inquiétude pour cette famille.

— Qu'avez-vous, ma chère? demanda le marquis.

— Hélène veut le suivre, dit-elle.

Le meurtrier rougit.

— Puisque ma mère traduit si mal une exclamation presque involontaire, dit Hélène à voix basse, je réaliserai ses vœux.

Après avoir jeté un regard de fierté presque sauvage autour d'elle, la jeune fille baissa les yeux et resta dans une admirable attitude de modestie.

— Hélène, dit le général, vous êtes allée là-haut dans la chambre où j'avais mis... ?

— Oui, mon père.

— Hélène, demanda-t-il d'une voix altérée par un tremblement convulsif, est-ce la première fois que vous avez vu cet homme?

— Oui, mon père.

— Il n'est pas alors naturel que vous ayez le dessein de...

— Si cela n'est pas naturel, au moins cela est vrai, mon père.

— Ah! ma fille?... dit la marquise à voix basse mais de manière à ce que son mari l'entendît. Hélène, vous mentez à tous les principes d'honneur, de modestie, de vertu, que j'ai tâché de développer dans votre cœur. Si vous n'avez été que mensonge jusqu'à cette heure fatale, alors vous n'êtes point regrettable. Est-ce la perfection morale de cet inconnu qui vous tente? serait-ce l'espèce de puissance nécessaire aux gens qui commettent un crime?... Je vous estime trop pour supposer...

— Oh! supposez tout, madame, répondit Hélène d'un ton froid.

Mais, malgré la force de caractère dont elle faisait preuve en ce moment, le feu de ses yeux absorba difficilement les larmes qui roulèrent dans ses yeux. L'étranger devina le langage de la mère par les pleurs de la jeune fille et lança son coup d'œil d'aigle sur la marquise qui fut obligée, par un irrésistible pouvoir, de regarder ce terrible séducteur. Or, quand les yeux de cette femme rencontrèrent les yeux clairs et luisants de cet homme, elle éprouva dans l'âme un frisson semblable à la commotion qui nous saisit à l'aspect d'un reptile ou lorsque nous touchons à une bouteille de Leyde [140].

— Mon ami, cria-t-elle à son mari, c'est le démon. Il devine tout...

Le général se leva pour saisir un cordon de sonnette.

— Il vous perd, dit Hélène au meurtrier.

L'inconnu sourit, fit un pas, arrêta le bras du marquis, le força de supporter un regard qui versait la stupeur, et le dépouilla de son énergie.

— Je vais vous payer votre hospitalité, dit-il, et nous serons quittes. Je vous épargnerai un déshonneur en me livrant moi-même. Après tout, que ferais-je maintenant dans la vie?

— Vous pouvez vous repentir, répondit Hélène en lui adressant une de ces espérances qui ne brillent que dans les yeux d'une jeune fille.

— Je ne me repentirai jamais, dit le meurtrier d'une voix sonore et en levant fièrement la tête.

— Ses mains sont teintes de sang, dit le père à sa fille.

— Je les essuierai, répondit-elle.

— Mais, reprit le général, sans se hasarder à lui montrer l'inconnu, savez-vous s'il veut de vous seulement?

Le meurtrier s'avança vers Hélène, dont la beauté, quelque chaste et recueillie qu'elle fût, était comme éclairée par une lumière intérieure dont les

reflets coloraient et mettaient, pour ainsi dire, en
relief les moindres traits et les lignes les plus
délicates; puis, après avoir jeté sur cette ravissante
créature un doux regard, dont la flamme était
encore terrible, il dit en trahissant une vive
émotion :

— N'est-ce pas vous aimer pour vous-même et
m'acquitter des deux heures d'existence que m'a
vendues votre père que de me refuser à votre
dévouement ?

— Et vous aussi vous me repoussez! s'écria
Hélène avec un accent qui déchira les cœurs. Adieu
donc à tous, je vais aller mourir!

— Qu'est-ce que cela signifie? lui dirent
ensemble son père et sa mère.

Elle resta silencieuse et baissa les yeux après
avoir interrogé la marquise par un coup d'œil
éloquent. Depuis le moment où le général et sa
femme avaient essayé de combattre par la parole ou
par l'action l'étrange privilège que l'inconnu s'arro-
geait en restant au milieu d'eux, et que ce dernier
leur avait lancé l'étourdissante lumière qui jaillis-
sait de ses yeux, ils étaient soumis à une torpeur
inexplicable; et leur raison engourdie les aidait mal
à repousser la puissance surnaturelle sous laquelle
ils succombaient. Pour eux l'air était devenu lourd,
et ils respiraient difficilement, sans pouvoir accuser
celui qui les opprimait ainsi, quoiqu'une voix
intérieure ne leur laissât pas ignorer que cet homme
magique était le principe de leur impuissance. Au
milieu de cette agonie morale, le général devina que

ses efforts devaient avoir pour objet d'influencer la raison chancelante de sa fille : il la saisit par la taille, et la transporta dans l'embrasure d'une croisée, loin du meurtrier.

— Mon enfant chérie, lui dit-il à voix basse, si quelque amour étrange était né tout à coup dans ton cœur, ta vie pleine d'innocence, ton âme pure et pieuse m'ont donné trop de preuves de caractère pour ne pas te supposer l'énergie nécessaire à dompter un mouvement de folie. Ta conduite cache donc un mystère. Eh! bien, mon cœur est un cœur plein d'indulgence, tu peux tout lui confier; quand même tu le déchirerais, je saurais, mon enfant, taire mes souffrances et garder à ta confession un silence fidèle. Voyons. es-tu jalouse de notre affection pour tes frères ou ta jeune sœur? As-tu dans l'âme un chagrin d'amour? Es-tu malheureuse ici? Parle? explique-moi les raisons qui te poussent à laisser ta famille, à l'abandonner, à la priver de son plus grand charme, à quitter ta mère, tes frères, ta petite sœur.

— Mon père, répondit-elle, je ne suis ni jalouse ni amoureuse de personne, pas même de votre ami le diplomate, monsieur de Vandenesse.

La marquise pàlit, et sa fille, qui l'observait, s'arrêta.

— Ne dois-je pas tôt ou tard aller vivre sous la protection d'un homme?

— Cela est vrai.

— Savons-nous jamais, dit-elle en continuant, à

quel être nous lions nos destinées? Moi, je crois en cet homme.

— Enfant, dit le général en élevant la voix, tu ne songes pas à toutes les souffrances qui vont t'assaillir.

— Je pense aux siennes...

— Quelle vie! dit le père.

— Une vie de femme, répondit la fille en murmurant.

— Vous êtes bien savante, s'écria la marquise en retrouvant la parole.

— Madame, les demandes me dictent les réponses; mais, si vous le désirez, je parlerai plus clairement.

— Dites tout, ma fille, je suis mère. Ici la fille regarda la mère, et ce regard fit faire une pause à la marquise. — Hélène, je subirai vos reproches, si vous en avez à me faire, plutôt que de vous voir suivre un homme que tout le monde fuit avec horreur.

— Vous voyez bien, madame, que sans moi il serait seul.

— Assez, madame, s'écria le général, nous n'avons plus qu'une fille. Et il regarda Moïna, qui dormait toujours. — Je vous enfermerai dans un couvent, ajouta-t-il en se tournant vers Hélène.

— Soit! mon père, répondit-elle avec un calme désespérant, j'y mourrai. Vous n'êtes comptable de ma vie et de *son* âme qu'à Dieu.

Un profond silence succéda soudain à ces paroles. Les spectateurs de cette scène, où tout froissait les sentiments vulgaires de la vie sociale, n'osaient se regarder. Tout à coup le marquis aperçut ses pistolets, en saisit un, l'arma lestement et le dirigea sur l'étranger. Au bruit que fit la batterie, cet homme se retourna, jeta son regard calme et perçant sur le général dont le bras, détendu par une invincible mollesse, retomba lourdement, et le pistolet coula sur le tapis...

— Ma fille, dit alors le père abattu par cette lutte effroyable, vous êtes libre. Embrassez votre mère, si elle y consent. Quant à moi, je ne veux plus ni vous voir ni vous entendre...

— Hélène, dit la mère à la jeune fille, pensez donc que vous serez dans la misère.

Une espèce de râle, parti de la large poitrine du meurtrier, attira les regards sur lui. Une expression dédaigneuse était peinte sur sa figure.

— L'hospitalité que je vous ai donnée me coûte cher, s'écria le général en se levant. Vous n'avez tué, tout à l'heure, qu'un vieillard; ici, vous assassinez toute une famille. Quoi qu'il arrive, il y aura du malheur dans cette maison.

— Et si votre fille est heureuse? demanda le meurtrier en regardant fixement le militaire.

— Si elle est heureuse avec vous, répondit le père en faisant un incroyable effort, je ne la regretterai pas.

Hélène s'agenouilla timidement devant son père, et lui dit d'une voix caressante : — Ô mon père, je vous aime et vous vénère, que vous me prodiguiez des trésors de votre bonté, ou les rigueurs de la disgrâce... Mais, je vous en supplie, que vos dernières paroles ne soient pas des paroles de colère.

Le général n'osa pas contempler sa fille. En ce moment l'étranger s'avança, et jetant sur Hélène un sourire où il y avait à la fois quelque chose d'infernal et de céleste : — Vous qu'un meurtrier n'épouvante pas, ange de miséricorde, dit-il, venez, puisque vous persistez à me confier votre destinée.

— Inconcevable! s'écria le père.

La marquise lança sur sa fille un regard extraordinaire, et lui ouvrit ses bras. Hélène s'y précipita en pleurant.

— Adieu, dit-elle, adieu, ma mère!

Hélène fit hardiment un signe à l'étranger, qui tressaillit. Après avoir baisé la main de son père, embrassé précipitamment, mais sans plaisir, Moïna et le petit Abel, elle disparut avec le meurtrier.

— Par où vont-ils? s'écria le général en écoutant les pas des deux fugitifs. — Madame, reprit-il en s'adressant à sa femme, je crois rêver : cette aventure me cache un mystère. Vous devez le savoir.

La marquise frissonna.

— Depuis quelque temps, répondit-elle, votre fille était devenue extraordinairement romanesque et singulièrement exaltée. Malgré mes soins à combattre cette tendance de son caractère...

— Cela n'est pas clair...

Mais, s'imaginant entendre dans le jardin les pas de sa fille et de l'étranger, le général s'interrompit pour ouvrir précipitamment la croisée.

— Hélène, cria-t-il.

Cette voix se perdit dans la nuit comme une vaine prophétie. En prononçant ce nom, auquel rien ne répondait plus dans le monde, le général rompit, comme par enchantement, le charme auquel une puissance diabolique l'avait soumis. Une sorte d'esprit lui passa sur la face. Il vit clairement la scène qui venait de se passer, et maudit sa faiblesse qu'il ne comprenait pas. Un frisson chaud alla de son cœur à sa tête, à ses pieds, il redevint lui-même, terrible, affamé de vengeance, et poussa un effroyable cri.

— Au secours! au secours!...

Il courut aux cordons des sonnettes, les tira de manière à les briser, après avoir fait retentir des tintements étranges. Tous ses gens s'éveillèrent en sursaut. Pour lui, criant toujours, il ouvrit les fenêtres de la rue, appela les gendarmes, trouva ses pistolets, les tira pour accélérer la marche des cavaliers, le lever de ses gens et la venue des voisins. Les chiens reconnurent alors la voix de leur maître et aboyèrent, les chevaux hennirent et piaffèrent. Ce fut un tumulte affreux au milieu de cette nuit calme. En descendant par les escaliers pour courir après sa fille, le général vit ses gens épouvantés qui arrivaient de toutes parts.

Ma fille? Hélène est enlevée. Allez dans le jardin! Gardez la rue! Ouvrez à la gendarmerie! A l'assassin!

Aussitôt il brisa par un effort de rage la chaîne qui retenait le gros chien de garde.

— Hélène! Hélène! lui dit-il.

Le chien bondit comme un lion, aboya furieusement et s'élança dans le jardin si rapidement que le
général ne put le suivre. En ce moment le galop des
chevaux retentit dans la rue, et le général s'empressa d'ouvrir lui-même.

— Brigadier, s'écria-t-il, allez couper la retraite
à l'assassin de monsieur de Mauny. Ils s'en vont
par mes jardins. Vite, cernez les chemins de la
butte de Picardie, je vais faire une battue dans
toutes les terres, les parcs, les maisons.   Vous
autres, dit-il à ses gens, veillez sur la rue et tenez la
ligne depuis la barrière jusqu'à Versailles. En avant,
tous!

Il se saisit d'un fusil que lui apporta son valet de
chambre, et s'élança dans les jardins en criant au
chien : — Cherche! D'affreux aboiements lui répondirent dans le lointain, et il se dirigea dans la
direction d'où les râlements du chien semblaient
venir.

A sept heures du matin, les recherches de la
gendarmerie, du général, de ses gens et des voisins
avaient été inutiles. Le chien n'était pas revenu.
Harassé de fatigue, et déjà vieilli par le chagrin, le
marquis rentra dans son salon, désert pour lui,
quoique ses trois autres enfants y fussent.

— Vous avez été bien froide pour votre fille, dit-
il en regardant sa femme. — Voilà donc ce qui nous
reste d'elle! ajouta-t-il en montrant le métier où il
voyait une fleur commencée. Elle était là, tout à
l'heure, et maintenant, perdue, perdue!

Il pleura, se cacha la tête dans ses mains, et resta un moment silencieux, n'osant plus contempler ce salon qui naguère lui offrait le tableau le plus suave du bonheur domestique. Les lueurs de l'aurore luttaient avec les lampes expirantes; les bougies brûlaient leurs festons de papier, tout s'accordait avec le désespoir de ce père.

— Il faudra détruire ceci, dit-il après un moment de silence et en montrant le métier. Je ne pourrais plus rien voir de ce qui nous la rappelle...

La terrible nuit de Noël, pendant laquelle le marquis et sa femme eurent le malheur de perdre leur fille aînée sans avoir pu s'opposer à l'étrange domination exercée par son ravisseur involontaire, fut comme un avis que leur donna la fortune. La faillite d'un agent de change ruina le marquis. Il hypothéqua les biens de sa femme pour tenter une spéculation dont les bénéfices devaient restituer à sa famille toute sa première fortune; mais cette entreprise acheva de le ruiner. Poussé par son désespoir à tout tenter, le général s'expatria. Six ans s'étaient écoulés depuis son départ. Quoique sa famille eût rarement reçu de ses nouvelles, quelques jours avant la reconnaissance de l'indépendance des républiques américaines par l'Espagne, il avait annoncé son retour.

Donc, par une belle matinée, quelques négociants français, impatients de revenir dans leur patrie avec des richesses acquises au prix de longs travaux et de périlleux voyages entrepris, soit au Mexique, soit dans la Colombie, se trouvaient à quelques lieues de

Bordeaux, sur un brick espagnol. Un homme, vieilli
par les fatigues ou par le chagrin plus que ne le
comportaient ses années, était appuyé sur le bastingage et paraissait insensible au spectacle qui s'offrait aux regards des passagers groupés sur le tillac.
Échappés aux dangers de la navigation et conviés
par la beauté du jour, tous étaient montés sur le
pont comme pour saluer la terre natale. La plupart
d'entre eux voulaient absolument voir, dans le
lointain, les phares, les édifices de la Gascogne, la
tour de Cordouan, mêlés aux créations fantastiques
de quelques nuages blancs qui s'élevaient à l'horizon. Sans la frange argentée qui badinait devant le
brick, sans le long sillon rapidement effacé qu'il
traçait derrière lui, les voyageurs auraient pu se
croire immobiles au milieu de l'Océan, tant la mer y
était calme. Le ciel avait une pureté ravissante. La
teinte foncée de sa voûte arrivait, par d'insensibles
dégradations, à se confondre avec la couleur des
eaux bleuâtres, en marquant le point de sa réunion
par une ligne dont la clarté scintillait aussi vivement que celle des étoiles. Le soleil faisait étinceler
des millions de facettes dans l'immense étendue de
la mer, en sorte que les vastes plaines de l'eau
étaient plus lumineuses peut-être que les campagnes
du firmament. Le brick avait toutes ses voiles
gonflées par un vent d'une merveilleuse douceur, et
ces nappes aussi blanches que la neige, ces pavillons
jaunes flottants, ce dédale de cordages se dessinaient avec une précision rigoureuse sur le fond
brillant de l'air, du ciel et de l'Océan, sans recevoir

d'autres teintes que celles des ombres projetées par
les toiles vaporeuses. Un beau jour, un vent frais, la
vue de la patrie, une mer tranquille, un bruissement
mélancolique, un joli brick solitaire, glissant sur
l'Océan comme une femme qui vole à un rendez-
vous, c'était un tableau plein d'harmonies, une
scène d'où l'âme humaine pouvait embrasser d'immuables espaces, en partant d'un point où tout
était mouvement. Il y avait une étonnante opposition de solitude et de vie, de silence et de bruit, sans
qu'on pût savoir où était le bruit et la vie, le néant
et le silence; aussi pas une voix humaine ne
rompait-elle ce charme céleste. Le capitaine espagnol, ses matelots, les Français restaient assis ou
debout, tous plongés dans une extase religieuse
pleine de souvenirs. Il y avait de la paresse dans
l'air. Les figures épanouies accusaient un oubli complet des maux passés, et ces hommes se balançaient
sur ce doux navire comme dans un songe d'or.
Cependant, de temps en temps, le vieux passager,
appuyé sur le bastingage, regardait l'horizon avec
une sorte d'inquiétude. Il y avait une défiance du
sort écrite dans tous ses traits, et il semblait craindre
de ne jamais toucher assez vite la terre de France.
Cet homme était le marquis. La fortune n'avait pas
été sourde aux cris et aux efforts de son désespoir.
Après cinq ans de tentatives et de travaux pénibles,
il s'était vu possesseur d'une fortune considérable.
Dans son impatience de revoir son pays et d'apporter le bonheur à sa famille, il avait suivi l'exemple
de quelques négociants français de La Havane, en

s'embarquant avec eux sur un vaisseau espagnol en charge pour Bordeaux. Néanmoins son imagination, lassée de prévoir le mal, lui traçait les images les plus délicieuses de son bonheur passé. En voyant de loin la ligne brune décrite par la terre, il croyait contempler sa femme et ses enfants. Il était à sa place, au foyer, et s'y sentait pressé, caressé. Il se figurait Moïna, belle, grandie, imposante comme une jeune fille. Quand ce tableau fantastique eut pris une sorte de réalité, des larmes roulèrent dans ses yeux ; alors, comme pour cacher son trouble, il regarda l'horizon humide, opposé à la ligne brumeuse qui annonçait la terre.

— C'est lui, dit-il, il nous suit.

— Qu'est-ce ? s'écria le capitaine espagnol.

— Un vaisseau, reprit à voix basse le général.

— Je l'ai déjà vu hier, répondit le capitaine Gomez. Il contempla le Français comme pour l'interroger. — Il nous a toujours donné la chasse, dit-il alors à l'oreille du général.

— Et je ne sais pas pourquoi il ne nous a jamais rejoints, reprit le vieux militaire, car il est meilleur voilier que votre damné *Saint-Ferdinand*.

— Il aura eu des avaries, une voie d'eau.

— Il nous gagne, s'écria le Français.

— C'est un corsaire colombien, lui dit à l'oreille le capitaine. Nous sommes encore à six lieues de terre, et le vent faiblit.

— Il ne marche pas, il vole, comme s'il savait que dans deux heures sa proie lui aura échappé. Quelle hardiesse !

— Lui? s'écria le capitaine. Ah! il ne s'appelle
pas l'*Othello* sans raison. Il a dernièrement coulé bas
une frégate espagnole, et n'a cependant pas plus de
trente canons! Je n'avais peur que de lui, car je
n'ignorais pas qu'il croisait dans les Antilles... —
Ah! ah! reprit-il après une pause pendant laquelle il
regarda les voiles de son vaisseau, le vent s'élève,
nous arriverons. Il le faut, le Parisien serait
impitoyable.

— Lui aussi arrive! répondit le marquis.

L'*Othello* n'était plus guère qu'à trois lieues.
Quoique l'équipage n'eût pas entendu la conversation du marquis et du capitaine Gomez, l'apparition
de cette voile avait amené la plupart des matelots
et des passagers vers l'endroit où étaient les deux
interlocuteurs; mais presque tous, prenant le brick
pour un bâtiment de commerce, le voyaient venir
avec intérêt, quand tout à coup un matelot s'écria
dans un langage énergique : — Par saint Jacques,
nous sommes flambés, voici le capitaine parisien.

A ce nom terrible, l'épouvante se répandit dans le
brick, et ce fut une confusion que rien ne saurait
exprimer. Le capitaine espagnol imprima par sa
parole une énergie momentanée à ses matelots; et,
dans ce danger, voulant gagner la terre à quelque
prix que ce fût, il essaya de faire mettre promptement toutes ses bonnettes hautes et basses[141],
tribord et bâbord, pour présenter au vent l'entière
surface de toile qui garnissait ses vergues. Mais ce
ne fut pas sans de grandes difficultés que les
manœuvres s'accomplirent; elles manquèrent natu-

rellement de cet ensemble admirable qui séduit
tant dans un vaisseau de guerre. Quoique l'*Othello*
volât comme une hirondelle, grâce à l'orientement
de ses voiles, il gagnait cependant si peu en
apparence, que les malheureux Français se firent
une douce illusion. Tout à coup, au moment où,
après des efforts inouïs, le *Saint-Ferdinand* prenait
un nouvel essor par suite des habiles manœuvres
auxquelles Gomez avait aidé lui-même du geste et
de la voix : par un faux coup de barre volontaire
sans doute, le timonier mit le brick en travers. Les
voiles, frappées de côté par le vent, *fazéièrent* alors
si brusquement, qu'il vint à *masquer* en grand : les
boute-hors se rompirent, et il fut complètement
démané. Une rage inexprimable rendit le capitaine
plus blanc que ses voiles. D'un seul bond, il sauta
sur le timonier, et l'atteignit si furieusement de son
poignard, qu'il le manqua ; mais il le précipita dans
la mer : puis il saisit la barre, et tâcha de remédier
au désordre épouvantable qui révolutionnait son
brave et courageux navire. Des larmes de désespoir
roulaient dans ses yeux ; car nous éprouvons plus de
chagrin d'une trahison qui trompe un résultat dû à
notre talent, que d'une mort imminente. Mais plus
le capitaine jura, moins la besogne se fit. Il tira lui-
même le canon d'alarme, espérant être entendu de
la côte. En ce moment, le corsaire, qui arrivait avec
une vitesse désespérante, répondit par un coup de
canon dont le boulet vint expirer à dix toises du
Saint-Ferdinand.

— Tonnerre! s'écria le général, comme c'est pointe! Ils ont des caronades faites exprès.

— Oh! celui-là, voyez-vous, quand il parle, il faut se taire, répondit un matelot. Le Parisien ne craindrait pas un vaisseau anglais...

— Tout est dit, s'écria dans un accent de desespoir le capitaine, qui, ayant braqué sa longue-vue, ne distingua rien du côté de la terre... Nous sommes encore plus loin de la France que je ne le croyais.

— Pourquoi vous désoler? reprit le général. Tous vos passagers sont Français, ils ont frété votre bâtiment. Ce corsaire est un Parisien, dites-vous; hé bien, hissez pavillon blanc, et...

— Et il nous coulera, répondit le capitaine. N'est-il pas, suivant les circonstances, tout ce qu'il faut être quand il veut s'emparer d'une riche proie?

— Ah! si c'est un pirate!

— Pirate! dit le matelot d'un air farouche, Ah! il est toujours en règle, ou sait s'y mettre.

— Eh! bien, s'écria le général en levant les yeux au ciel, résignons-nous. Et il eut encore assez de force pour retenir ses larmes.

Comme il achevait ces mots, un second coup de canon, mieux adressé, envoya dans la coque du *Saint-Ferdinand* un boulet qui la traversa.

— Mettez en panne, dit le capitaine d'un air triste.

Et le matelot qui avait défendu l'honnêteté du Parisien aida fort intelligemment à cette manœuvre desespérée. L'équipage attendit pendant une mortelle demi-heure en proie à la consternation la plus profonde. Le *Saint-Ferdinand* portait en piastres quatre millions, qui composaient la fortune de cinq passagers, et celle du général était de onze cent mille francs. Enfin l'*Othello*, qui se trouvait alors à dix portées de fusil, montra distinctement les gueules menaçantes de douze canons prêts à faire feu. Il semblait emporté par un vent que le diable soufflait exprès pour lui; mais l'œil d'un marin habile devinait facilement le secret de cette vitesse. Il suffisait de contempler pendant un moment l'élancement du brick, sa forme allongée, son étroitesse, la hauteur de sa mâture, la coupe de sa toile, l'admirable légèreté de son gréement, et l'aisance avec laquelle son monde de matelots, unis comme un seul homme, ménageaient le parfait orientement de la surface blanche présentée par ces voiles. Tout annonçait une incroyable sécurité de puissance dans cette svelte créature de bois, aussi rapide, aussi intelligente que l'est un coursier ou quelque oiseau de proie. L'équipage du corsaire était silencieux et prêt, en cas de résistance, à dévorer le pauvre bâtiment marchand, qui, heureusement pour lui, se tint coi, semblable à un écolier pris en faute par son maître.

— Nous avons des canons! s'écria le général en serrant la main du capitaine espagnol.

Ce dernier lança au vieux militaire un regard plein de courage et de désespoir, en lui disant : — Et des hommes?

Le marquis regarda l'équipage du *Saint-Ferdi-*

nand et frissonna. Les quatre négociants étaient pâles, tremblants ; tandis que les matelots, groupés autour d'un des leurs, semblaient se concerter pour prendre parti sur l'*Othello,* ils regardaient le corsaire avec une curiosité cupide. Le contremaître, le capitaine et le marquis échangeaient seuls, en s'examinant de l'œil, des pensées généreuses.

— Ah ! capitaine Gomez, j'ai dit autrefois adieu à mon pays et à ma famille, le cœur mort d'amertume ; faudra-t-il encore les quitter au moment où j'apporte la joie et le bonheur à mes enfants ?

Le général se tourna pour jeter à la mer une larme de rage, et y aperçut le timonier nageant vers le corsaire.

— Cette fois, répondit le capitaine, vous lui direz sans doute adieu pour toujours.

Le Français épouvanta l'Espagnol par le coup d'œil stupide qu'il lui adressa. En ce moment, les deux vaisseaux étaient presque bord à bord ; et à l'aspect de l'équipage ennemi le général crut à la fatale prophétie de Gomez. Trois hommes se tenaient autour de chaque pièce. A voir leur posture athlétique, leurs traits anguleux, leurs bras nus et nerveux, on les eût pris pour des statues de bronze. La mort les aurait tués sans les renverser. Les matelots, bien armés, actifs, lestes et vigoureux, restaient immobiles. Toutes ces figures énergiques étaient fortement basanées par le soleil, durcies par les travaux. Leurs yeux brillaient comme autant de pointes de feu, et annonçaient des intelligences énergiques, des joies infernales. Le profond silence

18

régnant sur ce tillac, noir d'hommes et de
chapeaux, accusait l'implacable discipline sous
laquelle une puissante volonté courbait ces démons
humains. Le chef était au pied du grand mât,
debout, les bras croisés, sans armes; seulement une
hache se trouvait à ses pieds. Il avait sur la tête,
pour se garantir du soleil, un chapeau de feutre à
grands bords, dont l'ombre lui cachait le visage.
Semblables à des chiens couchés devant leurs
maîtres, canonniers, soldats et matelots tournaient
alternativement les yeux sur leur capitaine et sur le
navire marchand. Quand les deux bricks se tou-
chèrent, la secousse tira le corsaire de sa rêverie, et
il dit deux mots à l'oreille d'un jeune officier qui se
tenait à deux pas de lui.

— Les grappins d'abordage! cria le lieutenant.

Et le *Saint-Ferdinand* fut accroché par l'*Othello*
avec une promptitude miraculeuse. Suivant les
ordres donnés à voix basse par le corsaire, et répétés
par le lieutenant, les hommes désignés pour chaque
service allèrent, comme des séminaristes marchant à
la messe, sur le tillac de la prise lier les mains aux
matelots, aux passagers, et s'emparer des trésors.
En un moment les tonnes pleines de piastres, les
vivres et l'équipage du *Saint-Ferdinand* furent
transportés sur le pont de l'*Othello*. Le général se
croyait sous la puissance d'un songe, quand il se
trouva les mains liées et jeté sur un ballot comme
s'il eût été lui-même une marchandise. Une confé-
rence avait lieu entre le corsaire, son lieutenant et
l'un des matelots qui paraissait remplir les fonctions

de contremaître. Quand la discussion, qui dura peu, fut terminée, le matelot siffla ses hommes ; sur un ordre qu'il leur donna, ils sautèrent tous sur le *Saint-Ferdinand*, grimpèrent dans les cordages, et se mirent à le dépouiller de ses vergues, de ses voiles, de ses agrès, avec autant de prestesse qu'un soldat déshabille sur le champ de bataille un camarade mort dont les souliers et la capote étaient l'objet de sa convoitise.

— Nous sommes perdus, dit froidement au marquis le capitaine espagnol qui avait épié de l'œil les gestes des trois chefs pendant la délibération et les mouvements des matelots qui procédaient au pillage régulier de son brick.

— Comment ? demanda froidement le général.

— Que voulez-vous qu'ils fassent de nous ? répondit l'Espagnol. Ils viennent sans doute de reconnaître qu'ils vendraient difficilement le *Saint-Ferdinand* dans les ports de France ou d'Espagne, et ils vont le couler pour ne pas s'en embarrasser. Quant à nous, croyez-vous qu'ils puissent se charger de notre nourriture lorsqu'ils ne savent dans quel port relâcher ?

A peine le capitaine avait-il achevé ces paroles, que le général entendit une horrible clameur suivie du bruit sourd causé par la chute de plusieurs corps tombant à la mer. Il se retourna, et ne vit plus que les quatre négociants. Huit canonniers à figures farouches avaient encore les bras en l'air au moment où le militaire les regardait avec terreur.

— Quand je vous le disais, lui dit froidement le capitaine espagnol.

Le marquis se releva brusquement, la mer avait déjà repris son calme, il ne put même pas voir la place où ses malheureux compagnons venaient d'être engloutis, ils roulaient en ce moment, pieds et poings liés, sous les vagues, si déjà les poissons ne les avaient dévorés. A quelques pas de lui, le perfide timonier et le matelot du *Saint-Ferdinand* qui vantait naguère la puissance du capitaine parisien, fraternisaient avec les corsaires, et leur indiquaient du doigt ceux des marins du brick qu'ils avaient reconnus dignes d'être incorporés à l'équipage de l'*Othello;* quant aux autres, deux mousses leur attachaient les pieds, malgré d'affreux juremenits. Le choix terminé, les huit canonniers s'emparèrent des condamnés et les lancèrent sans cérémonie à la mer. Les corsaires regardaient avec une curiosité malicieuse les différentes manières dont ces hommes tombaient, leurs grimaces, leur dernière torture: mais leurs visages ne trahissaient ni moquerie, ni étonnement, ni pitié. C'était pour eux un événement tout simple, auquel ils semblaient accoutumés. Les plus âgés contemplaient de préférence, avec un sourire sombre et arrêté, les tonneaux pleins de piastres déposés au pied du grand mât. Le général et le capitaine Gomez, assis sur un ballot, se consultaient en silence par un regard presque terne. Ils se trouvèrent bientôt les seuls qui survécussent à l'équipage du *Saint-Ferdinand*. Les sept matelots choisis par les deux espions parmi les marins

espagnols s'étaient déjà joyeusement métamorpho-
sés en Péruviens.

— Quels atroces coquins! s'écria tout à coup le
général chez qui une loyale et généreuse indignation
fit taire et la douleur et la prudence.

— Ils obéissent à la nécessité, répondit froidement Gomez. Si vous retrouviez un de ces hommes-
là, ne lui passeriez-vous pas votre épée au travers
du corps?

— Capitaine, dit le lieutenant en se retournant
vers l'Espagnol, le Parisien a entendu parler de
vous. Vous êtes, dit-il, le seul homme qui connaissiez bien les débouquements des Antilles et les côtes
du Brésil. Voulez-vous...

Le capitaine interrompit le jeune lieutenant par
une exclamation de mépris, et répondit : — Je
mourrai en marin, en Espagnol fidèle, en chrétien.
Entends-tu?

— A la mer! cria le jeune homme.

A cet ordre deux canonniers se saisirent de
Gomez.

— Vous êtes des lâches! s'écria le général en
arrêtant les deux corsaires.

— Mon vieux, lui dit le lieutenant, ne vous
emportez pas trop. Si votre ruban rouge fait
quelque impression sur notre capitaine, moi je m'en
moque... Nous allons avoir aussi tout à l'heure
notre petit bout de conversation.

En ce moment un bruit sourd, auquel nulle
plainte ne se mêla, fit comprendre au général que le
brave Gomez était mort en marin.

Ma fortune ou la mort! s'écria-t-il dans un effroyable accès de rage.

— Ah! vous êtes raisonnable, lui répondit le corsaire en ricanant. Maintenant vous êtes sûr d'obtenir quelque chose de nous...

Puis, sur un signe du lieutenant, deux matelots s'empressèrent de lier les pieds du Français; mais ce dernier, les frappant avec une audace imprévue, tira, par un geste auquel on ne s'attendait guère, le sabre que le lieutenant avait au côté, et se mit à en jouer lestement en vieux général de cavalerie qui savait son métier.

— Ah! brigands, vous ne jetterez pas à l'eau comme une huître un ancien troupier de Napoléon.

Des coups de pistolet, tirés presque à bout portant sur le Français récalcitrant, attirèrent l'attention du Parisien, alors occupé à surveiller le transport des agrès qu'il ordonnait de prendre au *Saint-Ferdinand*. Sans s'émouvoir, il vint saisir par-derrière le courageux général, l'enleva rapidement, l'entraîna vers le bord et se disposait à le jeter à l'eau comme un espars de rebut. En ce moment le général rencontra l'œil fauve du ravisseur de sa fille. Le père et le gendre se reconnurent tout à coup. Le capitaine, imprimant à son élan un mouvement contraire à celui qu'il lui avait donné, comme si le marquis ne pesait rien, loin de le précipiter à la mer, le plaça debout près du grand mât. Un murmure s'éleva sur le tillac; mais alors le corsaire lança un seul coup d'œil sur ses gens, et le plus profond silence régna soudain.

C'est le père d'Hélène, dit le capitaine d'une voix claire et ferme. Malheur à qui ne le respecterait pas!

Un hourra d'acclamations joyeuses retentit sur le tillac et monta vers le ciel comme une prière d'église, comme le premier cri du *Te Deum*. Les mousses se balancèrent dans les cordages, les matelots jetèrent leurs bonnets en l'air, les canonniers trépignèrent des pieds, chacun s'agita, hurla, siffla, jura. L'expression fanatique de cette allégresse rendit le général inquiet et sombre. Attribuant ce sentiment à quelque horrible mystère, son premier cri, quand il recouvra la parole, fut : — Ma fille! où est-elle? Le corsaire jeta sur le général un de ces regards profonds qui, sans qu'on en pût deviner la raison, bouleversaient toujours les âmes les plus intrépides; il le rendit muet, à la grande satisfaction des matelots, heureux de voir la puissance de leur chef s'exercer sur tous les êtres, le conduisit vers un escalier, le lui fit descendre et l'amena devant la porte d'une cabine, qu'il poussa vivement en disant : — La voilà.

Puis il disparut en laissant le vieux militaire plongé dans une sorte de stupeur à l'aspect du tableau qui s'offrit à ses yeux. En entendant ouvrir la porte de la chambre avec brusquerie, Hélène s'était levée du divan sur lequel elle reposait; mais elle vit le marquis et jeta un cri de surprise. Elle était si changée qu'il fallait les yeux d'un père pour la reconnaître. Le soleil des tropiques avait embelli sa blanche figure d'une teinte brune, d'un coloris

merveilleux qui lui donnaient une expression de
poésie; et il y respirait un air de grandeur, une
fermeté majestueuse, un sentiment profond par
lequel l'âme la plus grossière devait être impression-
née. Sa longue et abondante chevelure, retombant
en grosses boucles sur son cou plein de noblesse,
ajoutait encore une image de puissance à la fierté de
ce visage. Dans sa pose, dans son geste, Hélène
laissait éclater la conscience qu'elle avait de son
pouvoir. Une satisfaction triomphale enflait légèrement ses narines roses, et son bonheur tranquille
était signé dans tous les développements de sa
beauté. Il y avait tout à la fois en elle je ne sais
quelle suavité de vierge et cette sorte d'orgueil
particulier aux bien-aimées. Esclave et souveraine,
elle voulait obéir parce qu'elle pouvait régner. Elle
était vêtue avec une magnificence pleine de charme
et d'élégance. La mousseline des Indes faisait tous
les frais de sa toilette; mais son divan et les coussins
étaient en cachemire, mais un tapis de Perse
garnissait le plancher de la vaste cabine, mais ses
quatre enfants jouaient à ses pieds en construi-
sant leurs châteaux bizarres avec des colliers de
perles, des bijoux précieux, des objets de prix.
Quelques vases en porcelaine de Sèvres, peints par
madame Jaquotot [142], contenaient des fleurs rares
qui embaumaient : c'était des jasmins du Mexique,
des camélias parmi lesquels de petits oiseaux
d'Amérique voltigeaient apprivoisés, et semblaient
être des rubis, des saphirs, de l'or animé. Un piano
était fixé dans ce salon, et sur ses murs de bois,

tapissés en soie jaune, on voyait çà et là des
tableaux d'une petite dimension, mais dus aux
meilleurs peintres : un coucher de soleil par Gudin,
se trouvait auprès d'un Terburg ; une Vierge de
Raphaël luttait de poésie avec une esquisse de
Girodet ; un Gérard Dow éclipsait un Drolling. Sur
une table en laque de Chine se trouvait une assiette
d'or pleine de fruits délicieux. Enfin Hélène semblait être la reine d'un grand empire au milieu du
boudoir dans lequel son amant couronné aurait
rassemblé les choses les plus élégantes de la terre.
Les enfants arrêtaient sur leur aïeul des yeux d'une
pénétrante vivacité ; et, habitués qu'ils étaient de
vivre au milieu des combats, des tempêtes et du
tumulte, ils ressemblaient à ces petits Romains
curieux de guerre et de sang que David a peints
dans son tableau de Brutus [143].

— Comment cela est-il possible ? s'écria Hélène
en saisissant son père comme pour s'assurer de la
réalité de cette vision.

— Hélène !

— Mon père !

Ils tombèrent dans les bras l'un de l'autre, et
l'étreinte du vieillard ne fut ni la plus forte ni la
plus affectueuse.

— Vous étiez sur ce vaisseau ?

— Oui, répondit-il d'un air triste en s'asseyant
sur le divan et regardant les enfants, qui, groupés
autour de lui, le considéraient avec une attention
naïve. J'allais périr sans...

— Sans mon mari, dit-elle en l'interrompant, je devine.

— Ah! s'écria le général, pourquoi faut-il que je te retrouve ainsi, mon Hélène, toi que j'ai tant pleurée! Je devrai donc gémir encore sur ta destinée.

— Pourquoi? demanda-t-elle en souriant. Ne serez-vous donc pas content d'apprendre que je suis la femme la plus heureuse de toutes?

— Heureuse? s'écria-t-il en faisant un bond de surprise.

— Oui, mon bon père, reprit-elle en s'emparant de ses mains, les embrassant, les serrant sur son sein palpitant, et ajoutant à cette cajolerie un air de tête que ses yeux pétillants de plaisir rendirent encore plus significatif [144].

— Et comment cela? demanda-t-il, curieux de connaître la vie de sa fille et oubliant tout devant cette physionomie resplendissante.

— Écoutez, mon père, répondit-elle, j'ai pour amant, pour époux, pour serviteur, pour maître, un homme dont l'âme est aussi vaste que cette mer sans bornes, aussi fertile en douceur que le ciel, un dieu enfin! Depuis sept ans, jamais il ne lui est échappé une parole, un sentiment, un geste, qui pussent produire une dissonance avec la divine harmonie de ses discours, de ses caresses et de son amour. Il m'a toujours regardée en ayant sur les lèvres un sourire ami et dans les yeux un rayon de joie. Là-haut sa voix tonnante domine souvent les hurlements de la tempête ou le tumulte des combats; mais ici elle est douce et mélodieuse comme la musique de Rossini, dont les œuvres m'arrivent. Tout ce que le caprice d'une femme peut inventer, je l'obtiens. Mes désirs sont même parfois surpassés. Enfin je règne sur la mer, et j'y suis obéie comme peut l'être une souveraine. — Oh! heureuse! reprit-elle en s'interrompant elle-même. heureuse n'est pas un mot qui puisse exprimer mon bonheur. J'ai la part de toutes les femmes! Sentir un amour, un dévouement immense pour celui qu'on aime, et rencontrer dans son cœur, *à lui*, un sentiment infini où l'âme d'une femme se perd, et toujours! dites, est-ce un bonheur? J'ai déjà dévoré mille existences. Ici je suis seule, ici je commande. Jamais une créature de mon sexe n'a mis le pied sur ce noble vaisseau, où Victor est toujours à quelques pas de moi. — Il ne peut pas aller plus loin de moi que de la poupe à la proue, reprit-elle avec une fine expression de malice. Sept ans! un amour qui résiste pendant sept ans à cette perpétuelle joie, à cette épreuve de tous les instants, est-ce l'amour? Non! oh! non, c'est mieux que tout ce que je connais de la vie... le langage humain manque pour exprimer un bonheur céleste.

Un torrent de larmes s'échappa de ses yeux enflammés. Les quatre enfants jetèrent alors un cri plaintif, accoururent à elle comme des poussins à leur mère, et l'aîné frappa le général en le regardant d'un air menaçant.

— Abel, dit-elle, mon ange, je pleure de joie.

Elle le prit sur ses genoux, l'enfant la caressa

familièrement en passant ses bras autour du cou majestueux d'Hélène, comme un lionceau qui veut jouer avec sa mère.

— Tu ne t'ennuies pas ? s'écria le général étourdi par la réponse exaltée de sa fille.

— Si, répondit-elle, à terre quand nous y allons; et encore ne quitté-je jamais mon mari.

— Mais tu aimais les fêtes, les bals, la musique !

— La musique, c'est sa voix; mes fêtes, c'est les parures que j'invente pour lui. Quand une toilette lui plaît, n'est-ce pas comme si la terre entière m'admirait ! Voilà seulement pourquoi je ne jette pas à la mer ces diamants, ces colliers, ces diadèmes de pierreries, ces richesses, ces fleurs, ces chefs-d'œuvre des arts qu'il me prodigue en me disant :
— Hélène, puisque tu ne vas pas dans le monde, je veux que le monde vienne à toi.

— Mais sur ce bord il y a des hommes, des hommes audacieux, terribles, dont les passions...

— Je vous comprends, mon père, dit-elle en souriant. Rassurez-vous. Jamais impératrice n'a été environnée de plus d'égards que l'on ne m'en prodigue. Ces gens-là sont superstitieux, ils croient que je suis le génie tutélaire de ce vaisseau, de leurs entreprises, de leurs succès. Mais c'est *lui* qui est leur dieu ! Un jour, une seule fois, un matelot me manqua de respect... en paroles, ajouta-t-elle en riant. Avant que Victor eût pu l'apprendre, les gens de l'équipage le lancèrent à la mer malgré le pardon que je lui accordais. Ils m'aiment comme leur bon ange, je les soigne dans leurs maladies, et j'ai eu le

bonheur d'en sauver quelques-uns de la mort en
les veillant avec une persévérance de femme. Ces
pauvres gens sont à la fois des géants et des enfants.

— Et quand il y a des combats?

— J'y suis accoutumée, répondit-elle. Je n'ai
tremblé que pendant le premier... Maintenant mon
âme est faite à ce péril, et même... je suis votre fille,
dit-elle, je l'aime...

— Et s'il périssait?

— Je périrais.

— Et tes enfants?

— Ils sont fils de l'Océan et du danger, ils
partagent la vie de leurs parents... Notre existence
est une, et ne se scinde pas. Nous vivons tous de la
même vie, tous inscrits sur la même page, portés
par le même esquif, nous le savons.

— Tu l'aimes donc à ce point de le préférer à
tout?

— A tout, répéta-t-elle. Mais ne sondons point ce
mystère. Tenez! ce cher enfant, eh! bien, c'est
encore *lui!*

Puis, pressant Abel avec une vigueur extraordinaire, elle lui imprima de dévorants baisers sur les
joues, sur les cheveux...

— Mais, s'écria le général, je ne saurais oublier
qu'il vient de faire jeter à la mer neuf personnes.

— Il le fallait sans doute, répondit-elle, car il est
humain et généreux. Il verse le moins de sang
possible pour la conservation et les intérêts du petit
monde qu'il protège et de la cause sacrée qu'il

286 La Femme de trente ans

défend. Parlez-lui de ce qui vous paraît mal, et vous
verrez qu'il saura vous faire changer d'avis.

— Et son crime? dit le général comme s'il se
parlait à lui-même.

— Mais, répliqua-t-elle avec une dignité froide, si
c'était une vertu? si la justice des hommes n'avait
pu le venger?

— Se venger soi-même! s'écria le général.

— Et qu'est-ce que l'enfer, demanda-t-elle, si ce
n'est une vengeance éternelle pour quelques fautes
d'un jour?

— Ah! tu es perdue. Il t'a ensorcelée, pervertie.
Tu déraisonnes.

— Restez ici un jour, mon père, et si vous voulez
l'écouter, le regarder, vous l'aimerez.

— Hélène, dit gravement le général, nous
sommes à quelques lieues de la France...

Elle tressaillit, regarda par la croisée de la
chambre, montra la mer déroulant ses immenses
savanes d'eau verte.

— Voilà mon pays, répondit-elle en frappant sur
le tapis du bout du pied.

— Mais ne viendras-tu pas voir ta mère, ta sœur,
tes frères?

— Oh! oui, dit-elle avec des larmes dans la voix,
s'il le veut et s'il peut m'accompagner.

— Tu n'as donc plus rien, Hélène, reprit sévère-
ment le militaire, ni pays, ni famille?...

— Je suis sa femme, répliqua-t-elle avec un air
de fierté, avec un accent plein de noblesse.   Voici,
depuis sept ans, le premier bonheur qui ne me

vienne pas de lui, ajouta-t-elle en saisissant la main
de son père et l'embrassant, et voici le premier
reproche que j'aie entendu.

— Et ta conscience?

— Ma conscience! mais c'est lui. En ce moment
elle tressaillit violemment. — Le voici, dit-elle.
Même dans un combat, entre tous les pas, je
reconnais son pas sur le tillac.

Et tout à coup une rougeur empourpra ses joues,
it resplendir ses traits, briller ses yeux, et son teint
devint d'un blanc mat... Il y avait du bonheur et de
l'amour dans ses muscles, dans ses veines bleues,
dans le tressaillement involontaire de toute sa
personne. Ce mouvement de sensitive émut le
général. En effet, un instant après le corsaire entra,
vint s'asseoir sur un fauteuil, s'empara de son fils
aîné, et se mit à jouer avec lui. Le silence régna
pendant un moment; car pendant un moment le
général, plongé dans une rêverie comparable au
sentiment vaporeux d'un rêve, contempla cette
élégante cabine. semblable à un nid d'alcyons, où
cette famille voguait sur l'Océan depuis sept années. entre les cieux et l'onde, sur la foi d'un
homme. conduite à travers les périls de la guerre et
des tempêtes. comme un ménage est guidé dans la
vie par un chef au sein des malheurs sociaux... Il
regardait avec admiration sa fille, image fantastique d'une déesse marine, suave de beauté, riche de
bonheur, et faisant pâlir tous les trésors qui
l'entouraient devant les trésors de son âme, les
éclairs de ses yeux et l'indescriptible poésie expri-

mée dans sa personne et autour d'elle. Cette
situation offrait une étrangeté qui le surprenait, une
sublimité de passion et de raisonnement qui confon-
dait les idées vulgaires. Les froides et étroites
combinaisons de la société mouraient devant ce
tableau. Le vieux militaire sentit toutes ces choses,
et comprit aussi que sa fille n'abandonnerait jamais
une vie si large, si féconde en contrastes, remplie
par un amour si vrai; puis, si elle avait une fois
goûté le péril sans en être effrayée, elle ne pouvait
plus revenir aux petites scènes d'un monde mesquin
et borné.

— Vous gêné-je? demanda le corsaire en rom-
pant le silence et regardant sa femme.

— Non, lui répondit le général. Hélène m'a tout
dit. Je vois qu'elle est perdue pour nous...

— Non, répliqua vivement le corsaire... Encore
quelques années, et la prescription me permettra de
revenir en France. Quand la conscience est pure, et
qu'en froissant vos lois sociales un homme a obéi...

Il se tut, en dédaignant de se justifier.

— Et comment pouvez-vous, dit le général en
l'interrompant, ne pas avoir des remords pour les
nouveaux assassinats qui se sont commis devant
mes yeux?

— Nous n'avons pas de vivres, répliqua tranquillement le corsaire.

— Mais en débarquant ces hommes sur la côte...

— Ils nous feraient couper la retraite par
quelque vaisseau, et nous n'arriverions pas au Chili.

— Avant que, de France, dit le général en

interrompant, ils aient prévenu l'amirauté d'Espagne...

— Mais la France peut trouver mauvais qu'un homme, encore sujet de ses cours d'assises, se soit emparé d'un brick frété par des Bordelais. D'ailleurs n'avez-vous pas quelquefois tiré, sur le champ de bataille, plusieurs coups de canon de trop ?

Le général, intimidé par le regard du corsaire, se tut ; et sa fille le regarda d'un air qui exprimait autant de triomphe que de mélancolie...

— Général, dit le corsaire d'une voix profonde, je me suis fait une loi de ne jamais rien distraire du butin. Mais il est hors de doute que ma part sera plus considérable que ne l'était votre fortune. Permettez-moi de vous la restituer en autre monnaie...

Il prit dans le tiroir du piano une masse de billets de banque, ne compta pas les paquets, et présenta un million au marquis.

— Vous comprenez, reprit-il, que je ne puis pas m'amuser à regarder les passants sur la route de Bordeaux... Or, à moins que vous ne soyez séduit par les dangers de notre vie bohémienne, par les scènes de l'Amérique méridionale, par nos nuits des tropiques, par nos batailles, et par le plaisir de faire triompher le pavillon d'une jeune nation, ou le nom de Simon Bolivar, il faut nous quitter... Une chaloupe et des hommes dévoués vous attendent. Espérons une troisième rencontre plus complètement heureuse...

— Victor, je voudrais voir mon père encore un moment, dit Hélène d'un ton boudeur.

— Dix minutes de plus ou de moins peuvent nous mettre face à face avec une frégate. Soit! nous nous amuserons un peu. Nos gens s'ennuient.

— Oh! partez, mon père, s'écria la femme du marin. Et portez à ma sœur, à mes frères, à... ma mère, ajouta-t-elle, ces gages de mon souvenir.

Elle prit une poignée de pierres précieuses, de colliers, de bijoux, les enveloppa dans un cachemire, et les présenta timidement à son père.

— Et que leur dirai-je de ta part? demanda-t-il en paraissant frappé de l'hésitation que sa fille avait marquée avant de prononcer le mot de *mère*.

— Oh! pouvez-vous douter de mon âme! Je fais tous les jours des vœux pour leur bonheur.

— Hélène, reprit le vieillard en la regardant avec attention, ne dois-je plus te revoir? Ne saurai-je donc jamais à quel motif ta fuite est due?

— Ce secret ne m'appartient pas, dit-elle d'un ton grave. J'aurais le droit de vous l'apprendre, peut-être ne vous le dirais-je pas encore. J'ai souffert pendant dix ans des maux inouïs...

Elle ne continua pas et tendit à son père les cadeaux qu'elle destinait à sa famille. Le général, accoutumé par les événements de la guerre à des idées assez larges en fait de butin, accepta les présents offerts par sa fille, et se plut à penser que, sous l'inspiration d'une âme aussi pure, aussi élevée que celle d'Hélène, le capitaine parisien restait honnête homme en faisant la guerre aux Espagnols.

Sa passion pour les braves l'emporta. Songeant qu'il serait ridicule de se conduire en prude, il serra vigoureusement la main du corsaire, embrassa son Hélène, sa seule fille, avec cette effusion particulière aux soldats, et laissa tomber une larme sur ce visage dont la fierté, dont l'expression mâle lui avaient plus d'une fois souri. Le marin, fortement ému, lui donna ses enfants à bénir. Enfin, tous se dirent une dernière fois adieu par un long regard qui ne fut pas dénué d'attendrissement.

— Soyez toujours heureux! s'écria le grand-père en s'élançant sur le tillac.

Sur mer, un singulier spectacle attendait le général. Le *Saint-Ferdinand*, livré aux flammes, flambait comme un immense feu de paille. Les matelots, occupés à couler le brick espagnol, s'aperçurent qu'il avait à bord un chargement de rhum, liqueur qui abondait sur l'*Othello*, et trouvèrent plaisant d'allumer un grand bol de punch en pleine mer. C'était un divertissement assez pardonnable à des gens auxquels l'apparente monotonie de la mer faisait saisir toutes les occasions d'animer leur vie. En descendant du brick dans la chaloupe du *Saint-Ferdinand*, montée par six vigoureux matelots, le général partageait involontairement son attention entre l'incendie du *Saint-Ferdinand* et sa fille appuyée sur le corsaire, tous deux debout à l'arrière de leur navire. En présence de tant de souvenirs, en voyant la robe blanche d'Hélène qui flottait, légère comme une voile de plus; en distinguant sur l'Océan cette belle et grande figure, assez imposante

pour tout dominer, même la mer, il oubliait, avec
l'insouciance d'un militaire, qu'il voguait sur la
tombe du brave Gomez. Au-dessus de lui, une
immense colonne de fumée planait comme un nuage
brun, et les rayons du soleil, le perçant çà et là, y
jetaient de poétiques lueurs. C'était un second ciel,
un dôme sombre sous lequel brillaient des espèces
de lustres, et au-dessus duquel planait l'azur inalté-
rable du firmament, qui paraissait mille fois plus
beau par cette éphémère opposition. Les teintes
bizarres de cette fumée, tantôt jaune, blonde,
rouge, noire, fondues vaporeusement, couvraient le
vaisseau, qui pétillait, craquait et criait. La flamme
sifflait en mordant les cordages, et courait dans le
bâtiment comme une sédition populaire vole par les
rues d'une ville. Le rhum produisait des flammes
bleues qui frétillaient, comme si le génie des mers
eût agité cette liqueur furibonde, de même qu'une
main d'étudiant fait mouvoir la joyeuse *flamberie*
d'un punch dans une orgie. Mais le soleil, plus
puissant de lumière, jaloux de cette lueur insolente,
laissait à peine voir dans ses rayons les couleurs de
cet incendie. C'était comme un réseau, comme une
écharpe qui voltigeait au milieu du torrent de ses
feux. L'*Othello* saisissait, pour s'enfuir, le peu de
vent qu'il pouvait pincer dans cette direction
nouvelle, et s'inclinait tantôt d'un côté, tantôt de
l'autre, comme un cerf-volant balancé dans les airs.
Ce beau brick courait des bordées vers le sud; et,
tantôt il se dérobait aux yeux du général, en
disparaissant derrière la colonne droite dont

l'ombre se projetait fantastiquement sur les eaux,
et tantôt il se montrait, en se relevant avec grâce et
fuyant. Chaque fois qu'Hélène pouvait apercevoir
son père, elle agitait son mouchoir pour le saluer
encore. Bientôt le *Saint-Ferdinand* coula, en produisant un bouillonnement aussitôt effacé par l'Océan.
Il ne resta plus alors de toute cette scène qu'un
nuage balancé par la brise. L'*Othello* était loin ; la
chaloupe s'approchait de terre ; le nuage s'interposa
entre cette frêle embarcation et le brick. La
dernière fois que le général aperçut sa fille, ce fut à
travers une crevasse de cette fumée ondoyante.
Vision prophétique ! Le mouchoir blanc, la robe se
détachaient seuls sur ce fond de bistre. Entre l'eau
verte et le ciel bleu, le brick ne se voyait même pas.
Hélène n'était plus qu'un point imperceptible, une
ligne déliée, gracieuse, un ange dans le ciel, une
idée, un souvenir.

Après avoir rétabli sa fortune, le marquis mourut
épuisé de fatigue. Quelques mois après sa mort, en
1833, la marquise fut obligée de mener Moïna aux
eaux des Pyrénées. La capricieuse enfant voulut
voir les beautés de ces montagnes. Elle revint aux
Eaux, et à son retour, il se passa l'horrible scène
que voici.

— Mon Dieu, dit Moïna, nous avons bien mal
fait, ma mère, de ne pas rester quelques jours de
plus dans les montagnes ! Nous y étions bien mieux
qu'ici. Avez-vous entendu les gémissements conti-
nuels de ce maudit enfant et les bavardages de cette
malheureuse femme qui parle sans doute en patois ?

car je n'ai pas compris un seul mot de ce qu'elle disait. Quelle espèce de gens nous a-t-on donnés pour voisins! Cette nuit est une des plus affreuses que j'aie passées de ma vie.

— Je n'ai rien entendu, répondit la marquise; mais, ma chère enfant, je vais voir l'hôtesse, lui demander la chambre voisine, nous serons seules dans cet appartement, et n'aurons plus de bruit. Comment te trouves-tu ce matin? Es-tu fatiguée?

En disant ces dernières phrases, la marquise s'était levée pour venir près du lit de Moïna.

— Voyons, lui dit-elle en cherchant la main de sa fille.

— Oh! laisse-moi, ma mère, répondit Moïna, tu as froid.

A ces mots la jeune fille se roula dans son oreiller par un mouvement de bouderie, mais si gracieux, qu'il était difficile à une mère de s'en offenser. En ce moment, une plainte, dont l'accent doux et prolongé devait déchirer le cœur d'une femme, retentit dans la chambre voisine.

— Mais si tu as entendu cela pendant toute la nuit, pourquoi ne m'as-tu pas éveillée? nous aurions... Un gémissement plus profond que tous les autres interrompit la marquise, qui s'écria : — Il y a là quelqu'un qui se meurt! Et elle sortit vivement.

— Envoie-moi Pauline! cria Moïna, je vais m'habiller.

La marquise descendit promptement et trouva l'hôtesse dans la cour au milieu de quelques personnes qui paraissaient l'écouter attentivement.

— Madame, vous avez mis près de nous une personne qui paraît souffrir beaucoup...

— Ah! ne m'en parlez pas! s'écria la maîtresse de l'hôtel, je viens d'envoyer chercher le maire. Figurez-vous que c'est une femme, une pauvre malheureuse qui y est arrivée hier au soir, à pied; elle vient d'Espagne, elle est sans passeport et sans argent. Elle portait sur son dos un petit enfant qui se meurt. Je n'ai pas pu me dispenser de la recevoir ici. Ce matin, je suis allée moi-même la voir; car hier, quand elle a débarqué ici, elle m'a fait une peine affreuse. Pauvre petite femme! elle était couchée avec son enfant, et tous deux se débattaient contre la mort.

— Madame, m'a-t-elle dit en tirant un anneau d'or de son doigt, je ne possède plus que cela, prenez-le pour vous payer; ce sera suffisant, je ne ferai pas long séjour ici. Pauvre petit! nous allons mourir ensemble, qu'elle dit en regardant son enfant. Je lui ai pris son anneau, je lui ai demandé qui elle était; mais elle n'a jamais voulu me dire son nom... Je viens d'envoyer chercher le médecin et monsieur le maire.

— Mais, s'écria la marquise, donnez-lui tous les secours qui pourront lui être nécessaires. Mon Dieu! peut-être est-il encore temps de la sauver! Je vous paierai tout ce qu'elle dépensera...

Ah! madame, elle a l'air d'être joliment fière, et je ne sais pas si elle voudra.

Je vais aller la voir...

Et aussitôt la marquise monta chez l'inconnue

sans penser au mal que sa vue pouvait faire à cette
femme dans un moment où on la disait mourante,
car elle était encore en deuil. La marquise pâlit à
l'aspect de la mourante. Malgré les horribles souffrances qui avaient altéré la belle physionomie
d'Hélène, elle reconnut sa fille aînée. A l'aspect
d'une femme vêtue de noir, Hélène se dressa sur son
séant, jeta un cri de terreur, et retomba lentement
sur son lit, lorsque, dans cette femme, elle retrouva
sa mère.

— Ma fille! dit madame d'Aiglemont, que vous
faut-il? Pauline!... Moïna!...

— Il ne me faut plus rien, répondit Hélène d'une
voix affaiblie. J'espérais revoir mon père; mais
votre deuil m'annonce...

Elle n'acheva pas; elle serra son enfant sur son
cœur comme pour le réchauffer, le baisa au front, et
lança sur sa mère un regard où le reproche se lisait
encore, quoique tempéré par le pardon. La marquise ne voulut pas voir ce reproche; elle oublia
qu'Hélène était un enfant conçu jadis dans les
larmes et le désespoir, l'enfant du devoir, un enfant
qui avait été cause de ses plus grands malheurs; elle
s'avança doucement vers sa fille aînée, en se
souvenant seulement qu'Hélène la première lui
avait fait connaître les plaisirs de la maternité. Les
yeux de la mère étaient pleins de larmes; et, en
embrassant sa fille, elle s'écria : — Hélène! ma
fille...

Hélène gardait le silence. Elle venait d'aspirer le
dernier soupir de son dernier enfant.

En ce moment Moïna, Pauline, sa femme de chambre, l'hôtesse et un médecin entrèrent. La marquise tenait la main glacée de sa fille dans les siennes, et la contemplait avec un désespoir vrai. Exaspérée par le malheur, la veuve du marin, qui venait d'échapper à un naufrage en ne sauvant de toute sa belle famille qu'un enfant, dit d'une voix horrible à sa mère : — Tout ceci est votre ouvrage! si vous eussiez été pour moi ce que...

— Moïna, sortez, sortez tous! cria madame d'Aı glemont en étouffant la voix d'Hélène par les éclats de la sienne.

— Par grâce, ma fille, reprit-elle, ne renouvelons pas en ce moment les tristes combats...

— Je me tairai, répondit Hélène en faisant un effort surnaturel. Je suis mère, je sais que Moïna ne doit pas... Où est mon enfant?

Moïna rentra, poussée par la curiosité.

— Ma sœur, dit cette enfant gâtée, le médecin...

— Tout est inutile, reprit Hélène. Ah! pourquoi ne suis-je pas morte à seize ans, quand je voulais me tuer! Le bonheur ne se trouve jamais en dehors des lois... Moïna... tu...

Elle mourut en penchant sa tête sur celle de son enfant, qu'elle avait serré convulsivement.

— Ta sœur voulait sans doute te dire, Moïna, reprit madame d'Aiglemont, lorsqu'elle fut rentrée dans sa chambre, où elle fondit en larmes, que le bonheur ne se trouve jamais, pour une fille, dans une vie romanesque, en dehors des idées reçues, et, surtout, loin de sa mère [145].

VI

LA VIEILLESSE
D'UNE MÈRE COUPABLE

Pendant l'un des premiers jours du mois de juin 1844, une dame d'environ cinquante ans, mais qui paraissait encore plus vieille que ne le comportait son âge véritable, se promenait au soleil, à l'heure de midi, le long d'une allée, dans le jardin d'un grand hôtel situé rue Plumet [146], à Paris. Après avoir fait deux ou trois fois le tour du sentier légèrement sinueux où elle restait pour ne pas perdre de vue les fenêtres d'un appartement qui semblait attirer toute son attention, elle vint s'asseoir sur un de ces fauteuils à demi champêtres qui se fabriquent avec de jeunes branches d'arbres garnies de leur écorce. De la place où se trouvait ce siège élégant, la dame pouvait embrasser par une des grilles d'enceinte et les boulevards intérieurs, au milieu desquels est posé l'admirable dôme des Invalides, qui élève sa coupole d'or parmi les têtes d'un millier d'ormes, admirable paysage, et l'aspect moins grandiose de son jardin terminé par la façade grise d'un des plus beaux hôtels du faubourg Saint-Germain. Là tout était silencieux, les jardins

voisins, les boulevards, les Invalides; car, dans ce
noble quartier, le jour ne commence guère qu'à
midi. A moins de quelque caprice, à moins qu'une
jeune dame ne veuille monter à cheval, ou qu'un
vieux diplomate n'ait un protocole à refaire, à cette
heure, valets et maîtres, tout dort, ou tout se
réveille.

La vieille dame si matinale était la marquise
d'Aiglemont, mère de madame de Saint-Héreen, à
qui ce bel hôtel appartenait. La marquise s'en était
privée pour sa fille, à qui elle avait donné toute sa
fortune, en ne se réservant qu'une pension viagère.
La comtesse Moïna de Saint-Héreen était le dernier enfant de madame d'Aiglemont. Pour lui faire
épouser l'héritier d'une des plus illustres maisons de
France, la marquise avait tout sacrifié. Rien n'était
plus naturel : elle avait successivement perdu deux
fils; l'un, Gustave marquis d'Aiglemont, était mort
du choléra; l'autre, Abel, avait succombé devant
Constantine[147]. Gustave laissa des enfants et une
veuve. Mais l'affection assez tiède que madame
d'Aiglemont avait portée à ses deux fils s'était
encore affaiblie en passant à ses petits-enfants. Elle
se comportait poliment avec madame d'Aiglemont
la jeune; mais elle s'en tenait au sentiment super-
ficiel que le bon goût et les convenances nous
prescrivent de témoigner à nos proches. La fortune
de ses enfants morts ayant été parfaitement réglée,
elle avait réservé pour sa chère Moïna ses économies
et ses biens propres. Moïna, belle et ravissante
depuis son enfance, avait toujours été pour madame

d'Aiglemont l'objet d'une de ces prédilections
innées ou involontaires chez les mères de famille;
fatales sympathies qui semblent inexplicables, ou
que les observateurs savent trop bien expliquer. La
charmante figure de Moïna, le son de voix de cette
fille chérie, ses manières, sa démarche, sa physionomie, ses gestes, tout en elle réveillait chez la
marquise les émotions les plus profondes qui
puissent animer, troubler ou charmer le cœur d'une
mère. Le principe de sa vie présente, de sa vie du
lendemain, de sa vie passée, était dans le cœur de
cette jeune femme, où elle avait jeté tous ses
trésors. Moïna avait heureusement survécu à quatre
enfants, ses aînés. Madame d'Aiglemont avait en
effet perdu, de la manière la plus malheureuse,
disaient les gens du monde, une fille charmante
dont la destinée était presque inconnue, et un petit
garçon, enlevé à cinq ans par une horrible catastrophe. La marquise vit sans doute un présage du
ciel dans le respect que le sort semblait avoir pour
la fille de son cœur, et n'accordait que de faibles
souvenirs à ses enfants déjà tombés selon les
caprices de la mort, et qui restaient au fond de son
âme, comme ces tombeaux élevés dans un champ de
bataille, mais que les fleurs des champs ont presque
fait disparaître. Le monde aurait pu demander à la
marquise un compte sévère de cette insouciance et
de cette prédilection; mais le monde de Paris est
entraîné par un tel torrent d'événements, de modes,
d'idées nouvelles, que toute la vie de madame
d'Aiglemont devait y être en quelque sorte oubliée.

Personne ne songeait à lui faire un crime d'une froideur, d'un oubli qui n'intéressait personne, tandis que sa vive tendresse pour Moïna intéressait beaucoup de gens, et avait toute la sainteté d'un préjugé. D'ailleurs, la marquise allait peu dans le monde ; et, pour la plupart des familles qui la connaissaient, elle paraissait bonne, douce, pieuse, indulgente. Or, ne faut-il pas avoir un intérêt bien vif pour aller au-delà de ces apparences dont se contente la société ? Puis, que ne pardonne-t-on pas aux vieillards lorsqu'ils s'effacent comme des ombres et ne veulent plus être qu'un souvenir ? Enfin, madame d'Aiglemont était un modèle complaisamment cité par les enfants à leurs pères, par les gendres à leurs belles-mères. Elle avait, avant le temps, donné ses biens à Moïna, contente du bonheur de la jeune comtesse, et ne vivant que par elle et pour elle. Si des vieillards prudents, des oncles chagrins, blâmaient cette conduite en disant : — Madame d'Aiglemont se repentira peut-être quelque jour de s'être dessaisie de sa fortune en faveur de sa fille ; car, si elle connaît bien le cœur de madame de Saint-Héreen, peut-elle être aussi sûre de la moralité de son gendre ? c'était contre ces prophètes un *tolle* général ; et, de toutes parts, pleuvaient des éloges pour Moïna.

— Il faut rendre cette justice à madame de Saint-Héreen, disait une jeune femme, que sa mère n'a rien trouvé de changé autour d'elle. Madame d'Aiglemont est admirablement bien logée, elle a

une voiture à ses ordres, et peut aller partout dans
le monde comme auparavant...

— Excepté aux Italiens, répondait tout bas un
vieux parasite, un de ces gens qui se croient en droit
d'accabler leurs amis d'épigrammes sous prétexte
de faire preuve d'indépendance. La douairière
n'aime guère que la musique, en fait de choses
étrangères à son enfant gâté. Elle a été si bonne
musicienne dans son temps! Mais comme la loge de
la comtesse est toujours envahie par de jeunes
papillons, et qu'elle y gênerait cette petite personne. de qui l'on parle déjà comme d'une grande
coquette, la pauvre mère ne va jamais aux Italiens...

— Madame de Saint-Héreen, disait une fille à
marier, a pour sa mère des soirées délicieuses, un
salon où va tout Paris.

— Un salon où personne ne fait attention à la
marquise, répondait le parasite.

— Le fait est que madame d'Aiglemont n'est
jamais seule, disait un fat en appuyant le parti des
jeunes dames.

— Le matin, répondait le vieil observateur à
voix basse, le matin, la chère Moïna dort. A quatre
heures, la chère Moïna est au bois. Le soir, la chère
Moïna va au bal ou aux Bouffes... Mais il est vrai
que madame d'Aiglemont a la ressource de voir sa
chère fille pendant qu'elle s'habille, ou durant le
dîner lorsque la chère Moïna dîne par hasard avec
sa chère mère. — Il n'y a pas encore huit jours,
monsieur, dit le parasite en prenant par le bras un

timide précepteur, nouveau-venu dans la maison où il se trouvait, que je vis cette pauvre mère triste et seule au coin de son feu. — Qu'avez-vous? lui demandai-je. La marquise me regarda en souriant, mais elle avait certes pleuré. — Je pensais, me disait-elle, qu'il est bien singulier de me trouver seule, après avoir eu cinq enfants; mais cela est dans notre destinée! Et puis, je suis heureuse quand je sais que Moïna s'amuse! Elle pouvait se confier à moi, qui, jadis, ai connu son mari. C'était un pauvre homme, et il a été bien heureux de l'avoir pour femme; il lui devait certes sa pairie et sa charge à la cour de Charles X.

Mais il se glisse tant d'erreurs dans les conversations du monde, il s'y fait avec légèreté des maux si profonds, que l'historien des mœurs est obligé de sagement peser les assertions insouciamment émises par tant d'insouciants. Enfin, peut-être ne doit-on jamais prononcer qui a tort ou raison de l'enfant ou de la mère. Entre ces deux cœurs, il n'y a qu'un seul juge possible. Ce juge est Dieu! Dieu qui, souvent, assied sa vengeance au sein des familles, et se sert éternellement des enfants contre les mères, des pères contre les fils, des peuples contre les rois, des princes contre les nations, de tout contre tout; remplaçant dans le monde moral les sentiments par les sentiments comme les jeunes feuilles poussent les vieilles au printemps; agissant en vue d'un ordre immuable, d'un but à lui seul connu. Sans doute, chaque chose va dans son sein, ou, mieux encore, elle y retourne.

Ces religieuses pensées, si naturelles au cœur des vieillards, flottaient éparses dans l'âme de madame d'Aiglemont; elles y étaient à demi lumineuses, tantôt abîmées, tantôt déployées complètement, comme des fleurs tourmentées à la surface des eaux pendant une tempête. Elle s'était assise, lassée, affaiblie par une longue méditation, par une de ces rêveries au milieu desquelles toute la vie se dresse, se déroule aux yeux de ceux qui pressentent la mort.

Cette femme, vieille avant le temps, eût été, pour quelque poète passant sur le boulevard, un tableau curieux. A la voir assise à l'ombre grêle d'un acacia, l'ombre d'un acacia à midi, tout le monde eût su lire une des mille choses écrites sur ce visage pâle et froid, même au milieu des chauds rayons du soleil. Sa figure pleine d'expression représentait quelque chose de plus grave encore que ne l'est une vie à son déclin, ou de plus profond qu'une âme affaissée par l'expérience. Elle était un de ces types qui, entre mille physionomies dédaignées parce qu'elles sont sans caractère, vous arrêtent un moment, vous font penser; comme, entre les mille tableaux d'un Musée, vous êtes fortement impressionné, soit par la tête sublime où Murillo peignit la douleur maternelle, soit par le visage de Béatrix Cenci où le Guide sut peindre la plus touchante innocence au fond du plus épouvantable crime, soit par la sombre face de Philippe II où Vélasquez a pour toujours imprimé la majestueuse terreur que doit inspirer la royauté. Certaines figures humaines sont de despotiques images qui vous parlent, vous interrogent, qui répondent à vos pensées secrètes, et font même des poèmes entiers. Le visage glacé de madame d'Aiglemont était une de ces poésies terribles, une de ces faces répandues par milliers dans *La Divine Comédie* de Dante Alighieri.

Pendant la rapide saison où la femme reste en fleur, les caractères de sa beauté servent admirablement bien la dissimulation à laquelle sa faiblesse naturelle et nos lois sociales la condamnent. Sous le riche coloris de son visage frais, sous le feu de ses yeux, sous le réseau gracieux de ses traits si fins, de tant de lignes multipliées, courbes ou droites, mais pures et parfaitement arrêtées, toutes ses émotions peuvent demeurer secrètes : la rougeur alors ne révèle rien en colorant encore des couleurs déjà si vives ; tous les foyers intérieurs se mêlent alors si bien à la lumière de ces yeux flamboyants de vie, que la flamme passagère d'une souffrance n'y apparaît que comme une grâce de plus. Aussi rien n'est-il si discret qu'un jeune visage, parce que rien n'est plus immobile. La figure d'une jeune femme a le calme, le poli, la fraîcheur de la surface d'un lac. La physionomie des femmes ne commence qu'à trente ans. Jusques à cet âge le peintre ne trouve dans leurs visages que du rose et du blanc, des sourires et des expressions qui répètent une même pensée, pensée de jeunesse et d'amour, pensée uniforme et sans profondeur ; mais, dans la vieillesse, tout chez la femme a parlé, les passions se sont incrustées sur son visage ; elle a été amante,

épouse, mère; les expressions les plus violentes de la
joie et de la douleur ont fini par grimer, torturer ses
traits, par s'y empreindre en mille rides, qui toutes
ont un langage; et une tête de femme devient alors
sublime d'horreur, belle de mélancolie, ou magnifique de calme; s'il est permis de poursuivre cette
étrange métaphore, le lac desséché laisse voir alors
les traces de tous les torrents qui l'ont produit; une
tête de vieille femme n'appartient plus alors ni au
monde qui, frivole, est effrayé d'y apercevoir la
destruction de toutes les idées d'élégance auxquelles
il est habitué ni aux artistes vulgaires qui n'y
découvrent rien; mais aux vrais poètes, à ceux qui
ont le sentiment d'un beau indépendant de toutes
les conventions sur lesquelles reposent tant de
préjugés en fait d'art et de beauté.

Quoique madame d'Aiglemont portât sur sa tête
une capote à la mode, il était facile de voir que sa
chevelure, jadis noire, avait été blanchie par de
cruelles émotions; mais la manière dont elle la
séparait en deux bandeaux trahissait son bon goût,
révélait les gracieuses habitudes de la femme
élégante, et dessinait parfaitement son front flétri,
ridé, dans la forme duquel se retrouvaient quelques
traces de son ancien éclat. La coupe de sa figure, la
régularité de ses traits donnaient une idée, faible à
la vérité, de la beauté dont elle avait dû être
orgueilleuse; mais ces indices accusaient encore
mieux les douleurs, qui avaient été assez aiguës
pour creuser ce visage, pour en dessécher les
tempes, en rentrer les joues, en meurtrir les

paupières et les dégarnir de cils, cette grâce du regard. Tout était silencieux en cette femme : sa démarche et ses mouvements avaient cette lenteur grave et recueillie qui imprime le respect. Sa modestie, changée en timidité, semblait être le résultat de l'habitude, qu'elle avait prise depuis quelques années, de s'effacer devant sa fille ; puis sa parole était rare, douce, comme celle de toutes les personnes forcées de réfléchir, de se concentrer, de vivre en elles-mêmes. Cette attitude et cette contenance inspiraient un sentiment indéfinissable, qui n'était ni la crainte ni la compassion, mais dans lequel se fondaient mystérieusement toutes les idées que réveillent ces diverses affections. Enfin la nature de ses rides, la manière dont son visage était plissé, la pâleur de son regard endolori, tout témoignait éloquemment de ces larmes qui, dévorées par le cœur, ne tombent jamais à terre. Les malheureux accoutumés à contempler le ciel pour en appeler à lui des maux de leur vie eussent facilement reconnu dans les yeux de cette mère les cruelles habitudes d'une prière faite à chaque instant du jour, et les légers vestiges de ces meurtrissures secrètes qui finissent par détruire les fleurs de l'âme et jusqu'au sentiment de la maternité. Les peintres ont des couleurs pour ces portraits, mais les idées et les paroles sont impuissantes pour les traduire fidèlement ; il s'y rencontre, dans les tons du teint, dans l'air de la figure, des phénomènes inexplicables que l'âme saisit par la vue, mais le récit des événements auxquels sont dus

de si terribles bouleversements de physionomie est
la seule ressource qui reste au poète pour les faire
comprendre. Cette figure annonçait un orage calme
et froid, un secret combat entre l'héroïsme de la
douleur maternelle et l'infirmité de nos sentiments,
qui sont finis comme nous-mêmes et où rien ne se
trouve d'infini. Ces souffrances sans cesse refoulées
avaient produit à la longue je ne sais quoi de
morbide en cette femme. Sans doute quelques
émotions trop violentes avaient physiquement
altéré ce cœur maternel, et quelque maladie, un
anévrisme peut-être, menaçait lentement cette
femme à son insu. Les peines vraies sont en
apparence si tranquilles dans le lit profond qu'elles
se sont fait, où elles semblent dormir, mais où elles
continuent à corroder l'âme comme cet épouvantable acide qui perce le cristal! En ce moment deux
larmes sillonnèrent les joues de la marquise, et elle se
leva comme si quelque réflexion plus poignante que
toutes les autres l'eût vivement blessée. Elle avait
sans doute jugé l'avenir de Moïna. Or, en prévoyant
les douleurs qui attendaient sa fille, tous les
malheurs de sa propre vie lui étaient retombés sur
le cœur.

La situation de cette mère sera comprise en
expliquant celle de sa fille.

Le comte de Saint-Héreen était parti depuis
environ six mois pour accomplir une mission politique. Pendant cette absence, Moïna, qui à toutes
les vanités de la petite-maîtresse joignait les capri-
cieux vouloirs de l'enfant gâté, s'était amusée, par

étourderie ou pour obéir aux mille coquetteries de
la femme, et peut-être pour en essayer le pouvoir, à
jouer avec la passion d'un homme habile, mais sans
cœur, se disant ivre d'amour, de cet amour avec
lequel se combinent toutes les petites ambitions
sociales et vaniteuses du fat. Madame d'Aiglemont,
à laquelle une longue expérience avait appris à
connaître la vie, à juger les hommes, à redouter le
monde, avait observé les progrès de cette intrigue et
pressentait la perte de sa fille en la voyant tombée
entre les mains d'un homme à qui rien n'était sacré.
N'y avait-il pas pour elle quelque chose d'épouvantable à rencontrer *un roué* dans l'homme que Moïna
écoutait avec plaisir ? Son enfant chérie se trouvait
donc au bord d'un abîme. Elle en avait une horrible
certitude, et n'osait l'arrêter ; car elle tremblait
devant la comtesse. Elle savait d'avance que Moïna
n'écouterait aucun de ses sages avertissements ; elle
n'avait aucun pouvoir sur cette âme, de fer pour
elle et toute moelleuse pour les autres. Sa tendresse
l'eût portée à s'intéresser aux malheurs d'une
passion justifiée par les nobles qualités du séducteur, mais sa fille suivait un mouvement de
coquetterie ; et la marquise méprisait le comte
Alfred de Vandenesse [148], sachant qu'il était homme
à considérer sa lutte avec Moïna comme une partie
d'échecs. Quoique Alfred de Vandenesse fît horreur
à cette malheureuse mère, elle était obligée d'ensevelir dans le pli le plus profond de son cœur les
raisons suprêmes de son aversion. Elle était intimement liée avec le marquis de Vandenesse, père

d'Alfred, et cette amitié, respectable aux yeux du
monde, autorisait le jeune homme à venir familièrement chez madame de Saint-Héreen, pour laquelle
il feignait une passion conçue dès l'enfance. D'ailleurs, en vain madame d'Aiglemont se serait-elle
décidée à jeter entre sa fille et Alfred de Vandenesse
une terrible parole qui les eût séparés; elle était
certaine de n'y pas réussir, malgré la puissance de
cette parole, qui l'eût déshonorée aux yeux de sa
fille. Alfred avait trop de corruption, Moïna trop
d'esprit pour croire à cette révélation, et la jeune
vicomtesse l'eût éludée en la traitant de ruse
maternelle. Madame d'Aiglemont avait bâti son
cachot de ses propres mains et s'y était murée elle-
même pour y mourir en voyant se perdre la belle
vie de Moïna, cette vie devenue sa gloire, son
bonheur et sa consolation, une existence pour elle
mille fois plus chère que la sienne. Horribles
souffrances, incroyables, sans langage! Abîmes sans
fond!

Elle attendait impatiemment le lever de sa fille,
et néanmoins elle le redoutait, semblable au malheureux condamné à mort qui voudrait en avoir fini
avec la vie, et qui cependant a froid en pensant au
bourreau. La marquise avait résolu de tenter un
dernier effort; mais elle craignait peut-être moins
d'échouer dans sa tentative que de recevoir encore
une de ces blessures si douloureuses à son cœur
qu'elles avaient épuisé tout son courage. Son amour
de mère en était arrivé là: aimer sa fille, la
redouter, appréhender un coup de poignard et aller

au-devant. Le sentiment maternel est si large dans les cœurs aimants qu'avant d'arriver à l'indifférence une mère doit mourir ou s'appuyer sur quelque grande puissance, la religion ou l'amour. Depuis son lever, la fatale mémoire de la marquise lui avait retracé plusieurs de ces faits, petits en apparence, mais qui dans la vie morale sont de grands événements. En effet, parfois un geste développe tout un drame, l'accent d'une parole déchire toute une vie, l'indifférence d'un regard tue la plus heureuse passion. La marquise d'Aiglemont avait malheureusement vu trop de ces gestes, entendu trop de ces paroles, reçu trop de ces regards affreux à l'âme pour que ses souvenirs pussent lui donner des espérances. Tout lui prouvait qu'Alfred l'avait perdue dans le cœur de sa fille, où elle restait, elle, la mère, moins comme un plaisir que comme un devoir. Mille choses, des riens même lui attestaient la conduite détestable de la comtesse envers elle, ingratitude que la marquise regardait peut-être comme une punition. Elle cherchait des excuses à sa fille dans les desseins de la Providence, afin de pouvoir encore adorer la main qui la frappait. Pendant cette matinée elle se souvint de tout, et tout la frappa de nouveau si vivement au cœur que sa coupe, remplie de chagrins, devait déborder si la plus légère peine y était jetée. Un regard froid pouvait tuer la marquise. Il est difficile de peindre ces faits domestiques, mais quelques-uns suffiront peut-être à les indiquer tous. Ainsi la marquise, étant devenue un peu sourde, n'avait

jamais pu obtenir de Moïna qu'elle élevât la voix
pour elle; et le jour où, dans la naïveté de l'être
souffrant, elle pria sa fille de répéter une phrase
dont elle n'avait rien saisi, la comtesse obéit, mais
avec un air de mauvaise grâce qui ne permit pas à
madame d'Aiglemont de réitérer sa modeste prière.
Depuis ce jour, quand Moïna racontait un événement ou parlait, la marquise avait soin de s'appro-
cher d'elle; mais souvent la comtesse paraissait
ennuyée de l'infirmité qu'elle reprochait étourdiment à sa mère. Cet exemple, pris entre mille, ne
pouvait frapper que le cœur d'une mère. Toutes ces
choses eussent échappé peut-être à un observateur,
car c'était des nuances insensibles pour d'autres
yeux que ceux d'une femme. Ainsi madame d'Aiglemont ayant un jour dit à sa fille que la princesse
de Cadignan[149] était venue la voir, Moïna s'écria
simplement : — Comment! elle est venue pour
vous! L'air dont ces paroles furent dites, l'accent
que la comtesse y mit peignaient par de légères
teintes un étonnement, un mépris élégant qui ferait
trouver aux cœurs toujours jeunes et tendres de la
philanthropie dans la coutume en vertu de laquelle
les sauvages tuent leurs vieillards quand ils ne
peuvent plus se tenir à la branche d'un arbre
fortement secoué. Madame d'Aiglemont se leva,
sourit, et alla pleurer en secret. Les gens bien
élevés, et les femmes surtout, ne trahissent leurs
sentiments que par des touches imperceptibles,
mais qui n'en font pas moins deviner les vibrations
de leurs cœurs à ceux qui peuvent retrouver dans

leur vie des situations analogues à celle de cette
mère meurtrie. Accablée par ses souvenirs, madame
d'Aiglemont retrouva l'un de ces faits microsco-
piques si piquants, si cruels, où elle n'avait jamais
mieux vu qu'en ce moment le mépris atroce caché
sous des sourires. Mais ses larmes se séchèrent
quand elle entendit ouvrir les persiennes de la
chambre où reposait sa fille. Elle accourut en se
dirigeant vers les fenêtres par le sentier qui passait
le long de la grille devant laquelle elle était naguère
assise. Tout en marchant, elle remarqua le soin
particulier que le jardinier avait mis à ratisser le
sable de cette allée, assez mal tenue depuis peu de
temps. Quand madame d'Aiglemont arriva sous les
fenêtres de sa fille les persiennes se refermèrent
brusquement.

— Moïna, dit-elle.

Point de réponse.

— Madame la comtesse est dans le petit salon,
dit la femme de chambre de Moïna quand la
marquise rentrée au logis demanda si sa fille était
levée.

Madame d'Aiglemont avait le cœur trop plein et
la tête trop fortement préoccupée pour réfléchir en
ce moment sur des circonstances si légères; elle
passa promptement dans le petit salon où elle
trouva la comtesse en peignoir, un bonnet négligemment jeté sur une chevelure en désordre, les pieds
dans ses pantoufles, ayant la clef de sa chambre
dans sa ceinture, le visage empreint de pensées

presque orageuses et des couleurs animées. Elle
était assise sur un divan, et paraissait réfléchir.

— Pourquoi vient-on? dit-elle d'une voix dure.
Ah! c'est vous, ma mère, reprit-elle d'un air distrait
après s'être interrompue elle-même.

— Oui, mon enfant, c'est ta mère...

L'accent avec lequel madame d'Aiglemont prononça ces paroles peignit une effusion de cœur et
une émotion intime, dont il serait difficile de donner
une idée sans employer le mot de sainteté. Elle
avait en effet si bien revêtu le caractère sacré d'une
mère, que sa fille en fut frappée, et se tourna vers
elle par un mouvement qui exprimait à la fois le
respect, l'inquiétude et le remords. La marquise
ferma la porte de ce salon, où personne ne pouvait
entrer sans faire du bruit dans les pièces précédentes. Cet éloignement garantissait de toute indiscrétion.

— Ma fille, dit la marquise, il est de mon devoir
de t'éclairer sur une des crises les plus importantes
dans notre vie de femme, et dans laquelle tu te
trouves à ton insu peut-être, mais dont je viens te
parler moins en mère qu'en amie. En te mariant, tu
es devenue libre de tes actions, tu n'en dois compte
qu'à ton mari; mais je t'ai si peu fait sentir
l'autorité maternelle (et ce fut un tort peut-être),
que je me crois en droit de me faire écouter de toi,
une fois au moins, dans la situation grave où tu dois
avoir besoin de conseils. Songe, Moïna, que je t'ai
mariée à un homme d'une haute capacité, de qui tu
peux être fière, que...

— Ma mère, s'écria Moïna d'un air mutin et en l'interrompant, je sais ce que vous venez me dire... Vous allez me prêcher au sujet d'Alfred...

— Vous ne devineriez pas si bien, Moïna, reprit gravement la marquise en essayant de retenir ses larmes, si vous ne sentiez pas...

— Quoi? dit-elle d'un air presque hautain. Mais, ma mère, en vérité...

— Moïna, s'écria madame d'Aiglemont en faisant un effort extraordinaire, il faut que vous entendiez attentivement ce que je dois vous dire...

— J'écoute, dit la comtesse en se croisant les bras et affectant une impertinente soumission. Permettez-moi, ma mère, dit-elle avec un sang-froid incroyable, de sonner Pauline pour la renvoyer...

Elle sonna.

— Ma chère enfant, Pauline ne peut pas entendre...

— Maman, reprit la comtesse d'un air sérieux, et qui aurait dû paraître extraordinaire à la mère, je dois... Elle s'arrêta, la femme de chambre arrivait.

— Pauline, allez *vous-même* chez Baudran savoir pourquoi je n'ai pas encore mon chapeau...

Elle se rassit et regarda sa mère avec attention. La marquise, dont le cœur était gonflé, les yeux secs, et qui ressentait alors une de ces émotions dont la douleur ne peut être comprise que par les mères, prit la parole pour instruire Moïna du danger qu'elle courait. Mais, soit que la comtesse se trouvât blessée des soupçons que sa mère concevait sur le fils du marquis de Vandenesse, soit qu'elle fût en

proie à l'une de ces folies incompréhensibles dont le
secret est dans l'inexpérience de toutes les jeunes-
ses, elle profita d'une pause faite par sa mère pour
lui dire en riant d'un rire forcé : — Maman, je ne te
croyais jalouse que du père...

A ce mot, madame d'Aiglemont ferma les yeux,
baissa la tête et poussa le plus léger de tous les
soupirs. Elle jeta son regard en l'air, comme pour
obéir au sentiment invincible qui nous fait invoquer
Dieu dans les grandes crises de la vie; puis elle
dirigea sur sa fille ses yeux pleins d'une majesté
terrible, et empreints aussi d'une profonde douleur.

— Ma fille, dit-elle d'une voix gravement altérée,
vous avez été plus impitoyable envers votre mère
que ne le fut l'homme offensé par elle, plus que ne
le sera Dieu peut-être.

Madame d'Aiglemont se leva; mais arrivée à la
porte, elle se retourna, ne vit que de la surprise
dans les yeux de sa fille, sortit et put aller jusque
dans le jardin, où ses forces l'abandonnèrent. Là,
ressentant au cœur de fortes douleurs, elle tomba
sur un banc. Ses yeux, qui erraient sur le sable, y
aperçurent la récente empreinte d'un pas d'homme,
dont les bottes avaient laissé des marques très
reconnaissables. Sans aucun doute, sa fille était
perdue, elle crut comprendre alors le motif de la
commission donnée à Pauline. Cette idée cruelle fut
accompagnée d'une révélation plus odieuse que ne
l'était tout le reste. Elle supposa que le fils du
marquis de Vandenesse avait détruit dans le cœur
de Moïna ce respect dû par une fille à sa mère. Sa

souffrance s'accrut, elle s'évanouit insensiblement,
et demeura comme endormie. La jeune comtesse
trouva que sa mère s'était permis de lui donner *un
coup de boutoir* un peu sec, et pensa que le soir une
caresse ou quelques attentions feraient les frais du
raccommodement. Entendant un cri de femme dans
le jardin, elle se pencha négligemment au moment
où Pauline, qui n'était pas encore sortie, appelait au
secours, et tenait la marquise dans ses bras.

— N'effrayez pas ma fille, fut le dernier mot que
prononça cette mère.

Moïna vit transporter sa mère, pâle, inanimée,
respirant avec difficulté, mais agitant les bras
comme si elle voulait ou lutter ou parler. Atterrée
par ce spectacle, Moïna suivit sa mère, aida
silencieusement à la coucher sur son lit et à la
déshabiller. Sa faute l'accabla. En ce moment
suprême, elle connut sa mère, et ne pouvait plus
rien réparer. Elle voulut être seule avec elle; et
quand il n'y eut plus personne dans la chambre,
qu'elle sentit le froid de cette main pour elle
toujours caressante, elle fondit en larmes. Réveillée
par ces pleurs, la marquise put encore regarder sa
chère Moïna; puis, au bruit de ses sanglots, qui
semblaient vouloir briser ce sein délicat et en
désordre, elle contempla sa fille en souriant. Ce
sourire prouvait à cette jeune parricide que le cœur
d'une mère est un abîme au fond duquel se trouve
toujours un pardon. Aussitôt que l'état de la
marquise fut connu, des gens à cheval avaient été
expédiés pour aller chercher le médecin, le chirur-

gien et les petits-enfants de madame d'Aiglemont.
La jeune marquise et ses enfants arrivèrent en
même temps que les gens de l'art et formèrent une
assemblée assez imposante, silencieuse, inquiète, à
laquelle se mêlèrent les domestiques. La jeune
marquise, qui n'entendait aucun bruit, vint frapper
doucement à la porte de la chambre. A ce signal,
Moïna, réveillée sans doute dans sa douleur, poussa
brusquement les deux battants, jeta des yeux
hagards sur cette assemblée de famille et se montra
dans un désordre qui parlait plus haut que le
langage. A l'aspect de ce remords vivant chacun
resta muet. Il était facile d'apercevoir les pieds de
la marquise roides et tendus convulsivement sur le
lit de mort. Moïna s'appuya sur la porte, regarda
ses parents, et dit d'une voix creuse : — *J'ai perdu
ma mère !*

Paris, 1828-1844.

DOSSIER

VIE DE BALZAC

La biographie de Balzac est tellement chargée d'événements si divers, et tout s'y trouve si bien emmêlé, qu'un exposé purement chronologique des faits serait d'une confusion extrême.

Dans l'ordre chronologique, nous nous sommes donc contenté de distinguer, d'une manière aussi peu arbitraire que possible, cinq grandes époques de la vie de Balzac : des origines à 1814, 1815-1828, 1828-1833, 1833-1840, 1841-1850.

A l'intérieur des périodes principales, nous avons préféré, quand il y avait lieu, classer les faits selon leur nature : l'œuvre, les autres activités touchant la littérature, la vie sentimentale, les voyages, etc. (mais en reprenant, à l'intérieur de chaque paragraphe, l'ordre chronologique).

Famille, enfance; des origines à 1814.

En juillet 1746 naît dans le Rouergue, d'une lignée paysanne, Bernard-François Balssa, qui sera le père du romancier et mourra en 1829; trente ans plus tard nous retrouvons le nom orthographié « Balzac ».

Janvier 1797 : Bernard-François, directeur des vivres de

la division militaire de Tours, épouse à cinquante ans
Laure Sallambier, qui en a dix-huit, et qui vivra jusqu'en
1854.

1799, 20 mai : naissance à Tours d'Honoré Balzac (le
nom ne comporte pas encore la particule). Un premier fils,
né jour pour jour un an plus tôt, n'avait pas vécu.

Après Honoré, trois autres enfants naîtront : 1º Laure
(1800-1871), qui épousera en 1820 Eugène Surville, ingé-
nieur des Ponts et Chaussées; 2º Laurence (1802-1825),
devenue en 1821 Mᵐᵉ de Montzaigle : c'est sur son acte de
baptême que la particule « de » apparaît pour la première
fois devant le nom des Balzac. Elle mourra dans la misère,
honnie par sa mère, sans raison; 3º Henry (1807-1858), fils
adultérin dont le père était Jean de Margonne (1780-
1858), châtelain de Saché.

L'enfance et l'adolescence d'Honoré seront affectées par
la préférence de la mère pour Henry, lequel, dépourvu de
dons et de caractère, traînera une existence assez misé-
rable; les ternes séjours qu'il fera dans les îles de l'océan
Indien avant de mourir à Mayotte contrastent absolument
avec les aventures des romanesques coureurs de mers
balzaciens. Balzac gardera des liens étroits avec Margonne
et séjournera souvent à Saché, où l'on montre encore sa
chambre et sa table de travail.

Des sa naissance, Honoré est mis en nourrice chez la
femme d'un gendarme à Saint-Cyr-sur-Loire, aujourd'hui
faubourg de Tours (rive droite). De 1804 à 1807 il est
externe dans un établissement scolaire de Tours, de 1807 à
1813 il est pensionnaire au collège de Vendôme. Puis,
pendant quelques mois, en 1813, atteint de troubles et
d'une espece d'hébétude qu'on attribue a un abus de
lecture, il demeure dans sa famille, au repos. De l'été 1813
a juin 1814, il est pensionnaire dans une institution du

Marais. De juillet à septembre 1814, il reprend ses études au collège de Tours, comme externe.

Son père, alors administrateur de l'Hospice général de Tours, est nommé directeur des vivres dans une entreprise parisienne de fournitures aux armées. Toute la famille quitte Tours pour Paris en novembre 1814.

Apprentissage, 1815-1828.

1815-1819. Honoré poursuit ses études à Paris. Il entreprend son droit, suit des cours à la Sorbonne et au Muséum. Il travaille comme clerc dans l'étude de Me Guillonnet-Merville, avoué, puis dans celle de Me Passez, notaire; ces deux stages laisseront sur lui une empreinte profonde.

Son père ayant pris sa retraite, la famille, dont les ressources sont désormais réduites, quitte Paris et s'installe pendant l'été 1819 à Villeparisis. Le 16 août, le frère cadet de Bernard-François était guillotiné à Albi pour l'assassinat, dont il n'était peut-être pas coupable, d'une fille de ferme. Cependant Honoré, qu'on destinait au notariat, obtient de renoncer à cette carrière, et de demeurer seul à Paris, dans une mansarde, rue Lesdiguières, pour éprouver sa vocation en s'exerçant au métier des lettres. En septembre 1820, au tirage au sort, il a obtenu un « bon numéro » le dispensant du service militaire.

Dès 1817 il a rédigé des *Notes sur la philosophie et la religion*, suivies en 1818 de *Notes sur l'immortalité de l'âme*, premiers indices du goût prononcé qu'il gardera longtemps pour la spéculation philosophique; maintenant il s'attaque à une tragédie, *Cromwell*, cinq actes en vers, qu'il termine au printemps de 1820. Soumise à plusieurs juges successifs, l'œuvre est uniformément estimée détestable; Andrieux, aimable écrivain, professeur au Collège de France et académicien, conclut que l'auteur peut tenter sa chance dans n'importe quelle voie, hormis la littérature. Balzac continue sa recherche philosophique avec *Falthurne* (1820) et *Sténie* (1821), que suivront bientôt (1823) un *Traité de la prière* et un second *Falthurne* d'inspiration religieuse et mystique.

De 1822 à 1827, soit en collaboration, soit seul, sous les pseudonymes de lord R'hoone et Horace de Saint-Aubin, il publie une masse considérable de produits romanesques « de consommation courante », qu'il lui arrivera d'appeler « petites opérations de littérature marchande » ou même « cochonneries littéraires ». A leur sujet, les balzaciens se partagent; les uns y cherchent des ébauches de thèmes et les signes avant-coureurs du génie romanesque; les autres doutent que Balzac, soucieux seulement de satisfaire sa clientèle, y ait rien mis qui soit vraiment de lui-même.

En 1822 commence sa longue liaison (mais, de sa part, non exclusive) avec Antoinette de Berny, qu'il a rencontrée à Villeparisis l'année précédente. Née en 1777, elle a alors deux fois l'âge d'Honoré qui aura pour celle qu'il a rebaptisée Laure, et la *Dilecta*, un amour ambivalent, où il trouvera une compensation à son enfance frustrée.

Fille d'un musicien de la Cour et d'une femme de chambre de Marie-Antoinette, femme d'expérience, Laure initiera son jeune amant aux secrets de la vie. Elle restera pour lui un soutien, et le guide le plus sûr. Elle mourra en 1836.

En 1825, Balzac entre en relation avec la duchesse d'Abrantès (1784-1838); cette nouvelle maîtresse, qui d'ailleurs s'ajoute à la précédente et ne se substitue pas à elle, a encore quinze ans de plus que lui. Fort avertie de la grande et petite histoire de la Révolution et de l'Empire, elle complète l'éducation que lui a donnée Mme de Berny, et le présente aux nombreux amis qu'elle garde dans le monde ; lui-même, plus tard, se fera son conseiller et peut-être son collaborateur lorsqu'elle écrira ses *Mémoires*.

Durant la fin de cette période, il se lance dans des affaires qui enrichissent d'une manière incomparable l'expérience du futur auteur de *La Comédie humaine*, mais qui, en attendant, se soldent par de pénibles et coûteux échecs.

Il se fait éditeur en 1825, imprimeur en 1826, fondeur de caractères en 1827, toujours en association, les fonds de ses propres apports étant constitués par sa famille et par Mme de Berny. En 1825 et 1826, il publie, entre autres, des éditions compactes de Molière et de La Fontaine, pour lesquelles il a composé des notices. En 1828, la société de fonderie est remaniée ; il en est écarté au profit d'Alexandre de Berny, fils de son amie : l'entreprise deviendra une des plus belles réalisations françaises dans ce domaine. L'imprimerie est liquidée quelques mois plus tard, en août ; elle laisse à Balzac 60 000 francs de dettes (dont 50 000 envers sa famille).

Nombreux voyages et séjours en province, notamment dans la région de l'Isle-Adam, en Normandie, et souvent en Touraine.

Les débuts, 1828-1833.

A la mi-septembre 1828, Balzac va s'établir pour six semaines à Fougères, en vue du roman qu'il prépare sur la chouannerie. *Le Dernier Chouan ou la Bretagne en 1800*, dont le titre deviendra finalement *Les Chouans*, paraît en

mars 1829; c'est le premier roman dont il assume ouverte-
ment la responsabilité en le signant de son véritable nom.

En décembre 1829, il publie sous l'anonymat *Physiologie
du mariage*, un essai ou, comme il dira plus tard, une
« étude analytique » qu'il avait ébauchée puis délaissée
plusieurs années auparavant.

1830 : les *Scènes de la vie privée* réunissent en deux
volumes six courts récits. Ce nombre sera porté à quinze
dans une réédition du même titre en quatre tomes (1832).
C'est dans le troisième tome que paraîtra pour la première
fois *Le Curé de Tours*.

1831 : *La Peau de chagrin;* ce roman est repris pour
former la même année, avec douze autres récits, trois
volumes de *Romans et contes philosophiques;* l'ensemble est
précédé d'une introduction de Philarète Chasles, certainement inspirée par l'auteur. 1832 : les *Nouveaux Contes
philosophiques* augmentent cette collection de quatre récits
(dont une première version de *Louis Lambert*).

Les *Contes drolatiques*. A l'imitation des *Cent Nouvelles
nouvelles* (il avait un goût très vif pour la vieille littérature), il voulait en écrire cent, répartis en dix dizains.
Le premier dizain paraît en 1832, le deuxième en 1833;
le troisième ne sera publié qu'en 1837, et l'entreprise
s'arrêtera là.

Septembre 1833 : *Le Médecin de campagne*. Pendant
toute cette époque, Balzac donne une foule de textes divers
à de nombreux périodiques. Il poursuivra ce genre de
collaboration durant toute sa vie, mais à une cadence
moindre.

Laure de Berny reste la *Dilecta*, Laure d'Abrantès
devient une amie.

Passade avec Olympe Pélissier.

Entré en liaison d'abord épistolaire avec la duchesse de

Castries en 1831, il séjourne auprès d'elle, à Aix-les-Bains
et à Genève, en septembre et octobre 1832 ; elle se laisse
chaudement courtiser, mais ne cède pas, ce dont il se
« venge » par *La Duchesse de Langeais.*

Au début de 1832, il reçoit d'Odessa une lettre signée
« L'Étrangère », et répond par une petite annonce insérée
dans *La Gazette de France :* c'est le début de ses relations
avec Mᵐᵉ Hanska (1805-1882), sa future femme, qu'il
rencontre pour la première fois à Neuchâtel dans les
derniers jours de septembre 1833.

Vers cette même époque il a une maîtresse discrète,
Maria du Fresnay.

Voyages très nombreux. Outre ceux que nous avons
signalés ci-dessus (Fougères, Aix, Genève, Neuchâtel), il
faut mentionner plusieurs séjours à Saché, près de
Nemours chez Mᵐᵉ de Berny, près d'Angoulême chez
Zulma Carraud, etc.

Son travail acharné n'empêche pas qu'il ne soit très
répandu dans les milieux littéraires et dans le monde ; il
mène une vie ostentatoire et dispendieuse.

En politique, il s'affiche légitimiste. Il envisage de se
présenter aux élections législatives de 1831, et en 1832 à
une élection partielle.

L'essor, 1833-1840.

Durant cette période, Balzac ne se contente pas d'assurer le développement de son œuvre : il se préoccupe de lui
assurer une organisation d'ensemble, comme en témoignaient déjà les *Scènes de la vie privée* et les *Romans et
contes philosophiques.* Maintenant il s'avance sur la voie qui

le conduira à la conception globale de *La Comédie humaine*.

En octobre 1833, il signe un contrat pour la publication des *Études de mœurs au XIXe siècle*, qui doivent rassembler aussi bien les rééditions que des ouvrages nouveaux répartis en quatre tomes de *Scènes de la vie privée*, quatre de *Scènes de la vie de province* et quatre de *Scènes de la vie parisienne*. Les douze volumes paraissent en ordre dispersé de décembre 1833 à février 1837. Le tome I est précédé d'une importante *Introduction* de Félix Davin, prête-nom de Balzac. La classification a une valeur littérale et symbolique ; elle se fonde à la fois sur le cadre de l'action et sur la signification du thème.

Parallèlement paraissent de 1834 à 1840 vingt volumes d'*Études philosophiques*, avec une nouvelle introduction de Félix Davin.

Principales créations en librairie de cette période : *Eugénie Grandet*, fin 1833 ; *La Recherche de l'absolu*. 1834 : *Le Père Goriot. La Fleur des pois* (titre qui deviendra *Le Contrat de mariage*), *Séraphîta*. 1835 ; *Histoire des Treize*. 1833-1835 ; *Le Lys dans la vallée*, 1836 ; *La Vieille Fille*. *Illusions perdues* (début), *César Birotteau*. 1837 ; *La Femme supérieure* (titre qui deviendra *Les Employés*), *La Maison Nucingen*, *La Torpille* (début de *Splendeurs et misères des courtisanes*), 1838 ; *Le Cabinet des antiques. Une fille d'Ève*. *Béatrix*. 1839 ; *Une princesse parisienne* (titre qui deviendra *Les Secrets de la princesse de Cadignan*). *Pierrette*. *Pierre Grassou*, 1840.

En marge de cette activité essentielle. Balzac prend à la fin de 1835 une participation majoritaire dans la *Chronique de Paris*, journal politique et littéraire ; il y publie un bon nombre de textes, jusqu'à ce que la société, irrémédiablement déficitaire, soit dissoute six mois plus tard. Curieusement il réédite (et complète à l'aide de « nègres »), en gardant un pseudonyme qui n'abuse personne, une partie de ses romans de jeunesse : les *Œuvres complètes d'Horace de Saint-Aubin,* seize volumes, 1836-1840.

En 1838, il s'inscrit à la toute jeune Société des Gens de Lettres, il la préside en 1839, et mène diverses campagnes pour la protection de la propriété littéraire et des droits des auteurs.

Candidat à l'Académie française en 1839, il s'efface devant Hugo, qui ne sera pas élu.

En 1840, il fonde la *Revue parisienne,* mensuelle et entièrement rédigée par lui ; elle disparaît après le troisième numéro, où il a inséré son long et fameux article sur *La Chartreuse de Parme.*

Théâtre, vieille et durable préoccupation depuis le *Cromwell* de ses vingt ans : en 1839, la Renaissance refuse *L'École des ménages,* pièce dont il donne chez Custine une lecture à laquelle assistent Stendhal et Théophile Gautier. En 1840, la censure, après plusieurs refus, finit par autoriser *Vautrin,* qui sera interdit dès le lendemain de la première.

Il séjourne à Genève auprès de Mme Hanska du 24 décembre 1833 au 8 février 1834 ; il la retrouve à Vienne (Autriche) en mai-juin 1835 ; alors commence une séparation qui durera huit ans.

Le 4 juin 1834, naît Marie du Fresnay, présumée être sa fille, et qu'il regarde comme telle ; elle mourra en 1930.

Mme de Berny malade depuis 1834, accablée de malheurs familiaux, cesse de le voir à la fin de 1835 ; elle va mourir le 27 juillet 1836.

Le 29 mai 1836, naissance de Lionel-Richard, fils présumé de Balzac et de la comtesse Guidoboni-Visconti.

Juillet-août 1836 : Mme Marbouty, déguisée en homme, l'accompagne à Turin où il doit régler une affaire de

succession pour le compte et avec la procuration du mari
de Frances Sarah, le comte Guidoboni-Visconti. Ils ren-
trent par la Suisse.

Autres voyages toujours nombreux, et nombreuses rencontres.

Au cours de l'excursion autrichienne de 1835, il est reçu
par Metternich, et visite le champ de bataille de Wagram
en vue d'un roman qu'il ne parviendra jamais à écrire. En
1836, séjournant en Touraine, il se voit accueilli par
Talleyrand et la duchesse de Dino. L'année suivante, c'est
George Sand qui l'héberge à Nohant ; elle lui suggère le
sujet de *Béatrix*.

Durant un second voyage italien en 1837, il a appris à
Gênes qu'on pouvait exploiter fructueusement en Sar-
daigne les scories d'anciennes mines de plomb argentifère ;
en 1838, en passant par la Corse, il se rend sur place pour y
constater que l'idée était si bonne qu'une société marseil-
laise l'a devancé ; retour par Gênes, Turin, et Milan où il
s'attarde.

On signale en 1834 un dîner réunissant Balzac, Vidocq et
les bourreaux Sanson père et fils.

Démêlés avec la Garde nationale, où il se refuse
obstinément à assurer ses tours de garde : en 1835, à
Chaillot sous le nom de « madame veuve Durand », il se
cache autant de ses créanciers que de la garde qui
l'incarcérera, en 1836, pendant une semaine dans sa prison
surnommée « Hôtel des Haricots » ; nouvel emprisonnement
en 1839, pour la même raison.

En 1837, près de Paris, à Sèvres, au lieu-dit les Jardies, il
achète les premiers éléments de ce dont il voudra consti-
tuer tout un domaine. Sa légende commençant, on préten-
dra qu'il aurait rêvé d'y faire fortune en y acclimatant la

culture de l'ananas. Ses projets assez grandioses lui
coûteront fort cher et ne lui amèneront que des déboires.
Liquidation onéreuse et longue : à la mort de Balzac,
l'affaire n'était pas entièrement liquidée.

C'est en octobre 1840 que, quittant les Jardies, il
s'installe à Passy dans l'actuelle rue Raynouard, où sa
maison est redevenue aujourd'hui « La Maison de Balzac ».

Suite et fin, 1841-1850.

Le fait marquant qui inaugure cette période est l'acte de
naissance officiel de *La Comédie humaine* considérée comme
un ensemble organique. Cet acte, c'est le contrat passé le
2 octobre 1841 avec un groupe d'éditeurs pour la publication, sous ce « titre général », des « œuvres complètes » de
Balzac, celui-ci se réservant « l'ordre et la distribution des
matières, la tomaison et l'ordre des volumes ».

Nous avons vu le romancier, dès ses véritables débuts ou
presque, montrer le souci d'un ordre et d'un classement.
Une lettre à Mme Hanska du 26 octobre 1834 en faisait
déjà état. Une lettre de décembre 1839 ou janvier 1840,
adressée à un éditeur non identifié, et restée sans suite,
mentionnait pour la première fois le « titre général », avec
un plan assez détaillé. Cette fois le grand projet va enfin se
réaliser (sous réserve de quelques changements de détail
ultérieurs dans le plan, de plusieurs ouvrages annoncés qui
ne seront jamais composés et, enfin, de quelques autres
composés et non annoncés).

Réunissant rééditions et nouveautés, l'ensemble désormais intitulé *La Comédie humaine* paraît de 1842 à 1848 en
dix-sept volumes, complétés en 1855 par un tome XVIII,
et suivis, en 1855 encore, d'un tome XIX (*Théâtre*) et d'un
tome XX (*Contes drolatiques*). Trois parties : *Études de*

mœurs, Études philosophiques, Études analytiques, — la première partie étant elle-même divisée en *Scènes de la vie privée, Scènes de la vie de province, Scènes de la vie parisienne, Scènes de la vie politique, Scènes de la vie militaire* et *Scènes de la vie de campagne.*

L'*Avant-propos* est un texte doctrinal capital. Avant de se résoudre à l'écrire lui-même, Balzac avait demandé vainement une préface à Nodier, à George Sand, ou envisagé de reproduire les introductions de Davin aux anciennes *Études de mœurs* et *Études philosophiques.*

Premières publications en librairie : *Le Curé de village,* 1841 ; *Mémoires de deux jeunes mariées, Ursule Mirouët, Albert Savarus, La Femme de trente ans* (sous sa forme et son titre définitifs après beaucoup d'avatars), *Les Deux Frères* (titre qui deviendra *La Rabouilleuse*), 1842 ; *Une ténébreuse affaire, La Muse du département, Illusions perdues* (au complet), 1843 ; *Honorine, Modeste Mignon,* 1844 ; *Petites misères de la vie conjugale,* 1846 ; *La Dernière Incarnation de Vautrin* (achevant *Splendeurs et misères des courtisanes*), 1847 ; *Les Parents pauvres* (*Le Cousin Pons* et *La Cousine Bette*), 1847-1848.

Romans posthumes. *Le Député d'Arcis* et *Les Petits Bourgeois,* restés inachevés, et terminés, avec une désinvolture confondante, par Charles Rabou agréé par la veuve, paraissent respectivement en 1854 et 1856. La veuve assure elle-même, avec beaucoup plus de tact, la mise au point des *Paysans* qu'elle publie en 1855.

Théâtre. Représentation et échec des *Ressources de Quinola,* 1842 ; de *Paméla Giraud,* 1843. Succès sans lendemain de *La Marâtre,* pièce créée à une date peu favorable (25 mai 1848) ; trois mois plus tard la Comédie-Française reçoit *Mercadet ou le Faiseur,* mais la pièce ne sera pas représentée.

Chevalier de la Légion d'honneur depuis avril 1845, Balzac, encore candidat à l'Académie française, obtient 4 voix le 11 janvier 1849, dont celles de Hugo et de Lamartine (on lui préfère le duc de Noailles), et, aux trois scrutins du 18 janvier, 2 voix (Vigny et Hugo), 1 voix (Hugo) et 0 voix, le comte de Saint-Priest étant élu.

Amours et voyages, durant toute cette période, portent pratiquement un seul et même nom : Mme Hanska. Le comte Hanski était mort le 10 novembre 1841, en Ukraine ; mais Balzac sera informé le 5 janvier 1842 seulement de l'événement. Son amie, libre désormais de l'épouser, va néanmoins le faire attendre près de dix ans encore, soit qu'elle manque d'empressement, soit que réellement le régime tsariste se dispose à confisquer ses biens, qui sont considérables, si elle s'unit à un étranger.

En 1843, après huit ans de séparation, Balzac va la retrouver pour deux mois à Saint-Pétersbourg ; il rentre par Berlin, les pays rhénans, la Belgique. En 1845, voyages communs en Allemagne, en France, en Hollande, en Belgique, en Italie. En 1846, ils se rencontrent à Rome et voyagent en Italie, en Suisse, en Allemagne.

Mme Hanska est enceinte ; Balzac en est profondément heureux, et, de surcroît, voit dans cette circonstance une occasion de hâter son mariage ; il se désespère lorsqu'elle accouche en novembre 1846 d'un enfant mort-né.

En 1847, elle passe quelques mois à Paris ; lui-même, peu après, rédige un testament en sa faveur. A l'automne, il va la retrouver en Ukraine, où il séjourne près de cinq mois. Il rentre à Paris, assiste à la révolution de février 1848 et envisage une candidature aux élections législatives, puis il repart dès la fin de septembre pour l'Ukraine, où il séjourne jusqu'à la fin d'avril 1850. Malade, il ne travaille plus : depuis plusieurs années sa santé n'a pas cessé de se dégrader.

Il épouse Mme Hanska, le 14 mars 1850, à Berditcheff.

Rentrés à Paris vers le 20 mai, les deux époux, le 4 juin, se font donation mutuelle de tous leurs biens en cas de décès.

Balzac est rentré à Paris pour mourir. Affaibli, presque aveugle, il ne peut bientôt plus écrire; la dernière 'lettre connue, de sa main, date du 1er juin 1850. Le 18 août, il reçoit l'extrême-onction, et Hugo, venu en visite, le trouve inconscient : il meurt à onze heures et demie du soir. On l'enterre au Père-Lachaise trois jours plus tard; les cordons du poêle sont tenus par Hugo et Dumas, mais aussi par le navrant Sainte-Beuve qui lui vouait la haine des impuissants, et par le ministre de l'Intérieur; devant sa tombe, superbe discours de Hugo : ni Hugo ni Baudelaire ne se sont trompés sur le génie de Balzac.

La femme de Balzac, après avoir trouvé quelques consolations à son veuvage, mourra ruinée de sa propre main et par sa fille en 1882.

NOTICE

La Femme de trente ans est sans doute celui des romans
de *La Comédie humaine* dont l'agencement soulève le plus
d'obscurs problèmes. L'histoire du texte est complexe,
voire fastidieuse ; il est néanmoins indispensable de l'analyser : elle peut seule expliquer certaines anomalies propres à
dérouter le lecteur.

L'ouvrage est daté *in fine* 1828-1844. Indication en
partie fictive. On ne saurait dire pourtant qu'elle soit
fausse. La composition proprement dite, en ordre dispersé
(cette circonstance importe), des six parties du roman est
concentrée dans une période beaucoup plus courte, comme
nous le dirons tout à l'heure ; mais cette période elle-même
fut précédée de préparations et suivie de prolongements.

Disons tout de suite, pour éclairer ce qui va suivre, que
Balzac eut sans doute de bonne heure l'idée générale et
vague de *La Femme de trente ans* ; il était sensibilisé à ce
thème par les confidences des femmes largement plus âgées
que lui auxquelles il devait sa formation (Mme de Berny,
Mme d'Abrantès et autres). Mais s'il « voyait » des épisodes,
il n'apercevait pas encore le moyen de les fondre dans une
unité supérieure. De ces épisodes, sous les pressions
conjuguées de la nécessité et de l'urgence, il fit d'abord des

nouvelles indépendantes l'une de l'autre. Et c'est lorsqu'il voulut les relier entre elles qu'apparurent les difficultés.

Il nous faut maintenant entrer dans le détail :

1830, 11 février. *La Silhouette* insère, sans nom d'auteur, « Une vue de Touraine » ; c'est une description du confluent de la Cise et de la Loire. Elle sera reprise, pour le principal, dans la première partie de notre roman. Rien n'empêche de supposer que ce texte ait été écrit quelque temps avant de paraître : soit en 1828, ce qui justifierait la date marquant selon Balzac la naissance de l'œuvre, soit à la fin de 1829 et au début de 1830, datation proposée par René Guise (voir la bibliographie à la fin de cette notice) pour le manuscrit partiel du « Rendez-vous » provenant de Zulma Carraud et aujourd'hui à la bibliothèque Lovenjoul (A 77).

1830, 25 novembre. *La Caricature* donne, sous pseudonyme, « La Dernière Revue de Napoléon », qui formera le début de la première partie du roman.

1831, 23 et 30 janvier. Publication dans la *Revue de Paris* des « Deux Rencontres » : ce sera la cinquième partie du roman ; elle est alors divisée en deux chapitres.

1831, 27 mars. La *Revue de Paris* publie, sous le titre « Le Doigt de Dieu », la première moitié de ce qui deviendra la quatrième partie du roman. Ce texte résulte du remaniement de pages écrites en 1831.

1831, septembre et octobre, dans *La Revue des Deux Mondes :* « Le Rendez-vous ». Ce sera la première partie du roman. Deux publications antérieures y sont reprises et remaniées, « La Dernière Revue de Napoléon » et « Une vue de Touraine ».

1832, 29 avril. La *Revue de Paris* insère encore un récit séparé, « La Femme de trente ans », qui plus tard, sous le

titre nouveau de « A trente ans », formera la troisième
partie du roman.

1832, fin mai. Premier regroupement : « Le Rendez-
vous », « La Femme de trente ans », « Le Doigt de Dieu » et
« Les Deux Rencontres » sont rassemblés, selon un ordre
correspondant à l'ordre définitif (mais non pas à l'ordre de
première publication), dans les *Scènes de la vie privée,*
deuxième édition publiée chez Mame-Delaunay, tome IV.
Le quatrième récit (future cinquième partie) y est augmenté d'un nouveau chapitre. Un cinquième récit, jusqu'alors inédit, s'y ajoute; il porte le titre de « l'Expiation », lequel deviendra plus tard « La Vieillesse d'une
mère coupable » pour former la sixième partie du roman.
Cet ensemble occupe entièrement le tome IV.

Précisons bien que dans cette édition de 1832, première
édition collective, les cinq récits se trouvent simplement
juxtaposés. Ils ne sont même pas réunis sous un titre
commun. L'affinité des thèmes y est, tout au plus,
suggérée; disons plutôt qu'elle reste implicite. Certaines
indications ou modifications d'état civil laissent voir une
légère tendance à l'unification; toutefois la Julie du roman
y porte encore les noms successifs de Mme d'Aiglemont,
Mme de Vieumesnil, Mme de Verdun, Mme de Ballan. On
lira, dans la préface p. 11, un avertissement de 1832
protestant, non peut-être sans quelque complaisance, que
les disparates apparentes de cette édition recouvrent une
secrète unité d'inspiration.

De 1832 à 1834, rien de nouveau, — sinon ce projet
trouvé parmi les notes de Balzac et que les commentateurs
croient pouvoir dater de 1832 : « Un livre intitulé *Même
histoire,* composé de fragments détachés sans queue ni tête
en apparence, mais ayant un sens logique et secret. »

1834, septembre. Ce titre, *Même histoire,* apparaît au

tome IV de la troisième édition des *Scènes de la vie privée*.
qui elles-mêmes sont maintenant englobées dans les *Études
de mœurs au* XIXe *siècle* publiées chez Mme Charles Béchet.
Ainsi s'accomplit le projet dont faisait état la note que
nous venons de citer. Quelques changements de détail:
mais, surtout, deux additions importantes : d'une part un
nouveau chapitre, intitulé « La Vallée du torrent », intro-
duit à l'intérieur du récit « Le Doigt de Dieu » (notre
quatrième partie actuelle); d'autre part, tout un récit
nouveau, « Souffrances inconnues » (qui deviendra notre
deuxième partie).

D'après une lettre du 16 avril 1834 de Balzac à son
éditeur, le récit « Souffrances inconnues » aurait été écrit et
inséré dans le volume par suite de circonstances techni-
ques · la typographie du volume, déjà entreprise, s'étant
révélée plus dense que prévu, il aurait fallu ajouter du
texte pour obtenir autant de pages que le prévoyaient les
conventions. Quoi qu'il en soit, et si l'unification n'est pas
encore faite, les six parties de la future version définitive
sont constituées dès la fin de 1834, classées dans un ordre
qui ne changera pas et rassemblées sous un titre commun.
On lira plus loin, dans notre annexe « Balzac juge de
Balzac », l'avant-propos qui précédait cette édition de 1834
et que le romancier ne reprendra jamais plus.

1837 . nouvelle édition, publiée chez Werdet. Pas de
changement de structure, René Guise notant toutefois qu'il
convient d'attacher une importance particulière à cette
édition « longtemps négligée, sinon ignorée par les histo-
riens de *La Femme de trente ans* ». Dès 1834 Balzac avait
modifié les noms de quelques comparses pour rattacher
ceux-ci à la société de ses autres romans : si maintenant il
poursuit un peu plus loin dans la même voie, les changements ne portent toujours que sur des personnages

secondaires. Mais cette fois, chose curieuse, il renonce au titre commun *Même histoire*.

1839 : encore une édition, publiée chez Charpentier, qui reproduit l'édition Béchet de 1834 avec des corrections minimes, comme l'a montré René Guise.

1842 : l'idée générale et le plan du grand ensemble de *La Comédie humaine* sont formés. Et, de la réunion ou juxtaposition des six récits indépendants, Balzac s'est efforcé de faire, pour le tome III de *La Comédie humaine* paru chez Furne en novembre, un roman homogène en six parties. Il continue à y appartenir aux *Scènes de la vie privée*. Le titre de ce roman devient *La Femme de trente ans* — titre déjà indiqué dans une lettre de janvier (?) 1840 donnant une première ébauche du plan général de *La Comédie humaine* —, ce qui entraîne un changement de l'ancien titre de la nouvelle troisième partie ; d'autres titres intérieurs changent également. Les subdivisions des diverses parties en chapitres disparaissent. Les noms propres, cette fois, sont unifiés systématiquement, et autant que possible rattachés à ceux du personnel de *La Comédie humaine*. Quant à la chronologie des héros et des événements...

Ah ! cette fois, Balzac échoue : les raccords ne sont plus possibles. Le docteur Fernand Lotte l'a montré avec précision dans une étude publiée en décembre 1950 par le *Courrier balzacien*, n⁰ 10. (Il y a expliqué, par exemple, qu'en suivant l'une des lignes chronologiques indiquées par Balzac l'intrigue ne se terminerait pas avant 1854, ce qui est un résultat évidemment absurde.) Nous avons longtemps gardé l'espoir de parvenir à isoler deux séries chronologiques différentes qui eussent été simplement décalées l'une par rapport à l'autre ; nous convenons maintenant qu'il n'est possible de trouver ni une cohérence ni une formule constante de non-cohérence. Ce dont il importe d'avertir le lecteur, pour l'inviter à prendre une bonne fois son parti d'un certain « télescopage des temps », lequel, une fois admis qu'il existe et qu'on ne doit pas se laisser décontenancer par les flottements qu'il implique, n'enlève rien aux significations du roman.

Au début de la sixième partie, la mention du mois de juin 1844 résulte d'une correction manuscrite portée par Balzac sur un exemplaire en vue d'une réédition ultérieure. Cet exemplaire est le fameux « Furne corrigé », si diligemment publié par J.-A. Ducourneau aux Bibliophiles de l'Originale, et qui est notre texte. Balzac gardait donc le souci de « normaliser », dans la faible mesure du possible, la biographie de Julie d'Aiglemont. Ainsi achèvent de se justifier les deux dates 1828-1844 figurant à la fin du roman (nous avons parlé plus haut de la première d'entre elles). En fait, les époques véritablement créatrices ont été à peu près 1830-1832, 1834 et 1842.

Dans leur complexité la chronologie et les circonstances de la composition expliquent les causes principales des aberrations de la chronologie romanesque. Et elles expliquent aussi, sans doute, certaines inadvertances que Balzac a laissé subsister, et diverses amorces, ici ou là, de thèmes qui restent en suspens. Ne jamais oublier qu'avant de se décider à user de moyens de force pour faire entrer le roman de *La Femme de trente ans* dans les cadres de *La Comédie humaine*, Balzac avait choisi une technique de présentation infiniment plus souple, et qui a continué à imposer sa loi propre après que le romancier lui-même a cru et voulu changer de parti.

En dehors des introductions aux différentes éditions du roman (ainsi celle de Pierre Citron, Garnier-Flammarion,

1965) et de l'article déjà cité de Fernand Lotte, on pourra consulter :

R. Winkler : « *La Femme de trente ans* », *Der Aufbau eines Roman bei H. de Balzac.* Nidau Brel Weber, 1949.

R. L. Sullivant : *Balzac's* « *La Femme de trente ans* ». *A literary and historical study*, Washington University, juin 1962, Saint Louis, Missouri.

Georges Jacques : « *Le Doigt de Dieu* » *d'Honoré de Balzac. Étude littéraire et édition critique.* Louvain, bibliothèque de l'Université, 1970.

Pierre Barbéris, *Balzac et le mal du siècle*, Gallimard, 2 vol., 1970 (pour le thème de la vie privée).

Bernard Gagnebin : « La Julie de Balzac », dans *Littérature et société*, mélanges Bernard Guyon, Desclée de Brouwer, 1973.

Enfin, on trouvera le point sur la question dans l'édition récemment établie par Bernard Gagnebin et René Guise pour la Bibliothèque de la Pléiade (*La Comédie humaine*, tome II, Gallimard 1976).

Samuel S. de Sacy.

BALZAC JUGE DE BALZAC

Balzac n'a pas laissé de préface en tête des éditions définitives de *La Femme de trente ans* (voir notre Notice). Mais auparavant il avait donné quelques commentaires propres à éclairer la signification de cette « œuvre en marche ».

Il y a lieu de le regarder comme le véritable auteur de la note signée par l'éditeur L. Mame-Delaunay et placée en tête des cinq récits, encore inorganisés entre eux, que juxtaposa en 1832 le tome IV de la deuxième édition des *Scènes de la vie privée*. Voir ce texte dans la préface du présent volume p. 10.

En 1834, dans le quatrième volume de la nouvelle édition des *Scènes de la vie privée*, les épisodes sont réunis sous le titre commun de *Même histoire* et précédés de l'avant-propos que voici :

« Plusieurs personnes ont demandé si l'héroïne du *Rendez-vous*, de *La Femme de trente ans*, du *Doigt de Dieu*, des *Deux Rencontres* et de *L'Expiation*, n'était pas, sous divers noms, le même personnage. L'auteur n'a pu faire aucune réponse à ces questions. Mais peut-être sa pensée sera-t-elle exprimée dans le titre qui réunit ces différentes scènes. Le personnage qui traverse pour ainsi dire les six tableaux dont se compose *Même histoire* n'est pas une

figure; c'est une pensée. Plus cette pensée y revêt de
costumes dissemblables, mieux elle rend les intentions de
l'auteur. Son ambition est de communiquer à l'âme le
vague d'une rêverie où les femmes puissent réveiller
quelques-unes des vives impressions qu'elles ont conservées, de ranimer les souvenirs épars dans la vie, pour en
faire surgir quelques enseignements. Il se trouvait une trop
forte lacune dans cette esquisse entre *Le Rendez-vous* et *La
Femme de trente ans;* l'auteur l'a comblée par un nouveau
fragment intitulé *Souffrances inconnues.* Les femmes achè-
veront sans doute les transitions imparfaites; mais être
également compris de tous les esprits est la chose impossible. Existe-t-il une religion qui n'ait été l'objet de mille
contradictions? ne serait-ce pas folie de demander, pour
l'œuvre chétive d'un homme, la faveur que n'obtiennent
pas les institutions humaines?

« D'autres reproches ont été adressés à l'auteur, relative-
ment à la brusque disparition d'une jeune fille dans *Les
Deux Rencontres.* Il existerait dans l'œuvre entière de plus
fortes incohérences, si l'auteur était tenu d'avoir plus de
logique que n'en ont les événements de la vie. Il pourrait
dire ici que les déterminations les plus importantes se
prennent toujours en un moment; qu'il a voulu représenter
les passions rapidement conçues, qui soumettent toute
l'existence à quelque pensée d'un jour; mais pourquoi
tenterait-il d'expliquer par la logique ce qui doit être
compris par le sentiment? D'ailleurs, toute justification
serait fausse ou inutile pour ceux qui ne saisissent pas
l'intérêt caché dans *Les Deux Rencontres,* et dont les
éléments constituent le fragment intitulé *Le Doigt de Dieu,*
augmenté dans cette édition d'un chapitre qui, peut-être,
motivera mieux la fuite de la fille légitime, chassée par la
haine d'une mère inexorable dont elle ne veut pas accuser
la faute. Ces sortes d'aventures sont moins rares qu'on ne

le pense. Quoique la vie sociale ait, aussi bien que la vie physique, des lois en apparence immuables, vous ne trouverez nulle part ni le corps ni le cœur réguliers comme la trigonométrie de Legendre. Si l'auteur ne peut peindre tous les caprices de cette double vie, au moins il doit lui être permis de choisir ceux qui lui paraissent les plus poétiques.

« Paris, 25 mars 1834. »

Par la suite (entre 1834 et 1837, selon Pierre Citron), cet avant-propos devait être augmenté d'un complément, resté inédit jusqu'à ce que Spoelberch de Lovenjoul l'eût découvert, manuscrit, sur un exemplaire du volume. Voir ce texte dans la préface du présent volume p. 39.

En 1835 Balzac inspire ou contrôle, c'est le moins qu'on puisse dire, une longue introduction, signée par Félix Davin, aux *Études de mœurs*. Davin y loue la « marine » des *Deux Rencontres*, la « vue de Paris » du *Doigt de Dieu*, puis :

« Quelques personnes ont regretté que les scènes réunies tout récemment sous le titre commun de *Même histoire*, n'aient entre elles d'autre lien qu'une pensée philosophique. Quoique l'auteur ait suffisamment expliqué ses intentions dans la préface, nous partageons ce regret à quelques égards. En effet, dans une œuvre d'imagination, quelque élevée qu'elle soit, l'esprit n'est pas seulement intéressé et il ne suffit pas que l'on y trouve une succession d'idées bien logique, une fraternité de principes bien sentie ; le cœur et l'imagination veulent aussi leur part ; ils renoncent avec peine à l'attachement qu'un personnage leur avait inspiré ; ils se refroidissent quand ils en voient fréquemment revenir de nouveaux ; et, pour reconnaître la même héroïne dans chaque chapitre, il faut en quelque sorte avoir lu tout le livre. Si cette forme a de la poésie, elle a ses dangers ; l'auteur risque d'être incompris.

Mais, en aucune partie de son œuvre, M. de Balzac n'a été
ni plus hardi, ni plus complet. *Le Rendez-vous* est un de ces
sujets impossibles dont lui seul pouvait se charger, et dans
lequel il a été poète au plus haut degré. Si l'influence de la
pensée et des sentiments a été démontrée, n'est-ce pas dans
la peinture de ce ravissant paysage de Touraine, vu par
Julie d'Aiglemont, à deux reprises différentes? Quel chef-
d'œuvre que le tableau de cette jeune femme insouciante,
qui n'a trouvé que des souffrances dans le mariage, et qui
ne voit rien de beau dans la Touraine, tandis que plus tard
elle y respire le bonheur en la revoyant au milieu des
enchantements d'un amour qui ne se révèle que pour
disparaître! Les *Souffrances inconnues* sont une œuvre
désespérante. Jamais aucun auteur n'avait osé plonger son
scalpel dans le sentiment de la maternité. Ce passage de
l'œuvre est un gouffre où tombe une femme en jetant un
dernier cri. *La Femme de trente ans* n'a plus rien de
commun avec la mère que la soif du bonheur, que l'égoïsme
et ce je ne sais quel arrêt porté sur le monde ont tuée à
Saint-Lange. Là est le point brillant de l'œuvre. Quelle
adresse d'avoir entouré ce désespoir des lignes sombres et
jaunes d'un paysage du Gâtinais! Cette transition est un
poème empreint d'une horrible mélancolie. La conclusion
s'en trouve dans *L'Expiation*, l'un des plus grands tableaux
de cette œuvre pour qui veut reconnaître *Madame d'Aiglemont* dans *Madame de Ballan*, laquelle voit par sa faute
l'inceste dans sa famille et sa punition sortir du cœur de
son enfant le plus chéri. Ceux qui demandent de la morale
à l'auteur peuvent relire ce nouveau quatrième volume des
Scènes de la vie privée, ils se tairont. »

Le lecteur n'aura pas manqué d'admirer, notamment
dans les premiers de ces textes, l'attitude de superbe
désinvolture que prend Balzac pour écarter le reproche

d'incohérence auquel, comme il le reconnaît lui-même, prête son roman. Son argumentation peut cependant fort bien n'être pas aussi complaisante qu'elle le paraît d'abord ; néanmoins il s'en défiait lui-même, puisqu'il écrivait à sa sœur Laure en novembre 1835 (date rectifiée par Roger Pierrot) :

« Attendu que tu es à Montglas, ne sachant que faire de ton génie, je te prie de m'écrire bien au long, bien en détail, avec toute la glorieuse et pompeuse phraséologie d'une pensionnaire, mais avec le talent de Mlle Laure de B., ce que tu m'as dit avoir trouvé par une nuit où tu ne dormais pas, pauvre enfant, ces belles idées à propos des *Deux Rencontres*, pour les souder encore un peu mieux aux chapitres précédents de *Même histoire* N'omets rien, j'ai tout oublié. »

On ne sait pas ce qu'il advint de cette requête. Mais Balzac resta insatisfait du chapitre « Les Deux Rencontres », puisque c'est encore, semble-t-il, à son sujet qu'il écrivait à Mme Hanska le 2 mars 1843 :

« Combien de fautes n'ai-je pas laissées! sans compter qu'entraîné par la rapidité de l'impression, j'ai maintenu une œuvre indigne de cette œuvre (*Le Capitaine parisien* dans *Les Deux Rencontres*) qui est à remplacer en entier, à remplacer par autre chose, je l'ai vu. Mais il fallait paraître, et je n'ai pas eu le temps de refaire ce mélodrame indigne de moi. Mon cœur d'honnête homme de lettres en saigne encore. »

Samuel S. de Sacy.

NOTES

Page 48.

1. Louis Boulanger, auteur d'un célèbre tableau représentant Balzac en robe de chambre blanche. Le texte qui lui est ici dédié n'a guère de pictural que la revue initiale aux Tuileries.

Page 50.

2. La vie parisienne moderne *expose* la femme plus largement que la vie de cour ou la vie classique. La terrasse des Tuileries matérialise ici ce phénomène. C'est la foire aux désirs parisiens. Voir *La Fille aux yeux d'or* ou, beaucoup plus tard, le bois de Boulogne de Proust.

3. En clair : l'impuissance sexuelle du vieillard le condamne à se satisfaire d'exhiber une femme comme un *objet*, comme une *propriété*. Exemple typique des relations triangulaires et médiatisées dans la société bourgeoise : A aime B non pour la valeur intrinsèque de B, mais parce que C lui aussi aime et désire B, donc le valorise comme objet. Je suis vieux, mais riche, donc, moi A, j'ai B, que C, jeune mais non riche, ne peut avoir. Voilà la *vanité*. Le vieillard n'est donc nullement indemne de contamination de la part du système qui va le faire souffrir. Bourreau *et* victime :

voir, sur ce problème du désir triangulaire, René Girard, *Mensonge romantique et vérité romanesque*, Grasset, 1969.

Page 51.

4. Voir la toilette de Mme Récamier. *Encore* n'a pas ici valeur temporelle mais adversative et renforce *malgré*.

5. Sens clair : à l'expression des désirs masculins.

6. La campagne d'Allemagne. On saisit ici la contradiction du mythe. Napoléon, au cours de cette campagne, malgré d'importants succès, devait être finalement battu. Il devrait, en conséquence, ne pas y avoir là de quoi s'exalter. Mais cette campagne est aussi une image de l'intense, et elle fonctionne en tant qu'image contre les médiocrités louis-philippardes.

Page 52.

7. Notation « impossible » en mars 1830, sous Polignac. Il y aurait eu là de quoi faire saisir un livre. Voir aussi note suivante.

Page 53.

8. Penser que le drapeau tricolore fut hissé sur le pavillon de l'Horloge le 29 juillet 1830 à la place du drapeau blanc. En 1831, le texte prend peut-être un autre sens, opposant le drapeau tricolore patriotique de 1813 (et de juillet 1830) au drapeau, désormais, de la monarchie Juste-Milieu, honnie des patriotes, après l'abandon des révolutionnaires belges, italiens, polonais. En février 1830, quoi qu'il en soit, le drapeau tricolore était un emblème séditieux.

Page 56.

9. Rendus à la basilique Saint-Marc, où ils se trouvent encore aujourd'hui, ces chevaux, venus de Byzance, sont attribués parfois au sculpteur grec Lysippe.

La topographie de cette scène serait peu intelligible si l'on ne se rappelait que l'ensemble monumental que nous appelons aujourd'hui le Louvre se composait, à l'époque, essentiellement de deux centres; d'une part, le Louvre proprement dit, formé par les bâtiments entourant la Cour carrée; d'autre part, le palais des Tuileries, construit principalement par Catherine de Médicis. Ce palais des Tuileries, qui reliait entre eux, perpendiculairement à la Seine, les actuels pavillons de Flore et de Marsan, avait été rattaché à l'ancien Louvre par la galerie dite « du bord de l'eau », construite le long de la Seine sur les ordres de Catherine de Médicis puis d'Henri IV. La galerie nord, le long de l'actuelle rue de Rivoli, fut entreprise par Napoléon Ier du côté Tuileries (on lira un peu plus bas une opposition entre les « murs séculaires » et les récents « murs blancs »; voir aussi le début de *La Vendetta*); elle ne fut achevée que sous Napoléon III. L'arc de triomphe du Carrousel, imité de celui de Septime Sévère à Rome, fut édifié par Napoléon de 1806 à 1808; il était flanqué de grilles à droite et à gauche, vers la galerie du bord de l'eau et vers la galerie nord; c'est lui qui marquait alors l'entrée du palais des Tuileries, qui faisait ainsi face à l'ancien Louvre et non pas aux jardins. Le palais des Tuileries fut incendié le 23 mai 1871 par les émeutiers de la Commune; on ne le reconstruisit pas, et on n'acheva de déblayer ses ruines, avec les grilles de l'arc de triomphe, que vers 1885.

Page 58.

10. Le chapeau chinois est un instrument de musique à percussion en cuivre, employé dans les musiques militaires.

11. Mot curieux : il y a bien longtemps, en 1814, que « monsieur » a remplacé le « citoyen » de la Révolution (encore normalement utilisé par les personnages de Balzac en 1799 — date de l'intrigue — dans *Le Dernier Chouan*).

Balzac suggère sans doute qu'en 1814 chacun se sentait concerné par les actes du Gouvernement, fils de la Révolution, qui luttait alors contre l'Europe coalisée, tandis qu'en 1831, sous le règne, pourtant, du roi-*citoyen* c'est l'égoïsme et l'individualisme qui triomphent.

Page 61.

12. Le baron Gérard était un ami de Balzac depuis 1829. C'est probablement chez lui que Balzac a fait la connaissance de Stendhal. Peinte pour le plafond de la salle du Conseil d'État aux Tuileries, *La Bataille d'Austerlitz* est aujourd'hui au musée de Versailles.

13. Sens classique et alors très vieilli, mais littérairement « digne », d'*amoureux*.

Page 62.

14. Effet rupteur du présent narratif épique dans l'épisode qui suit. Le roman n'est pas tout à fait majeur et recourt encore aux procédés de la rhétorique qu'on apprenait dans les collèges. Le passage au présent *signale* le passage du narratif (littérairement inférieur) au descriptif, effet noble, destiné aux anthologies. C'est le coup de pied de l'acteur avant de commencer le grand morceau de bravoure.

Page 63.

15. Même scène, révélatrice des vrais sentiments de l'héroïne, dans *La Princesse de Clèves* et dans *Anna Karénine*.

Page 64.

16. Thème, déjà, du *Père Goriot*. Mais alors ce sera Mme de Beauséant qui tiendra ce langage sur les gendres qui « vous » prennent « vos » filles.

Page 66.

17. Simple souci bourgeois de la part du père? Mais aussi dégradation des vertus plébéiennes chez les soldats de la révolution bourgeoise.

18. Mot atroce, à la Flaubert. « Colonel? les imbéciles le restent toute leur vie... » Mais le sens doit être aussi cherché dans les circonstances : sous l'Empire, étant donné le nombre des disparitions et la rapidité consécutive de l'avancement, on était colonel à trente ans, et l'on n'avait pas fini d'avancer en grade, si on avait de la valeur.

Page 67.

19. C'est, très clairement, le dilemme de la société bourgeoise et du roman balzacien. Il était inconnu à Molière. Voir notre préface, p. 20 et suivantes.

20. D'aventure, aventureuse. La répartition n'est pas faite.

Page 68.

21. Les Alliés entrèrent à Paris le 31 mars 1814.

22. La localisation tourangelle n'est pas seulement un moyen pour Balzac de caser un morceau déjà écrit, et auquel il tient. Tours avait été une ville de résidence surveillée pour les étrangers suspects au gouvernement impérial. De plus Tours est une ville étape importante sur la route d'Espagne. D'où les liaisons possibles avec la guerre d'Espagne, l'arrivée des troupes du duc d'Angoulême, etc. Voir *Le Lys dans la vallée*, et la note 25 ci-dessous. Plus bas, « roulées » signifie vraisemblablement petites vagues, à moins que Balzac ne l'emploie dans le sens que donne Larousse : « nappe de filets dont on se sert pour prendre des lamproies dans la Loire ».

Page 72.

23. Paysage classique chez Balzac depuis *Wann-Chlore*

en 1822, et qui se retrouve dans plus d'un grand texte de la
maturité. Plus haut, un vitchoura est un manteau fourré :
le mot est d'origine allemande (*Wildschur*).

Page 73.

24. Le fait est historiquement exact. Mais c'est aussi un
trait d'anglophobie tout à fait conforme à une tradition
idéologique libérale qui remonte à la fin de la Restauration.
C'est le thème de la « perfide Albion ».

Page 74.

25. Soult commandait les troupes françaises d'Espagne
et du Sud-Ouest chargées de s'opposer aux troupes
commandées par Wellington. Mais Soult, héros militaire en
1814, est devenu, à partir de 1830 (il fut plusieurs fois
ministre de Louis-Philippe), le type même du militaire
concussionnaire et carriériste. Voir Stendhal dans *Lucien
Leuwen*. Effet donc, ici, de distanciation historique et
politique. Il est intéressant que l'approbation de Victor le
solidarise, textuellement, avec Soult. Le texte indique les
camps.

Page 75.

26. « Chemin laissé entre une levée et le bord d'un canal
ou d'un fossé » (Littré).

27. Propreté : au sens classique d'élégance appropriée
aux circonstances. C'est le contraire de négligé mais aussi
d'excentrique.

Page 77.

28. Effet sûr de réapparition, sinon des personnages, du
moins des noms. *Listomère* renvoie à la marquise du *Curé
de Tours ;* mais on sait moins que Landon est le nom du
héros de *Wann-Chlore* en 1822.

29. Évidemment : grâce au retour des Bourbons. Mais les titres de noblesse avaient quand même été rétablis par l'Empire.

30. Victor a donc participé à la plus impopulaire des guerres de Napoléon. Ce détail, lui aussi, le situe, comme l'allusion à Soult (voir note 25). Victor n'a rien à voir avec l'Empire positif et brillant, malgré la verve du début du récit. *La Galerie de l'ancienne Cour ou Mémoires anecdotes pour servir à l'Histoire des règnes de Louis XIV et de Louis XV,* ouvrage anonyme en trois volumes, parut en 1786.

Page 78.

31. Balzac a transformé ici en marquise la comtesse de Listomère (p. 77), qui fut d'abord, dans une première rédaction, la marquise de Belorgey. Un exemple parmi d'entres de petits raccords oubliés.

Page 79.

32. Double symbolisation du libertinage xviiie siècle : les *Mémoires* de Duclos étaient fort lus alors et Stendhal les citait longuement dans *De l'Amour.* Pour Richelieu, il y a une autre connotation : le libertin célèbre s'oppose en effet au duc de Richelieu, qui fut plusieurs fois président du Conseil sous la Restauration et qui obtint la libération du territoire de l'occupation alliée. Pour une image moderne de cet homme d'État, voir Aragon, *La Semaine sainte.*

Page 83.

33. Thérapeutique classique alors. Voir *La Peau de chagrin.* Pour la tuberculose, il s'agissait de réduire les mouvements des poumons, en faisant respirer au malade un air lourd et déjà chaud.

Page 84.

34. En clair : tout « lansquenet » qu'il soit, Victor a été incapable de lui donner du plaisir (voir note 43).

Page 86.

35. Futures « deux jeunes mariées ». Voir notre préface, p. 22 et suivantes.

36. Maison où étaient élevées les filles des membres de la Légion d'honneur. Racheté récemment par l'État à l'Ordre, le château d'Écouen doit abriter désormais un musée de l'art de la Renaissance. Balzac exagère le caractère « montagneux » du site.

Page 88.

37. Le mot a un sens sexuel précis. Il connote aussi la curiosité, la recherche de la jeune mariée. De toute évidence, Julie, contrairement à ces jeunes filles « données » par leurs parents de la *Physiologie du mariage* et de *La Confession d'un enfant du siècle*, n'a pas été violée. Du moins, pas ce soir-là.

Page 89.

38. Julie a-t-elle une métrite ?

39. Voir la note 37. Il s'agit bien des appétits sexuels de Victor, et de leurs conséquences. Est-ce là tout ? Mais des lecteurs malins, en 1832, ne pouvaient-ils songer à un autre Victor, lion superbe et généreux de son Adèle (qui commençait à en avoir assez), et à ses infortunes conjugales ? Il est bien connu que les difficultés amoureuses de Hugo seront à nouveau évoquées dans *La Cousine Bette*.

Page 90.

40. Ménie Grégoire ! Apparition de toute une problématique à la fois certes critique (appeler les choses par leur

nom) et de réintégration à l'ordre (faire bien fonctionner les mariages). *L'Ingénue libertine* de Colette s'inscrira dans cette double tradition et dans cette double lecture.

41. La remarque vise évidemment le romancier, conscience omnisciente.

42. Thème majeur de *La Peau de chagrin*. Voir notre préface, p. 23 et 24.

Page 91.

43. La vieille dame qui se souvient de l'érotisme du xviiie siècle, non pas celui, destructeur, de Sade, mais celui de la recherche, à deux, du « bonheur », souhaite, de manière parfaitement choquante au xixe siècle, qu'un mari soit aussi un amant, et une épouse une maîtresse.

Page 92.

44. Notation « carliste » et partisane en 1831.

45. Mot étrange mais nécessaire. Inexpérimentée ne dirait pas la même chose.

Page 94.

46. Exact. Balzac a décrit cet enthousiasme au début du *Lys dans la vallée*. Effet second : comparer avec l'impopularité des Bourbons en 1829-1830.

Page 96.

47. Type même de la remarque qui peut orienter la lecture dans le : « Balzac connaisseur du cœur humain »...

Page 97.

48. Exact. Mais *lieutenant-général* rappelle que ce fut le premier titre du duc d'Orléans, en juillet 1830, avant qu'il ne devienne roi des Français.

Page 99.

49. Apologie discrète du crime chez les grands. C'était, en 1830, le thème des *Deux Rêves*, double apologie de l'autre Catherine, et de Robespierre.

50. Emploi parodique dans le registre de la vie privée d'une expression jusqu'alors réservée à la « grande » histoire. Même effet que dans le titre *César Birotteau*.

Page 100.

51. Où Louis XVIII s'installa jusqu'à Waterloo. Chateaubriand était alors ministre d'État. Sa fidélité n'est évidemment pas de même nature que celle de Victor...

52. Fondé en 1818 sous la direction de Chateaubriand, *Le Conservateur* défendait les thèses d'un légitimisme constitutionnel, mais violemment opposé à Decazes et à sa politique de centre gauche. Évidemment Victor, qui est fort peu intellectuel, ne comprend rien à la politique de Chateaubriand. Pour lui, il s'agit seulement d'opportunisme.

Page 104.

53. Déflorée, souvent « cherchée », elle n'est pas femme, c'est-à-dire libérée, épanouie, pour autant.

54. Sens clair, ou éclairci : une future victime du système qui tue la mère.

55. Elle cesse donc d'être « cherchée ». Balzac souligne l'une des absurdités de la vie aliénée : ce qui devrait être complémentaire (ici : amour et maternité) devient contradictoire.

56. Il « cherche » ailleurs.

Page 105.

57. Julie a vingt-cinq ans. Elle est en chemin vers son propre personnage.

Page 108.

58. Une seconde femme de son père.

Page 109.

59. Formule choc, qui rejoint la thématique de *La Peau de chagrin.*

60. L'une des grandes coquettes de *La Comédie humaine*, où le comte de Sérizy, lui, incarne le grand administrateur. Encore une liaison textuelle qui situe Victor (voir notes 25 et 30). L'écran est un petit éventail avec lequel on se protégeait de la chaleur du foyer.

Page 110.

61. Victor a évidemment besoin d'une « couverture ».

62. Il a beaucoup « cherché » ailleurs. Sens normal, depuis le classicisme. Bonheur égale satisfaction sexuelle. Dans *Illusions perdues* Lucien est « heureux » tous les jours avec Coralie.

Page 111.

63. Obsession de la femme honnête. Mme de Mortsauf et Adeline Hulot essaient, elles aussi, de lutter avec leurs rivales, plus ou moins professionnelles. Le thème apparaît en 1830 dans *Gloire et malheur* (*La Maison du Chat-qui-pelote*), où la petite Augustine Guillaume, devenue Mme de Sommervieux, essaie de rivaliser avec la duchesse de Carigliano, maîtresse de son mari.

Page 112.

64. Commentaire pédant, sur le sens duquel il faut s'interroger. S'agit-il d'une précaution bien-pensante ?

Page 113.

65. Dans *Othello ou Le Maure de Venise*, opéra de Rossini, créé à Naples en 1816.

66. Deux cantatrices célèbres de l'époque romantique. *Al pie' d'un salice* : « au pied d'un saule », c'est le titre de la romance de Desdémone.

Page 114.

67. Au sens propre, « acte par lequel les matières nutritives sont introduites dans l'intérieur des corps organisés, pour y être absorbées » (Littré). Balzac emploie volontiers ce mot, dans un sens imagé ou plus exactement symbolique, en corrélation avec sa doctrine physico-morale des « correspondances » et des affinités.

Page 115.

68. Lien avec *Histoire des Treize*. Victor d'Aiglemont ferait-il partie de cette fameuse société secrète, fondée dans les dernières années de l'Empire ? Lui devait-il quelques succès sous la Restauration ? En tout cas, Victor est loin d'être de la trempe des de Marsay, Ronquerolles, etc. qui parviendront au pouvoir en 1830 (voir *Le Contrat de mariage*).

Page 116.

69. Vieille problématique aristocratique, mais aussi vieux moyen de comédie amoureuse.

Page 117.

70. Ne pas avoir de relations sexuelles avec votre mari.

71. « Je suis reine, je suis guerrière », air de l'opéra de Rossini, *Sémiramis* (1823), représenté pour la première fois à Paris en 1825.

Page 118.

72. Voilà certainement une des phrases qui ont rendu Balzac insupportable à la critique bien-pensante.

73. On retrouve ici la distinction, parfaitement reçue au XIXᵉ siècle, entre amour et vie conjugale.

Page 119.

74. Balzac établit une relation forte et claire entre les deux aliénations majeures de la société bourgeoise : celle qui frappe les pauvres, celle qui frappe les femmes.

Page 120.

75. Avec Vouvray, la Grenadière, la levée de la Loire, etc., l'un des lieux familiers de la Touraine littéraire de Balzac.

76. Il y a donc sept ans que Julie est mariée.

Page 122.

77. Saint-Gatien. Élément indispensable de toute « vue de Touraine » depuis *Wann-Chlore* en 1822. Saint-Gatien et son cloître jouent un rôle important dans *Le Curé de Tours* de 1832.

Page 124.

78. Impressionnable. Comme pour « inexpérimenté » (voir note 45), le vocabulaire flotte encore.

Page 127.

79. On peut repérer ici le passage au métaphysique et au moral d'une aliénation d'origine pourtant sociale.

Page 128.

80. Promesse grave, sérieuse. Comparer avec la même promesse faite par Emma à Rodolphe dans *Madame Bovary*.

Page 129.

81. Citation presque textuelle de ce que dit l'autre Julie,

dans la fameuse promenade sur le lac de *La Nouvelle
Héloïse* : « Ah! lui dis-je tout bas, je vois que nos deux
cœurs n'ont jamais cessé de s'entendre! Il est vrai, dit-elle
d'une voix altérée; mais que ce soit la dernière fois qu'ils
auront parlé sur ce ton » (IV, 17).

Page 130.

82. La foi punique, c'est la mauvaise foi et Hannibal,
selon Tite-Live, était d'une « *perfidia plus quam punica* ».

Page 132.

83. Autrement dit : cela mettrait en péril ma santé
d'avoir des relations sexuelles (extra-conjugales) qui. à
vous, sont permises.

Page 133.

84. Ses désirs et sa dignité.

85. Passage typique du genre roman-journalisme.

86. Phrase ambiguë : Balzac défend-il la société européenne, ou montre-t-il qu'elle ne « tient » que par des lois
inhumaines ?

87. On est donc en 1823.

Page 134.

88. Les lecteurs de Balzac identifiaient aisément le
général de Girardin, père d'Émile, qui fut grand veneur de
Charles X. Effet très « parisien » aujourd'hui perdu.

89. Mise en place du couple des deux « jeunes mariées ».
On devine aisément en effet que Louisa a fait, elle, un
mariage raisonnable, et heureux.

Page 136.

90. L'édition Furne donne : *S'il*, avec, après *mises en
jeu*, un point-virgule peu logique. On pourrait transformer

le point-virgule en virgule. Nous préférons, comme le fait René Guise en se fondant sur les éditions antérieures, le maintenir et supprimer la conjonction initiale : il n'y a pas d'opposition de sens entre les deux parties de la phrase.

Page 137.

91. Mme de Mortsauf envisagera d'apprendre l'anglais pour lutter à armes égales avec Arabella Dudley.

92. *Melmoth ou l'homme errant* fut traduit pour la première fois en 1821.

Page 139.

93. Poisson qui paralyse son adversaire par une décharge électrique. La Torpille est le surnom d'Esther dans *Splendeurs et misères des courtisanes.*

Page 146.

94. Fin bâclée, désinvolte, à la parisienne, pour finir un texte à livrer...

Page 147.

95. Région bien connue de Balzac, qui séjourna dans la propriété de Mme de Berny, la Bouleaunière, près de Nemours. Ce sera la région d'*Ursule Mirouët.*

96. Vieux thème balzacien. Cf. la brochure sur le *Droit d'aînesse* parue en 1824. La maltôte est à l'origine un subside extraordinaire levé en France en 1292 pour subvenir aux frais de la guerre des Flandres; elle est devenue synonyme d'impôt abusif.

Page 148.

97. Date peu compatible avec ce qui précède. Voir notes 76 et 87.

98. Thème récurrent qui conduit aux *Paysans :* les

craintes suscitées chez les villageois et dans la petite
bourgeoisie par l'installation sur ses terres d'un propriétaire absentéiste.

Page 149.

99. Toujours le thème des *Paysans*. Mais on ajoutera
que Saint-Lange est ici très proche du Soulanges du roman
de 1844.

Page 151.

100. Voir note 97.

Page 153.

101. Dans l'amour. On ne saurait mieux évoquer les
déterminations, sans psychologisme ni sociologisme vulgaire, d'un tel amour.

102. Balzac pose ici l'un des problèmes du réalisme :
celui des censures et des blocages de l'idéologie (et donc de
l'esthétique) dominante. C'est aussi de la publicité non
payée pour soi-même.

103. Type de l'image tristement balzacienne. Comme
pour le présent de narration (voir note 14), recours ici au
procédé noble de la comparaison.

Page 155.

104. Avoir une vie sexuelle normale.

Page 156.

105. Revendication typiquement moderne. Julie ne
s'adresse pas à Dieu mais à la société.

Page 158.

106. Expression à prendre au pied de la lettre : le statut
des prêtres est alors fixé par le Concordat et ils sont payés
par l'État.

Page 165.

107. L'idée est déjà aussi nettement exprimée dans la *Physiologie du mariage* en 1829. Marx la reprendra en 1848 dans le *Manifeste du parti communiste*.

Page 173.

108. Voir déjà la *Physiologie du mariage*. Balzac illustre son traité de 1829.

109. Le curé n'est évidemment pas un disciple de Lamennais, sinon il aurait approuvé Julie qui cite presque un texte du grand Malouin : « un bazar n'est pas une cité ». « Exhéréder » les femmes, c'est les exclure des partages successoraux : cela supprimerait *ipso facto* les mariages d'intérêt et éviterait aussi la division des grandes fortunes.

110. Le Code civil. Mais qui est ici accusé ? Le Code n'est plus considéré comme un progrès, mais uniquement comme une charte du désordre des intérêts.

Page 175.

111. Il s'agit d'Artémise II, reine d'Halicarnasse, qui fit élever à son frère époux Mausole le fameux Mausolée. Balzac semble confondre cette veuve inconsolable avec une autre veuve, celle-là vite consolée, qui intervient dans un des récits du *Satiricon :* la matrone d'Éphèse.

Page 176.

112. Effet un peu appuyé de politique légitimiste. On s'éloigne des effets napoléoniens et libéraux de 1829 et 1832. Voilà un bon exemple d'hétérogénéité du texte.

113. Dans le *Lys*, Charles sera le frère adultérin et très aimé de Félix, voué, lui, au malheur et à la solitude par l'injustice maternelle. On remarque que Charles n'est pas non plus un homme heureux. *La Femme de trente ans*

permet ainsi une intéressante lecture latérale du *Lys* :
même les bénéficiaires du système ne sont pas heureux.

114. Un des congrès de la Sainte-Alliance : le congrès de
Laybach (Ljubljana) se réunit au printemps de 1821. Son
objet était d'écraser les mouvements révolutionnaires
napolitains.

Page 179.

115. Balzac répondra avec les *Scènes de la vie parisienne*
et toute sa thématique des bas-fonds et des hors-la-loi.

Page 192.

116. C'est la date où Stendhal publia *De l'Amour*. Mais
on peut penser aussi aux « doctrinaires » politiques qui, en
1822, sont dans l'opposition. Les doctrinaires sont les
hommes de centre gauche qui gouvernèrent jusqu'à la
chute de Decazes en 1821. Leurs grands hommes étaient
Guizot et Royer-Collard. Sous le ministère Villèle, on
étendit l'appellation à la jeune gauche libérale qui s'exprimait, à partir de 1824, dans *Le Globe*. Les doctrinaires
étaient souvent moqués pour leur genre solennel, leur habit
noir, etc. Certains passeront au saint-simonisme.

Page 198.

117. Passage de l'Angleterre libre et passionnée du
XVIIIe siècle à l'Angleterre néo-puritaine et déjà victo-
rienne qui a fait fuir Byron.

Page 199.

118. Citation étrange, commandée par ce qui suit :
Balzac cherche la formule et de plus joue sur un rapproche-
ment sacrilège.

Page 200.

119. Le personnage devient ici un type et Balzac

exploite sa découverte. Il faut insister : ce genre de couple était alors une surprise pour les lecteurs.

Page 203.

120. Deux héros des *Treize* et le héros du *Cabinet des antiques*, Victurnien d'Esgrignon.

Page 207.

121. Le prince de Blamont-Chauvry (voir *Le Lys dans la vallée*). Balzac fait peut-être allusion au grand ministère ultra de Villèle (1822). Mais il peut s'agir aussi d'un des nombreux remaniements du cabinet Villèle.

Page 208.

122. Aujourd'hui le boulevard Blanqui, alors « intérieur » à l'enceinte de l'octroi.

123. Les fabriques sont des ateliers, en particulier des teintureries et des tanneries qui rendent « brunes » et d'une saleté légendaire les eaux de la Bièvre et des Gobelins.

Page 209.

124. Les greniers d'abondance étaient des stocks de grains dont la création avait été décidée par la Convention pour remédier aux risques de famine. Ceux dont parle ici Balzac avaient été construits en 1807 par Napoléon sur notre actuel boulevard Bourdon.

Page 210.

125. Souvenir (un de plus dans *La Comédie humaine*) des promenades et méditations du jeune Honoré Balzac au Père-Lachaise en 1819.

Page 214.

126. Le prénom de l'enfant aimé trahit ses origines adultérines.

Page 217.

127. Allusion perdue pour le lecteur d'aujourd'hui, alors que *Le Voyage sentimental* de Sterne où apparaît ce petit notaire fut un des livres de chevet de la génération du début du siècle.

Page 219.

128. Voir *César Birotteau*. La phrase se suffit à elle-même mais la connaissance de *César Birotteau* ajoute à l'effet de lecture : Balzac fait ici se rejoindre les histoires de deux catastrophes bien différentes : celle du commerçant ruiné par la spéculation et par la banque, celle de la mal-mariée. *En apparence* il n'y a aucune communication entre les deux univers. En fait la problématique est la même. Il s'agit du pouvoir aliénant de la société révolutionnée.

Page 221.

129. Parodie d'une critique « classique » d'une expression qui n'a d'ailleurs rien de spécialement « romantique ». Mais l'occasion est bonne de rappeler que les bourgeois, le plus souvent libéraux en politique, sont conservateurs en littérature (« que donnait-on à la comédie ? » sent d'ailleurs de loin la tradition mondaine des xviie et xviiie siècles) et qu'un combat important se livre au niveau du style et du droit de parler comme on l'entend. Ces effets sont aujourd'hui perdus. *La Vallée du torrent ou l'Orphelin et le meurtrier* est le titre d'un mélodrame créé en 1816 à la Porte Saint-Martin. Un de ses épisodes montre un homme qui pousse un jeune garçon dans un torrent.

Page 222.

130. Coquille ? Ou tentative (alors peu commune dans la littérature « noble ») de transcription du style parlé ? Plus

loin. le léger pataquès « voilà que quand » irait dans le sens de la préméditation.

Page 224.

131. Balzac ici s'embrouille un peu dans les titres comme dans la biographie de ses personnages : dans l'édition Béchet de 1834, le héros de cette scène, dont le nom n'était pas indiqué, était un comte; Balzac, qui a précisé le nom du marquis de Vandenesse dans l'édition Furne, a oublié de corriger ici le titre de comte en marquis.

Page 225.

132. Effet comique, mais surtout politique : ce conservateur. cet homme d'ordre, ce pédant. a des réactions, parodiquement, « de classe », qui sont autant de tics et d'alibis. Mais il n'y a en lui que jalousie ou aveuglement et non pas une vraie colère « sociale », alors que Gobseck, en 1830, dans *Les Dangers de l'inconduite* (« Paie ton luxe!... Le grand seigneur prend un bain de boue... ») était d'une autre violence. Mais on est en 1832, et Balzac montre ce qu'avait d'affadi, désormais, l'anti-conservatisme de la bourgeoisie.

Page 226.

133. Effet balzacien sûr, qu'on retrouvera dans *Splendeurs et misères des courtisanes*, avec la petite Mme Camusot faisant la leçon à son juge de mari. Dans la bourgeoisie ce sont les femmes qui ont de la tête, conduisent leurs maris à la fortune, veillent à leur carrière, tiennent la boutique, etc. Elles seules ont le sens du « monde ». Ce n'est pas là un trait moliéresque, mais plutôt l'envers de l'aliénation sentimentale, sexuelle de la femme; privée de sa féminité, elle se masculinise, se fait « patronne », etc.

Page 232.

134. Anachronisme, inadvertance : depuis la Restaura-

tion, les lycées impériaux sont devenus des collèges. La lampe astrale est un type perfectionné de l'ancienne lampe à huile. Ses nouveaux effets de lumière étaient appréciés. Balzac écrit dans *La Maison du Chat-qui-pelote* : « Le magasin, n'étant pas encore éclairé, formait un plan noir au fond duquel se voyait la salle à manger du marchand. Une lampe astrale y répandait ce jour jaune qui donne tant de grâce aux tableaux de l'école hollandaise. Le linge blanc, l'argenterie, les cristaux formaient de brillants accessoires qu'embellissaient encore de vives oppositions entre l'ombre et la lumière. » Ces lignes, par comparaison, accentuent la valeur picturale de celles de *La Femme de trente ans* auxquelles a trait la présente note. Balzac brosse souvent ses décors d'après l'idée qu'il se fait d'un tableau ou d'une école de peinture.

Page 235.

135. On sait aujourd'hui que Balzac avait passionnément lu cette célèbre collection des chefs-d'œuvre des théâtres étrangers, parue en traduction de 1820 à 1822 chez Ladvocat. Il fut particulièrement frappé par *La Venise sauvée* d'Otway, le thème de l'amitié de Pierre et de Jaffier conduisant au couple Vautrin-Rastignac.

Page 236.

136. C'est à la scène ii de l'acte V de *Guillaume Tell* que Balzac fait ici allusion. Jean le Parricide, c'est Jean d'Autriche qui, après avoir assassiné son oncle, le roi légitime, se réfugie, déguisé en moine, chez Guillaume Tell. Balzac a dû lire assez mal la pièce, car celle-ci n'indique pas de « fraternité » entre Jean le Parricide et Guillaume Tell, meurtrier, lui, d'un vrai tyran, et qui d'ailleurs maudit son visiteur. A propos de cette scène, Balzac a écrit de sa main, sur un exemplaire de *La Femme de trente ans*

découvert par Lovenjoul (voir « Balzac juge de Balzac »,
p. 344) : « Cette idée m'a été inspirée par la scène entre
Guillaume Tell et *Le Meurtrier* dans Schiller. Aussi disais-je
qu'elle sera plus comprise en Allemange qu'en France. »

Page 241.

137. Remarque qui peut nous paraître puérile, facile,
mais qu'il faut lire dans son contexte comme une protesta-
tion contre le rationalisme étroit des bourgeois, contre leur
dramaturgie transparente.

Page 250.

138. Thème banalisé par Byron. C'est encore un thème
anti-bourgeois, anti-Lumières.

Page 254.

139. Le mystère ne sera pas éclairci. Mais le texte
supprimé dans le Furne corrigé donne clairement à
entendre que le vieillard s'était jadis rendu coupable d'un
très grand crime : « L'avoir coupé en morceaux ! — Je l'ai
coupé en morceaux, reprit l'assassin avec calme. » Le texte
n'était plus possible en 1842. Plus bas, les « spécialités »
sont les cas particuliers.

Page 257.

140. La bouteille de Leyde est le premier condensateur
électrique découvert en 1746 par des Hollandais.

Page 269.

141. Dans tout ce passage Balzac fait étalage de
connaissances maritimes dont ses exégètes ne paraissent
pas avoir éclairci l'origine, — laquelle certainement n'est
pas dans son expérience personnelle. *Tillac :* pont supérieur
du navire. *Bonnette :* petite voile supplémentaire ajoutée au

gréement normal pour accélérer la marche. *Fazéier* (ou *faséier*, ou *faseyer*, ou *fasier*) : se dit d'une voile qui, cessant de prendre le vent au cours d'une manœuvre, se met à battre mollement. *Masquer* : prendre le vent à contresens. *Bout-dehors* (ou *boute-hors*) : élément de mâture ajouté à une vergue normale pour lui permettre de porter une voile supplémentaire. *Démané* : qui a perdu toute maniabilité. *Caronade* : canon court et léger. *Débouquement* : issue d'un canal ou d'une passe. *Espars* (ou *espart*, ou *espar*) : longue pièce de sapin emmagasinée à bord pour divers usages, notamment pour façonner, en cas de besoin, des vergues de rechange.

Page 280.

142. Luxe parisien, mondain, mais ici authentifié par le cadre et le lieu d'une vie vraie. Marie-Victoire Jaquotot (1778-1855) reproduisait sur porcelaine des toiles célèbres à l'intention de la manufacture de Sèvres. Balzac oppose ici des tableaux de peintres contemporains, d'ailleurs, en dehors de Girodet, plutôt secondaires, à ceux de maîtres italiens ou hollandais (Terburg et Gérard Dow, ou plutôt Dou). Théodore Gudin (1802-1880) est un peintre de marines, élève de Girodet, et Martin Drolling un peintre allemand (1752-1817), auteur de scènes d'intérieur.

Page 281.

143. *Les Licteurs rapportant à Brutus les corps de ses fils*, exposé au Salon de 1789, ne montre pas de « petits Romains curieux de guerre et de sang ».

Page 282.

144. Sens clair : elle est heureuse, sexuellement parlant, par opposition à Julie. Mais Balzac souligne, pour des lecteurs peu habitués...

Page 297.

145. Phrase difficilement supportable, mais dont le moralisme semble destiné à faire passer, maladroitement, le reste du roman.

Page 298.

146. Actuellement rue Oudinot. La rue Plumet est le lieu d'une « idylle » célèbre dans *Les Misérables*.

Page 299.

147. Balzac a corrigé sur son exemplaire « dans l'affaire de la Macta » et mis à la place « devant Constantine ». L'affaire de la Macta sera utilisée dans *Un début dans la vie* : c'est là qu'Octave Husson se distinguera en sauvant son colonel et en commençant ainsi une seconde carrière après ses erreurs de jeunesse. « L'affaire de la Macta » où le général Trézel fut battu par Abd el-Kader eut lieu en juin 1835. Balzac a retardé d'un ou deux ans, selon qu'il s'agit de la première ou de la seconde expédition de Constantine, la mort de son personnage.

Page 309.

148. Une marquise, un comte : Balzac adore ce cliquetis de titres de noblesse, destiné également à allécher sa clientèle mondaine.

Page 312.

149. Autre couture avec l'univers des personnages reparaissant : la princesse de Cadignan est l'ancienne duchesse de Maufrigneuse, l'un des grands rôles de coquette et d'amazone de *La Comédie humaine*. Son histoire s'achève dans *Les Secrets de la princesse de Cadignan*.

Préface   7

LA FEMME DE TRENTE ANS

   I. Premières fautes   49
  II. Souffrances inconnues   147
 III. A trente ans   176
 IV. Le Doigt de Dieu   208
  V. Les Deux Rencontres   227
 VI. La Vieillesse d'une mère coupable   298

DOSSIER

Vie de Balzac   321
Notice   335
Balzac juge de Balzac   342
Notes   347

DU MÊME AUTEUR

Dans la même collection

LE PÈRE GORIOT. *Préface de Félicien Marceau.*

EUGÉNIE GRANDET. *Édition présentée et établie par Samuel S. de Sacy.*

ILLUSIONS PERDUES. *Préface de Gaëtan Picon. Notice de Patrick Berthier.*

LES CHOUANS. *Préface de Pierre Gascar. Notice de Roger Pierrot.*

LE LYS DANS LA VALLÉE. *Préface de Paul Morand. Édition établie par Anne-Marie Meininger.*

LA COUSINE BETTE. *Édition présentée et établie par Pierre Barbéris.*

LA RABOUILLEUSE. *Édition présentée et établie par René Guise.*

LE CONTRAT DE MARIAGE, précédé de UNE DOUBLE FAMILLE et suivi de L'INTERDICTION. *Préface de Jean-Louis Bory. Édition établie par Samuel S. de Sacy.*

LE COUSIN PONS. *Préface de Jacques Thuillier. Édition établie par André Lorant.*

SPLENDEURS ET MISÈRES DES COURTISANES. *Édition présentée et établie par Pierre Barbéris.*

UNE TÉNÉBREUSE AFFAIRE. *Édition présentée et établie par René Guise.*

LA PEAU DE CHAGRIN. *Préface d'André Pieyre de Mandiargues. Édition établie par Samuel S. de Sacy.*

LE COLONEL CHABERT, suivi de EL VERDUGO, ADIEU, LE RÉQUISITIONNAIRE. *Préface de Pierre Gascar. Édition établie par Patrick Berthier.*

LE MÉDECIN DE CAMPAGNE. *Préface d'Emmanuel Le Roy Ladurie. Édition établie par Patrick Berthier.*

LE CURÉ DE VILLAGE. *Édition présentée et établie par Nicole Mozet.*

LES PAYSANS. *Préface de Louis Chevalier. Édition établie par Samuel S. de Sacy.*

CÉSAR BIROTTEAU. *Préface d'André Wurmser. Édition établie par Samuel S. de Sacy.*

LE CURÉ DE TOURS, suivi de PIERRETTE. *Édition présentée et établie par Anne-Marie Meininger.*

LA RECHERCHE DE L'ABSOLU, suivi de LA MESSE DE L'ATHÉE. *Préface de Raymond Abellio. Édition établie par Samuel S. de Sacy.*

LA DUCHESSE DE LANGEAIS. LA FILLE AUX YEUX D'OR. *Édition présentée et établie par Rose Fortassier.*

LA VIEILLE FILLE. *Édition présentée et établie par Robert Kopp.*

L'ENVERS DE L'HISTOIRE CONTEMPORAINE. *Préface de Bernard Pingaud. Édition établie par Samuel S. de Sacy.*

BÉATRIX. *Édition présentée et établie par Madeleine Fargeaud.*

LOUIS LAMBERT. LES PROSCRITS. JÉSUS-CHRIST EN FLANDRE. *Préface de Raymond Abellio. Édition établie par Samuel S. de Sacy.*

UNE FILLE D'ÈVE, suivi de LA FAUSSE MAÎTRESSE. *Édition présentée et établie par Patrick Berthier.*

LES SECRETS DE LA PRINCESSE DE CADIGNAN et autres études de femme. *Préface de Jean Roudaut. Édition établie par Samuel S. de Sacy.*

MÉMOIRES DE DEUX JEUNES MARIÉES. *Préface de Bernard Pingaud. Édition établie par Samuel S. de Sacy.*

URSULE MIROUËT. *Édition présentée et établie par Madeleine Ambrière-Fargeaud.*

MODESTE MIGNON. *Édition présentée et établie par Anne-Marie Meininger.*

LA MAISON DU CHAT-QUI-PELOTE suivi de LE BAL DE SCEAUX, LA VENDETTA, LA BOURSE. *Préface de Hubert Juin. Édition établie par Samuel S. de Sacy.*

LA MUSE DU DÉPARTEMENT, suivi d'UN PRINCE DE LA BOHÈME. *Édition présentée et établie par Patrick Berthier.*

LES EMPLOYÉS. *Édition présentée et établie par Anne-Marie Meininger.*

Impression Bussière à Saint-Amand (Cher),
le 25 octobre 1986.
Dépôt légal : octobre 1986.
1ᵉʳ dépôt légal dans la collection : juin 1977.
Numéro d'imprimeur : 3026.
ISBN 2-07-036951-X./Imprimé en France.